은의 왕국
The Kingdom of Silver

5

은의 왕국 5

신지연 판타지 장편 소설

초판 1쇄 찍은 날 § 2001년 1월 5일
초판 1쇄 펴낸 날 § 2001년 1월 10일

지은이 § 신지연
펴낸이 § 서경석
펴낸곳 § 도서출판 청어람
편   집 § 문혜영 · 허경란 · 박영주 · 김희정 · 권민정
마케팅 § 정필 · 강양원

등록번호 § 제1081-1-89호
등록일자 § 1999. 5. 31
어람번호 § 제1-0062호

주소 § 경기도 부천시 원미구 심곡1동 350-1 남성B/D 3F (우) 420-011
전화 § 032-656-4452   팩스 § 032-656-4453

© 신지연, 2000

값 7,500원

ISBN 89-5505-000-3(SET) / ISBN 89-5505-038-0 04810

은의 왕국

The Kingdom of Silver

5

신지연 판타지 장편 소설

도서출판

청어람

목차

제36장

미혹의 향기

머리가 깨질 것처럼 아프다.

예전에는 이런 일이 없었는데 얼마 전 리가라는 여인에게 힘으로 머리를 직격당한 이후 가끔씩 이런 통증이 느껴진다.

그리고 그때마다 기이한 감각이 느껴진다. 뚜렷하게 잡아낼 수 없는 미미한 이질감, 혹은 달라졌다는 느낌. 마치 자신이 타인이 되어버린 듯한, 그렇지만 참을 수 없을 정도로 거북한 것은 아닌.

'왜 기억이 나지 않지?'

바사기는 자신에게 물었다. 그러나 잠들어 버린 얼마 동안의 기억은 아무리 떠올려 보려 해도 마치 처음부터 존재하지 않았던 것처럼 자취를 감춘 채다.

괜찮아요. 시간이 지나면 기억할 수 있을 테니까요, 라는 시라의 말도 안도감을 주지는 못했다. 아주 중요한 무언가를 자신이 놓치고 있는 것은 아닌가 라는 의구심이 끊임없이 피어 올랐기 때문이다. 눈앞에는 상황이 어떻게 변했어도 그때처럼 변함없이 단정한 표정을 하고 있는 시라가 있는데도.

지금의 상황이 만족스럽고 편안한 반면 언제 깨어질지 알 수 없는 불안으로 가득 찬 것 같은 기분.

알 수 없다. 대체 왜 자꾸 이런 기분이 드는 것인지.

뭔가 아주 중요한 것을 놓치고 있다. 지금 상황에서 중요한 변수가 될지도 모르는 사실을.

"물어도 될까요, 바사기?"

무엇을? 이라는 의문이 담긴 눈으로 돌아보자 시라는 말을 이었다.

"당신의 옛이야기를 말이에요. 함께 지냈던 시간 동안은 말해 주지 않았잖아요. 아니, 말할 수 없었잖아요. 하지만 당신이 누구인지 알고 있는 지금은 말해 주어도 좋지 않나요? 어떤 말을 듣는다 해도 전 달라진 눈으로 보지 않을 테니까요."

시라다운 담담하지만 강인함이 담겨 있는 어조였다. 미르처럼 어리광 피우듯이 매달려 무조건 요청하는 것이 아니라 당연히 말을 꺼내게 만드는 힘. 그것이 미르와 시라의 다른 점이었다.

"하아……."

바사기는 길게 한숨을 내쉬었다.

무엇을 어디서부터 어떻게 이야기해야 할까. 그리고 과연 이야기해야 하는 것일까.

이미 자신에게 있어서 금의 일족이라는 이름도, 자신의 친 혈육이 노하라는 사실도 의미가 없어졌다는 것을 알고 있는데, 그런데도 이런 생각이 드는 것은 끊을 수 없는 시간의 힘인지도 모른다. 그 시간이 자신에게 새겨주었던 기억. 분명 그 때문일 것이다.

"수의 동생이라는 기분은… 분명 한마디 말로는 설명할 수 없는 것일 테지."

나직하게 읊조리는 듯한 목소리로 바사기는 말을 꺼냈다.

분명 그랬다. 혈연이라는 것이 사실상 그다지 큰 힘이나 중요성을 가지고 있지 않은 금의 일족의 사회에서, 더더군다나 수의 혈연이라는 사실은 커다란 부담 이외에는 어떤 것도 되지 못했다. 노하가 수의 자리에 오른 후에는 가족이 모두 금의 수의 궁으로 거처를 옮겨 함께 살게 되었지만 네 명이 모두 얼굴을 마주한 적은 거의 없었다. 아버지는 문서들로 가득 찬 서고에 틀어박힌 채 어머니는 자신만의 처소에 틀어박힌 채 모습을 보이지 않았다. 그저 자신이 무엇을 해야 하는지 알지 못했던 바사기만이 노하의 주위를 맴돌고 있었을 뿐이다.

"처음에는 그저 생각없이 궁안을 걸어다니기만 했었지. 갑작스레 뒤바뀐 환경에 적응하는 것이 힘들기도 했고, 대체 무엇을 해야 좋은지 알지 못했으니까. 그래… 그때 형님이… 날 부르기 전까지는."

순순히 말을 꺼내는 바사기의 표정은 약간이기는 했지만 괴로워 보였다. 그의 그런 표정을 보고 시라는 자신이 괜한 말을 꺼내 그를 괴롭게 만든 것은 아닌지 걱정스러워졌다. 그러나 자신의 마음속에서 그를 동료라는 이름으로, 아니, 그보다 더 깊은 이름으로 받아들일 것을 결정한 이상 그의 모든 것을 알지 않으면 안 된다는 생각이 들었다. 이런 강경한 마음이 생긴 것은 처음 유하의 사비가 되어 유하를 모시게 된 이후 처음이었다.

바사기의 괴로워하는 모습을 더 이상 보고 싶지 않았기 때문에 시라는 그의 과거를 알고 싶었다. 또한 그의 입으로 듣고 싶었다.

"무슨 생각인지 날 부르고 나서 이런 말을 했었지. 항상 곁에 있기를 원한다면 감시자들, 그들처럼 생활하라고. 하지만 내게 감시자라는 이름은 주어지지 않았지. 그저 가장 앞에서 은의 일족들을 없애는 데 힘을 썼어."

무거운 어조였다.

그리고 그 말의 무게만큼 사야의 마음도 가라앉았다.

설마 바사기가 그런 일을 했으리라고는, 그의 힘이 어떤 것인지는 두 눈으로 직접 보았지만 과거의 바사기가 했던 일이 은의 일족에게 죽음을 선사하는 일이었다고는 믿을 수 없었다. 자신이 봐 왔던, 그리고 함께했던 시간 동안의 바사기는 지나치게 어리숙하다고 해도 이상하지 않을 정도로 순수하고 진지했기 때문이다.

"그랬지. 그렇게 유하님을 보기 전까지는 난 그렇게 살아왔지. 믿지 않는다고 해도… 상관없어."

어딘지 모르게 체념한 듯한 어조였다.

바사기는 슬프게 가라앉은 눈빛으로 담담하게 말을 이어갔다. 결코 꺼내고 싶지 않았지만 맞닥뜨리지 않으면 안 될 자신의 현실을, 그리고 과거를.

"유하는 어떤가."

유하가 자리에 누워 있는 동안 노하는 단 한 번도 모습을 드러내지 않았다. 그의 배려인지, 아니면 단순히 어떤 마음을 품고 있어서 그런지는 그 자신만이 알 일이었지만 그것이 유하에게 득이 되는 일임은 분명했다. 지금으로써는 사야를 대하는 것이 유하에게는 훨씬 편한 일일 테니까.

"많이 기운을 차리셨습니다. 그리고… 조금 달라지신 것도 같습니다."

사야는 고심하는 듯한 얼굴을 하며 답했다.

"달라졌다면 어떤 쪽으로지?"

사야는 시선을 내리깐 채 답했다.

"얼마 지나지 않아 노하님이 원하시는 대답을 들으실 수 있을 것 같습니다."

흐음~ 하는 작은 감탄성만을 내뱉으며 노하는 고개를 몇 번 끄덕여 보였다.

'대체 몇 년 만인지 모르겠군.'

자신의 마음을 이만큼이나 움직인 존재는 지금까지 없었다. 스스로의 힘으로 혈연이라는 자신에게 태어날 때부터 주어져 있던 관계를 끊었을 때도 아무런 감각조차 느껴지지 않았다. 그러나 저 미약하기 그지없는 힘을 지닌 유하만큼은 어떻게 해도 자신의 마음속에서 지워지지 않는 것이다. 아니, 밀어낼 수 없는지도 모른다.

'나를 이만큼이나 움직이게 만든 것……'

특이한 빛깔을 띠고 있는 유하의 머리카락 때문도, 그렇다고 자신의 앞에서도 당당함을 버리지 않았던 그 태도 때문도 아니다. 아니, 어쩌면 그런 이유일지도 모르지만.

'어쨌든 계속해서 흥미거리를 제공해 주고 있다는 것은 사실이지. 그렇지 않나, 유하?'

들을 수 없는 상대로의 들리지 않는 목소리로 노하는 미소 지은 채 말을 걸었다.

'이 무료한 세상에 흥미거리가 없다면 정말이지 살아갈 가치 따윈 없는 것이니까.'

"유하님을 만나러 가지 않으십니까?"

사야의 물음에 노하는 앉은 자세 그대로 미소만을 떠올려 보였다.

냉소적인 느낌은 사라져 있었지만 어딘지 모르게 신경질적으로 느껴지는 미소를.

"대신 전해줄 말이 있다. 결심이 생기거든 스스로 날 찾아오라고 그렇게 전해라."

"네."

사야가 막 문을 열고 방 안으로 들어섰을 때 유하는 창가에 선 채 가만히 무언가를 바라보고 있었다. 멀리에 그가 바라보는 곳에 무엇이 있는지는 알 수 없지만 유하는 무언가를 그리워하고 있는지도 모른다.

누구보다도 읽어낼 수 없는 것은 유하의 마음. 지금까지 그를 지켜봐 왔지만 자신은 그의 태도에 맞추지 못했다. 일방적으로 자신의 마음을 보인 것이 다였을 뿐. 어느 정도 자신을 받아들여 주고 있다고 느끼게 된 지금도 그것은 마찬가지였다. 유하에게는 자신으로서는 넘을 수 없는 강한 벽이 있어서 자신은 그것에 가로막혀 어느 정도의 거리 이상은 다가가지 못하는 것이다.

"유하님, 움직이셔도 괜찮은가요?"

사야답지 않은 행동과 말투에도 이제 유하는 익숙해진 듯 그녀의 목소리가 울리자 몸을 반대로 돌려 사야에게 시선을 던졌다.

더욱더 심유하게 가라앉아 버린 듯한 푸른색의 눈동자는 밤하늘처럼 어둡게 사야의 얼굴로 향해 있었다.

"노하님의 전언입니다."

말을 꺼내자 미미하기는 했지만 유하는 반응을 보였다.

"결심이 생겼다면 자신의 앞으로 직접 와서 말하라고 하셨습니다."

차라리 과거의 끈질긴 사야가 더 나았다고 유하는 생각했다. 지금 자신이 들은 말은 아무렇지 않게 흘려 버린 채 사야의 태도만을 지켜보고 있었던 것이다.

과거에 히스테리를 일으킬 정도로 자신에게 집착적인 태도를 보이던 사야라면 아무렇지 않게 대할 수 있었을 텐데, 지금은 너무나 조용해져 버린 사야가 거북하다.

특히 요 며칠 동안 자신의 시중을 들어주는 사야를 대하면서 유하는 더욱 그 사실을 깊게 깨닫고 있었다.

그러한 사야의 태도가 마치 폭풍 전야의 고요함처럼 느껴졌기 때문에.

"그래, 알았다."

특별히 자신이 무슨 말인가를 꺼내지 않는 한 사야는 옆에서 조용히 침묵을 지키고 있었기에 유하 역시 필요한 말 이외에는 아무 말도 하지 않았다. 덕분에 방 안에서는 기묘한 침묵만이 흐르고 있었다.

'시류, 들었겠지… 분명……'

유하는 자신이 시류에게 마음속으로 보냈던 말을 되새기며 의자에 앉았다. 등에 닿는 딱딱한 나무의 감촉이 정신을 일깨우는 것 같았지만 유하는 개의치 않았다. 지금은 그저 생각에 잠겨 있는 것으로 만족하기 때문에.

나중에 다시 시류와 만난다면 분명 놀란 얼굴을 하겠지. 자신이 지금 결심하고, 하려는 일은 분명 그렇게 보일 테니까. 보통의 유하라면 하지 않을 일일 테니까.

예전에도 자신이 정신의 언어로 시류에게 말을 건 적이 있었다. 그것은 불과 얼마 지나지 않은 과거의 일이었지만 지금에 와서는 처음 시류와 만났던 때만큼 먼 과거로 여겨졌다.

그때 사야에게 붙잡혀 타의로 잠들어 있던 동안 시류는 많은 걱정을 했음이 틀림없었다. 유하인 자신은 언제나 진심을 보여주지 않았음에도 불구하고 시류는 처음부터 한결같았던 것이다. 그리고 시류는 자신이 있는 곳으로 찾아왔다. 그때의 상황을 생각하면 분명 힘들었을 선택을 하고서. 자신은 밖의 상황을 알지 못하고 있었지만 그때 자신은 그렇게 시류를 불러서는 안 됐는지도 모른다. 하지만 이미 상황은 이런 식으로 변화해 버렸고, 미래를 읽는 힘을 지니고 있던 자신이었지만 그것을 미리 막아내지 못했다.

그러니 이제는 자신의 차례다. 많은 것을 잃어버린 시류를 위해서, 그리고 일족을 위해서 자신이 무언가 해야 할 때다.

'그래……'

유하는 다시 한 번 마음으로 결심하고 고개를 끄덕였다.

"내일 노하님을 만나 뵐 생각인데 준비해 주겠나, 사야."

"네, 알겠습니다."

일부러 얼굴을 마주 보지 않았기 때문에 알지 못했지만 사야의 표정은 기쁨, 혹은 당혹으로 물들어 있을지도 모른다. 하지만 상관없다. 이제부터의 자신은 스스로 원하는 것, 결정한 것을 생각하고 움직일 테니까.

가만히 손을 들어 올리고 자신을 휘감는 주위의 흐름을 느껴보려 애썼다. 그 흐름 중에서도 자신에게 속한 것, 하늘에서 떨어져 내리는 강력한 빛의 흐름. 뇌전을.

그러나 느껴지는 것은 그저 몸을 스치고 지나는 미미한 바람의 흐름뿐, 자신의 몸과 같았던 힘의 흐름을 느끼는 것은 불가능했다.

알고 있었지만 막상 행동에 옮겼을 때 느껴진 실망감은 잠시 말문을 막히게 만들었다. 몸으로 이해하는 일과 마음으로 받아들이는 일은 확실히 다른 것이었다.

'분명 방법은 있어요, 시류님.'

자신의 바램인지, 아니면 시류를 위한 바램인지 리가는 그런 시류의 모습을 바라보며 마음속으로 중얼거리고 있었다.

"벌써 몸은 다 회복된 모양이군. 밖에 나와서 힘을 쓰려 하는 것을 보니."

즐거운 듯이 미소 지으며 나타난 것은 래운이었다.

처음과 마찬가지로 짙은 녹색 빛깔을 띠는 청의를 걸친 채 빙글거리는 얼굴로 모습을 드러낸 래운은 언제 봐도 알 수 없는 존재였고, 또 특이한 존재였다.

"오셨습니까."

갑작스런 래운의 등장에도 당혹스러워하지 않는 것은 리가뿐이었다. 겉으로는 드러나지 않았지만 시류는 항상 그의 등장을 아무렇지 않게 받아들이지 못하고 있었다.

어쩌면 당황하지 않는 리가가 이상한 것인지도 모르지만.

"너무 조급해하지 않아도 돼. 얼마 후면 좋은 일이 생길 테니까."

여전히 요점은 피해가는 아리송한 말투로 래운은 말을 꺼냈다. 특별히 시류를 바라보고 있는 것은 아니었지만 바보가 아닌 이상 그것이 자신에게 건네진 말이라는 것을 모를 리는 없었다.

"시간이라는 것은 다시 되돌아오기 마련이니까."

평소와는 달리 더욱 알 수 없는 말을 중얼거리며 래운은 검게 물든 나무줄기에 등을 기댄 채 자리에 앉아버렸다.

꿈은 아니다.

눈에 비치는 것은 현실.

자신이 바꾸어 버린 현실.

본래의 빛깔을 잃은 채 언제나 밤에 속해 있는 것처럼 검게 물들어 버린 숲의 나무들과 풀들은 모두 자신에 의해 그렇게 변화했다.

자신이 금의 일족이나 은의 일족 모두에게는 존재하지 않는 모양의 휘어진 뿔을 가지고 있는 것과 마찬가지로.

쓴웃음은 나오지 않는다.

그 대신 항상 자신의 입은 즐거운 듯이 웃고 있다. 마치 숨을 쉬듯이 자연스럽게.

검은색은 편안함이다.

낮과 밤이 구분되지 않는 어둠의 색채 속에서 래운은 자신이 살아온 만큼 미소 지었다.

선택이라는 이름과 시간이라는 이름 앞에서.

"제 질문에 대한 해답을 주시겠습니까?"

정중하게 울려 퍼진 시류의 목소리에 래운은 퍼뜩 생각에서 빠져나와 시선을 움직였다.

길게 흘러 내려온 짙은 남색의 머리카락이 자신에게 닿을 만큼 가까워져 있었다.

'닮았다.'

갑자기 그런 생각이 들었다.

오히려 닮은 것은 시류가 아니라 유하라고 하는 편이 타당함에도 불구하고.

그러나 래운은 자신의 마음속에서 움직이는 생각들을 조금도 겉으로 드러내지 않은 채 천성적으로 여겨지는 환한 웃음을 떠올렸다.

"바라는 것은 이루어지겠지. 바램의 힘을 무시해서는 안 돼."

시류가 할 질문이 무엇인지도 듣지 않고 래운은 먼저 말을 꺼냈다.

"바뀌지 않을 만큼 무거운 현실인데도 말입니까?"

"그 현실을 움직이는 건 다름 아닌 현실을 살아가는 자들이 아닌가. 너무나 당연한 걸 묻는군."

시류가 대답을 듣고 침묵에 잠겨 있는 사이 래운은 다시 입을 열었다.

"그럼, 나도 하나 묻지. 함께 수로 지냈던 은의 일족의 수들 가운데 가장 대하기 꺼려지는 상대는 누구였지? 기분 나쁘다는 의미가 아니라 그냥 직감으로."

시류는 잠시 생각에 잠겼다. 그리고 지난 시간들을 되살렸다.

적의 수 화월과 백의 수 유현, 그리고 흑의 수 진.

그리 자주 만나거나 서로 이야기를 나누는 관계는 아니었지만 각 영토를 다스리는 수라는 이름을 가진 이상 시류를 포함한 네 명의 수는 뗄레야 뗄 수 없는 인연을 가지고 있었다.

"흑의 수… 진이었습니다."

자신도 모르게 자연스럽게 흘러나온 대답이었다.

이유없이 말을 꺼내는 데 많은 생각을 하게 만드는 분위기를 지니고 있었던.

각 영토에 존재하는 네 개의 비전서의 방.

그리고 유일하게 존재하는 청의 사제 유하.

수들 사이에 흐르던 보이지 않는 힘의 움직임은 모두 한 방향을 향하고 있었다. 그리고 그 속에 있던 것이 바로 유하였다.

지금에 와서 생각해 보면 그 비전서라는 것이 목숨을 걸 만큼 중요하거나 미래를 뒤바꿀 만큼 강한 무언가를 품고 있는 것은 아니었던 것 같다. 만약 비전서에 그만큼의 힘이 있었다면 지금의 현실이 이런 모습이 아니었을 테지만, 그렇지 않으면 이것이 바로 시간의 순리에 의해 다가올 당연한 일이었다는 말이 된다.

비전서의 방에 들어설 수 있는 것은 수와 사제.

그리고 비전서를 읽어낼 수 있는 것은 유하뿐. 자신이 비전서의 내용을 전부 말하는 것도 그의 의지에 의한 것이다. 원하지 않는다면 말하지 않아도 어쩔 수 없었다. 그리고 실제로 유하는 자신에게 전부를 말하지 않았다.

"알고 있을지도 모르지만 비전서를 만든 것은 오래 전에 태어나 살았던 흑의 수였다. 마치 지금의 유하와 같은 힘을 지니고 있던, 아니, 그보다는 훨씬 강력한 힘이었지만. 비전서를 만드는 것과 읽어내는 것에는 큰 차이가 있으니까 말이지."

시류는 흠칫하고 놀랐다. 사제인 유하조차 알지 못하고 있던 비전서를 만든 존재. 그를 몰랐던 것은 시류 역시 마찬가지였다.

당신이 그것을 어떻게 알고 있느냐고 묻고 싶었지만 입이 떨어지지 않았다.

"과연 미래를 읽어내는 힘이, 그리고 생명을 깎아내며 발휘되는 힘이 얼마만큼 중요한 것인지는 모르겠지만."

스쳐 지나가듯 들려온 래운의 말에 시류를 떠올린 것은 유하였다.

지금은 어쩐지 멀게 느껴지는. 떨어져 있는 거리 때문이 아니라 마음이 멀어져 버린.

스스로도 느끼고 있다. 지금 자신이 유하에 대해 생각할 때의 마음이 결코 과거와 같지 않음을.

마치 정신을 혼미하게 만들 정도로 짙은 향에 취해 모든 것을 망각한 것처럼 그렇게 유하는 시류의 기억 속에서 단순한 과거의 기억으로, 그리고 추억으로 잔류하고 있었다.

마치 과거의 순간들이 꿈이었던 것처럼.

처음 유하에게 손을 내밀었던 것도 자신.

사제가 되도록 등을 떠민 것도 자신.

마음을 굳혀 버린 것도 자신이지만 이제는 아무렇지 않게 그것을 넘겨 버리며 과거로 치부한다. 마치 유년에서 벗어나 성년을 맞이했던 과거의 경험처럼 새롭게.

"사제가 필요하지 않다면 비전서 역시 필요없지. 그리고 비전서가 필요하지 않다면 사제도 필요없지. 안 그런가?"

마치 시류의 마음을 읽어낸 것처럼 래운은 말하고 있었다.

"선택은 자신이 하는 것이니까. 비록 그것이 어떤 식으로 변화한다고 해도 말이지."

시류는 아무런 말도 하지 않고 있었다.

말로는 아무것도 표현할 수 없다. 마음으로 흘러가는, 흘러 움직이는 생각은 말로 나타낼 수 있는 것이 아니다.

시류 자신에게 있어 뿔의 상실이라는 것은 정말 많은 변화를 가져다 주었다. 스스로가 생각하고 느끼기에도 기이하다고 여겨질 만큼. 몸의 변화뿐만이 아니라 마음까지 움직여 버리는.

뿔은 일족에게 있어서 생명 자체를 상징하는 것인지도 몰랐다. 그랬기 때문에 자신은 생명을 잃은 존재. 어떻게 변화해도 이상하지 않다.

단순한 납득일지도 모르지만 시류는 그렇게 생각했다.

"혼자 남는다는 것은 실로 많은 것을 뒤바뀌게 만들지. 안 그런가, 시류?"

또다시 래운은 말을 꺼내고 있었다.

시류의 마음에 얇은 상처 자국을 남기면서. 그러나 그것이 깊은 상흔이 될지 옅은 흔적이 될지는 시간이 지나고 난 후가 되어야 알 수 있을 것이다.

시라의 눈에서 흘러내리는 눈물은 자신을 이해했기 때문에 흘러나오는 것일까. 그렇지 않으면 자신의 손에 의해 죽어간 은의 일족들을 대신해 그녀가 흘리는 눈물인 것일까. 바사기는 알 수 없었다.

다만 고개를 숙인 채 소리없이 눈물을 떨구는 그녀가 슬퍼 보였을 뿐이다.

여자의 마음을 그렇게나 모른다고 말할 수 있어요?

어딘가에서 들려오는 물음.

바사기는 순간적으로 주위를 살피며 고개를 돌렸다. 그러나 처음부터 이곳에는 자신과 사야밖에 없었기 때문에 다른 누군가가 있을 리가 없었다.

　진심으로 생각해 주고 있는데… 바보같이.

투덜거림이 섞인 낮은 말소리, 아니, 머리 속의 울림인가?
　'대체…….'
혼란스러워하는 바사기에게 예의 그 울림이 또다시 들려왔다.
오직 자신에게만 들리는 것이 틀림없는.

　그렇게나 모르다니, 역시 어디를 가도 남자란…….

　이해할 수 없었다. 대체 무슨 말을 하는 것인지. 그리고 왜 자신
의 마음속에서 이런 울림이 들려오는 것인지.
　"미안해요."
　아직 채 마르지도 않은 눈동자를 들어 올리며 시라가 말했다.
의식하지 못하고 있는 것 같았지만 그녀의 목소리는 많이 가라앉
아 있었다.
　바사기는 진심으로 미안한 얼굴을 하고 가만히 시라를 바라보
았다.

　정말……!

　그리고 순간적으로 이해할 수 없는 일이 일어났다. 자신의 의지
도 아닌데 손이 움직여 시라의 손을 잡은 것이다. 그렇게 의아함
에 잠긴 채 혼란스러워하는 바사기의 앞에서 눈물이 멈추기는 했

지만 여전히 젖은 눈을 하고 있던 시라는 작지만 부드럽게 웃어 보였다.

"고마워요, 바사기. 잠시 혼자서 생각을 정리하고 다시 올게요. 미르가 식사를 준비하고 있을 테니까 조금만 기다려 주세요."

그렇게 말하고 나서 시라는 다시 한 번 웃어 보였다. 그리고는 바사기의 손을 부드러운 동작으로 놓고는 방을 나섰다.

가만히 보고 있던 나도 알겠는데 왜 모르는 거예요! 동정이 아니라 이해의 눈물이었다는 것을 몰라요?

마치 소리치듯이 울려대는 목소리.
분명 마음속에서 들려오는 울림이건만 마치 귀에 직접적인 자극이 오듯이 바사기는 깜짝깜짝 놀라고 있었다.
그리고 한참이 지나서야 바사기는 겨우 한마디를 꺼낼 수 있었다.
"누구지?"

말해도 모를 거예요. 저도 왜 지금 이런 상태가 되어 있는지 모르니까. 혹시 유하님이라면 알고 계실지 모르죠. 이곳에는 없지만.

정체를 알 수 없는 상대방이 유하를 알고 있다는 사실은 바사기에게 조금이지만 안도의 마음을 느끼게 해주었다.

잠에서 깨어나 보니 당신 몸에 들어와 있었다구요. 꿈이라면 빨리 깰 것이지, 많고 많은 세상 중에 도깨비 나라라니……

"도깨비?"

마음속의 울림은 뭔가 자신으로서는 알지 못하는 말을 하고 있었다.

도깨비라는 말도 몰라요? 머리 위에 뿔 달린 사람을 도깨비라고 하잖아요. 아, 그러고 보니 도깨비라는 말은 안 쓰고 금의일족과 은의일족이라는 말을 쓴다고 했었지.

뭔지는 알 수 없지만 머리 속이 복잡해서 금방이라도 자리에 누워버리고 싶은 정도였다.

"잠시… 마음을 좀 가라앉히고 이야기를 나눌 수 있을까?"

바사기는 조심스럽게 말을 꺼냈다.

그리고 그 말에 동의한 듯 머리 속에서 아무런 말도 들려오지 않자 아예 마음을 잡고 자리에 누웠다. 자리에 눕고 나니 조금이지만 편해진 듯한 느낌이 들었다.

어쨌든 본래 이 몸의 주인인 당신의 정신이 돌아와서 다행이에요. 저는 이곳의 말도 제대로 할 줄 몰라서 곤란했으니까. 유하님이 없었더라면 정말 힘들었을 거예요.

바사기가 편한 자세가 되었다는 것을 알았는지 마음속의 목소리는 또다시 울려왔다.

무언가 질문을 하고 싶어도 자신에게는 노하에 의해 부상을 입고 쓰러졌다가 다시 눈을 뜨기까지의 반년이 조금 넘는 시간 동안의 기억이 없다.

"혹시… 내가 가지고 있지 않는 기억 동안 네가……?"

채 뒷말을 잇지 않았음에도 불구하고 목소리는 대답을 건네왔다. 마치 자신의 생각을 읽고 뒤를 이어 답하듯이.

아마 그럴 거예요. 그리고 너가 아니라 은선이예요. 좀 이상하게 들릴지도 모르지만 그렇게 알아두세요.

뭔가 복잡하다 못해 멍해지는 듯한 기분이었다.
자신의 몸속에 혹은 정신 속에 또 다른 누군가가 있다는 것은.

그리고 덧붙여서 전 '여자'예요.

머리를 둔기로 얻어맞은 듯한 통증을 느끼며 바사기는 자신도 모르게 눈을 감아버렸다.

*   *   *

들어설 때와 나설 때의 느낌이라는 것에는 확실히 커다란 차이가 있었다.

처음 검은 숲을 눈앞에 두고 그 안으로 들어서야만 했던 그 상황에서는 검은색이 가져다 주는 불길한 느낌과 앞을 내다볼 수 없는 막혀 버린 어두움 때문에 막막한 느낌을 받았었다. 하지만 그 숲에서의 경험과 안정, 그리고 도움을 구하고 난 뒤에 떠나는 기분은 마치 고향에서 떠날 때 느끼는 희미한 불안이 섞인 감정과도 닮아 있었다.

"언젠가 다시 만나게 된다면 그때는 지금과는 다른 상황이겠지만 웃으며 인사할 수 있기를 바란다."

그냥 보통의 인사말에 불과했지만 이상하게도 래운의 입에서 그 말이 흘러나오자 모두의 귀에는 그것이 심상치 않게 들려왔다.

"감사합니다, 래운님."

리가는 정중하게 고개를 숙여 인사를 건넸다.

아마도 지금 이곳에 있는 이들 중에서는 리가가 가장 래운과 밀접한 관계라고 해도 과언이 아닐 것이다. 그녀도 깊은 곳까지는 알지 못하고 있는 것 같았지만 그래도 그녀에게는 보다 오랜 시간 동안 그와 함께하면서 느낀 무언가가 있는 것이다.

금의 일족이나 은의 일족 어느 쪽에도 속하지 않는 래운은 그렇게 여전히 숲에 남은 채 떠나가는 이들을 바라보았다. 그의 눈에 보이는 그들의 앞길은 밝은 빛깔로 채색되어 있지는 않았지만 아무리 어둡다고 해도 스스로의 의지만 있다면 그것을 바꾸는 것도 그리 어렵지는 않다. 단지 자신이 선택한 후에 그것이 잘못된 것이라는 사실을 깨닫는 것이 너무 늦어버린다면 그것만큼 더욱 슬프고 비참한 일은 없겠지만.

후회라는 말은 아무리 빨리한다고 해도 늦는 법이기 때문에.

'부디 후회는 하지 않기를.'

래운은 마지막으로 마음속으로 그렇게 중얼거렸다.

흔들리는 일각수의 등 위에서 천천히 속력을 유지해 가며 움직이기 시작하고 나서 어느 정도의 시간이 지났다. 일각수에 타고 있다는 특성상 일행은 그다지 말을 하지 않은 채 선두에 선 시류와 리가의 뒤를 따르고 있었다. 그 둘은 간간이 말을 나누는 것 같았지만 처음부터 왠지 심각한 표정을 하고 있던 바사기는 자신만의 생각에 잠긴 듯 누군가 말을 걸지 않으면 절대 스스로는 입을 열지 않았다. 주위를 둘러보며 몇 번이나 한숨을 내쉬던 미르는 일각수의 고삐를 잡아당겨 언니의 곁으로 바짝 다가섰다.

미미한 발굽 소리와 함께 일각수는 부드러운 동작으로 시라가 타고 있는 짙은 갈색의 일각수 곁으로 붙었다.

"언니, 이렇게 가다가 금의 일족이라도 만나면 어떻게 하지?"

자신과 언니인 시라에게만 들릴 만큼 작은 목소리로 미르는 물어왔다. 숲에 머무는 동안은 래운의 힘인지, 그렇지 않으면 숲 자체가 어떤 신비한 공간이기 때문인지 금의 일족이 안에 들어올 것을 염려해 불안하거나 무섭다는 느낌은 가지지 못했었다.

어둡기는 했지만 지극히 아늑하게 자신들을 보호해 주던 숲에서 빠져나와 위험으로 가득 한 세상에 발을 내디뎠다는 사실은 모두를 불안하게 만든 것이 틀림없다. 그러나 그중에서도 특히 미르는 아직 그런 자신의 불안감을 감무리하는 법을 알지 못했다.

"괜찮아, 미르."

시라는 동생을 달래기 위해서, 그리고 불안으로 차오르기 시작한 자신의 마음을 위로하기 위해서 그런 말을 내뱉었다. 분명 시류가 과거와 같은 힘을 지니고 있었다면 이런 걱정이 많이 반감되었겠지만, 지금은 급박한 상황을 만났을 때 대체 어떻게 변할지 알 수 없는 상태였다. 그 때문에 사야 역시 겉으로 드러나지는 않았어도 희미한, 그러나 점점 형체를 갖춰가는 불안과 맞서 싸우고 있었다.

"그렇다면 좋겠지만 언니, 앞으로 어떻게 될지… 이럴 때는 금의 일족보다 힘이 약하다는 것이 분해."

시라는 보일 듯 말 듯 희미하게 미소 지었다.

"나 역시 그래."

미르에게 대답하고 나서 시라는 문득 지금의 상황이 그때와는 정반대가 아닌가 라는 생각이 들었다.

유하와 함께 숲을 향해 달려오던 때는 너무나도 급박하게 시간에 쫓겨가며 움직였었다. 제대로 이야기도 나누지 못할 만큼 시간이 부족했기 때문에 조금이라도 빨리 안전한 장소에 다다르기만을 바라며 일각수에 박차를 가했다. 그러나 지금은 반대로 어느 정도의 여유를 가지고 천천히 움직이고 있었다.

강력한 비호자가 있는 것도, 그렇다고 그때만큼 긴박하지는 않았지만 상황에 여유가 있는 것도 아닌데 이상하게 지금은 모두 급한 마음이 들지 않았다.

"시류님께서는 일족들이 있는 곳으로 가신다고 하셨지?"

작게 물어온 미르에게 시라는 고개를 끄덕이는 것으로 답을 대신했다.

"청의 영토에 돌아가는 거겠지, 아마도? 그렇게 오래된 일이 아닌데도 너무 먼 과거의 일 같아. 내가 그곳에서 살았다는 것조차."

시라는 동생의 얼굴을 돌아보며 마음속으로 쓴웃음을 지었다. 자신 역시 겉으로 표현을 하지 않고 있었지만 그 같은 느낌이었기 때문이다.

이런 방법으로라도 고향에… 청의 영토에 되돌아갈 수 있다면 어떤 위험이 도사리고 있더라도 자신은 마다하지 않을 것이다. 지금 이렇게 그곳으로 되돌아가고 있듯이.

"너무 걱정하지 않아도 될 거야, 미르. 어떻게든 헤쳐 나갈 수 있을 테니까."

"…응."

조금 걱정스러운 듯이 그러나 애써 미소를 떠올리며 미르는 웃었다.

미칠 것처럼 머리 속이 혼란스러웠다.

말이라도 꺼내게 된다면 분명 좋지 못한 모습을 보일 것 같아서 바사기는 아예 입을 열지 않고 있었다. 머리 속에서, 혹은 마음속에서 끊임없이 자신에게 말을 걸어오는 '은선'이라는 이름의 소녀는 자신이 이해하지 못하는 단어들로 가득 찬 말만을 끊임없이 내뱉고 있었다. 자신의 생각까지 읽어내는 듯한 그녀 때문에 바사기는 밤에 잠조차 제대로 자지 못할 정도로 긴장하고 있었다. 이해할 수 없는 일이었지만 자신에게 이미 일어나 버린 일이기에 받아들이지 않을 수 없는, 그러나 여전히 당혹스러운 현실.

뭘 그렇게 복잡하게 생각해요? 어차피 이렇게 된 일인데 상부상조하면서 잘살아갈 방법을 찾아야지.

또다시 뇌리에 울려 퍼진 이해가 안 가는 말들을 곱씹으며 바사기는 나지막하게 한숨을 내뱉었다.

그런데 지금 가는 게 청의 영토란 곳이라고 했죠? 음…분명 유하님의 말로는 자신이 살던 곳이라고 했었는데…바사기도 가본적 있겠죠?

"아… 아아, 그래."

밖에는 들리지 않을 정도로, 아주 작은 그저 입만을 방긋거리고 있는 것처럼 보일 만큼 작은 목소리로 바사기는 대답했다. 마음속으로 생각을 떠올려도 되지만 자신마저 그렇게 해버린다면 상황은 더욱더 혼란스러워질 것만 같았기에 번거롭지만 바사기는 일일이 소리를 내가며 대답하고 있었다.

"무척 조용하고 아름다운 곳이지. 지금은 어떻게 변했을지 알수 없지만……."

다 그 금의 일족들 때문이로군요. 특히 그 금의 수라는 당신의 형, 노하라는 사람, 아니, 도깨비 때문에.

바사기는 자신도 모르게 거친 한숨을 토해냈다.

분명 다른 이들에게 그런 이야기가 화제거리가 된다면 자신은 아무리 아니라고 여겨도 기분이 가라앉을 것이 틀림없었다. 많은 일이 있었지만 결국 최종적으로 자신은 노하에게서 등을 돌린 것이 아닌가. 그런데 지금 이 소녀는 그것을 아무렇지 않게, 그야말로 단순한 화제거리로 전락시켜 버린 것이다. 물론 깊은 사정을 그녀가 모르기 때문에 당연한 일인지도 모르지만.

아직까지도 노하의 이름을 떠올리거나 그와 함께였던 지난 시간을 떠올릴 때면 마음 한구석이 의도하지 않았음에도 불구하고 미미하게 울려온다. 그것은 아마도 자신과 노하의 몸에 흐르는 피 때문이리라. 벗어나려 해도 자력으로는 벗어날 수 없는 혈연이라는 이름의 인연 때문에.

그렇게 마음 아파요?

느닷없이 은선이 물어오자 바사기는 자신도 모르게 깜짝 놀라 흠칫하고 몸을 떨었다.

"아, 아니……."

식은땀이 흘러내릴 것 같은 기분이었다. 필연에 의한 것이든 악연에 의한 것이든 간에 타인에게 자신의 마음을 들킨다는 것은 소름 끼치는 일이 분명하다.

나는 형제가 없어서 잘은 모르겠지만…바사기 같은 상황이라면 분명 슬프겠죠? 그런데 웬만하면 그냥 참고 지내지 왜 일부러 이런 힘든 길을 택한 거예요? 왕자님의 자리는 참 좋을 텐데.

바사기는 대답하지 않았다. 아니, 대답할 기운이 없어졌는지도 모른다.

하지만 은선의 말 때문에 자신의 과거를 몇 번씩이나 되돌아보게 된 것은 사실이다. 그리고 그때마다 자신이 얻은 결론은 언제나와 같이 아무것도 깨닫지 못한 채 무기력한 모습으로 움직이는 인형보다는 어떻게 되더라도 스스로의 의지를 가지고 움직이는 편이 났다는 것이었다.

나중에 미칠 정도로 후회해 봤자 이미 흘러간 시간을 되돌릴 방법은 없으니까.

바사기는 고개를 돌려 저만치 앞에서 나아가고 있는 시류의 등을 바라보았다. 얼마 전까지 청의 수였던, 그리고 유하를 움직일 수 있는 유일한 존재였던 그를. 그리고 뿔을 잃었음에도 불구하고 모든 것을 포기하지 않고 앞으로 발걸음을 내딛는 그를. 자신에게도 그런 당당함이 필요할지 모른다. 아니, 당연히 필요하다.

그래요. 그렇게 용기를 내는 게 좋아요. 시류님이 본보기라면 더욱 좋구요.

"하아……."

이번에는 크게 터져 나오는 한숨 소리를 바사기는 억누르지 않았다. 잠시도 틈을 주지 않고 머리 속을 울려대는 은선의 말들은 이제, 아니, 처음부터 자신의 의지의 한도를 벗어난 것이었다. 조정할 수 있는 것이라면 좋았을 테지만.

"내 이야기만 묻지 말고 네 이야기도 해주지 않겠나?"

내 이야기요? 뭐, 하나도 못 알아들으면서……

은선이 투덜거리자 바사기는 또다시 온몸에서 힘이 빠져나가 버리는 감각을 경험해야 했다.

"모르기 때문에 묻는 거니까."

그렇다면 좋아요.

이제 조금이지만 한시름 덜었다고 여기며 바사기는 고개를 떨구고 시선 아래에 위치한 뾰족한 일각수의 뿔과 흔들리는 갈기만을 바라보았다.

그리고 그런 그들의 움직임을 멀리에서 주시하는 눈동자가 있었다.

"너희 둘은 노하님께 어서 이 사실을 알려라. 나는 계속 뒤를 쫓고 있을 테니."

"알겠습니다."

기는 두 명의 감시자에게 그렇게 명령하고는 다시 그들 시류와 바사기, 은의 일족인 두 명의 여인, 그리고 본 적이 없는 또 한 명의 여인에게로 시선을 돌렸다. 분명 특징적으로 살펴보면 금의 일족이 분명한 여인. 왜 금의 일족이 시류의 곁에 있는지 알 수 없었지만 지금 중요한 것은 시류가 움직이기 시작했다는 사실이었다. 자신들은 제대로 들어설 수조차 없는 검은 숲의 존재는 꺼림칙했기에 기는 그런 생각들은 지워 버리고 그들의 움직임을 주시했다.

지금은 아직 노하의 명령이 없기 때문에 그들을 가만히 지켜보기만 하고 있지만, 얼마 지나지 않아 그들의 앞에 나타나 참담함을 안겨줄 때가 올 것이다.

지금 너무나도 여유롭게 일각수에 올라탄 채 나아가고 있는 그들을 보면 자신들이 어떤 처지인지도 잊고 있는 것이 아닌가 라는 기분이 들 정도였다.

그렇지 않다면 금의 영토 안에서 그렇게나 여유롭게 움직일 리가 없다고 기는 생각하고 있었다.

뒤편에서 자신과 함께 숲을 지켜봐 왔던 감시자들이 떠나가는 소리가 들려왔다. 이제 얼마 지나지 않아 그들이 노하님의 명령을 받아 돌아오게 되면 지금처럼 이렇게 지켜보기만 하지는 않을 것이다. 아니, 계속 지켜보는 편이 좋을지도 모른다. 가장 즐거워 보이는 순간에 그것을 깨뜨리는 것만큼 재미있는 일도 없을 테니까.

기는 가만히 손을 들어 올려 기분 나쁘게 깨져 버린 자신의 한쪽 뿔 끝을 어루만졌다. 불완전한 뿔. 약간이긴 하지만 흔들림을 가지게 된 힘. 바로 자신을 이렇게 만들어 버린 것은 저 눈앞의 존재 시류였다. 아무리 수라고는 해도 은의 일족인 주제에 자신을 이렇게까지 만들었다.

'용서할 수는 없지.'

왠지 모르게 광기와 닮은 빛깔이 섞여 있는 듯한 눈을 하고서 기는 입꼬리만을 틀어 올려 미소 지었다.

보복으로 시류의 뿔을 잘라 버리기는 했지만 그것만으로는 만족할 수 없었다. 뭔가 더 큰 아픔을 느끼게 만들어야 한다. 그렇게 하지 않으면 기분은 풀리지 않을 것이다.

그것을 위해서라면 자신은 얼마든지 기다릴 수 있다.

지금은 평온해 보이는 저 시류의 얼굴을 고통으로 가득 찬 얼굴로 만들어 버릴 것이다.

무릎을 꿇은 자세로 자신에게 경과를 보고하는 감시자들의 숙인 머리를 내려다보며 노하는 싸늘한 웃음을 머금고 있었다.

그가 무엇을 생각하고 있는지 알아챌 수 있는 자는 아직 아무도 없었다. 금의 일족들은 그의 얼굴조차 제대로 보려고 생각하지 않았고, 은의 일족들은 격한 분노의 감정에 휩싸여 그의 태도 하나하나를 신경 쓰려 하지 않기 때문이었다.

"지금은 계속해서 그들을 감시해라. 어떤 움직임을 보이더라도 함부로 나서지 마라."

"알겠습니다."

조금의 망설임도 없이 두 명의 감시자는 동시에 대답했다.

'움직이기 시작했군. 무엇을 위해서인지는 모르겠지만.'

노하는 의미심장한 웃음을 떠올린 채 자신의 인사를 건네고 방을 빠져나가는 감시자들을 바라보았다.

자신이 무엇을 할 수 있다고 생각하는 것인지.

시류의 움직임을 생각할 때마다 웃음이 나올 뿐이다.

은의 일족이 모두가 모여 이곳을 공격한다고 해도 결국 손해를 보는 것은 그들일 뿐이다. 처음부터 정해진 힘의 차이는 수가 많다고 해서 달라지는 것이 아니기 때문이었다.

"어리석어."

노하는 나직한 목소리로 말했다.

처음부터 알고 있었지만 너무나 어리석다. 스스로 자신들의 그 어리석음을 깨닫지 못할 정도로.

"준비가 다 끝났습니다."

자신에게 말을 건네온 중년의 장로를 한번 바라보고 나서 노하는 고개를 끄덕였다.

이제 잠시 후면 유하가 완전히 자신의 손에 들어온다. 유하는 이제 어떤 경우에도 굽히지 않았던 자존심을 접어야 한다는 것을 깨달은 것이다. 유하답지 않게 자신을 속이기도 했지만 그것은 이미 과거의 일이다. 지금은 철저하게 자신이 어떤 상황에 놓여 있는지 깨닫고 그것을 실천하고 있는 것이다.

'시류, 널 철저하게 궁지에 몰아주지.'

대전을 향해 걸음을 옮기며 노하는 작게 중얼거렸다.

다른 보통의 일족이 아닌 유하가 금의 일족이 되는 일이기에 노하는 대부분의 장로와 감시자들을 불러놓고 유하가 금의 일족이 되는 약속의 의식을 지켜보게 했다.

특별한 일이 아니면 열리지 않는 황금색으로 채색된 대전의 문을 열고 노하는 유하가 할 선언의 증인이 될 이들을 불러 모았다.

"금의 수 노하님께서 나오십니다."

문 앞에 서 있던 남자 사비의 목소리가 노하의 등장을 알렸다.

노하는 온통 검은색으로 만들어진 무거운 질감의 청의를 입고 천천히 대전 안으로 들어섰다. 바닥에 깔려 있는 매끄러운 흰색의 돌들이 노하가 걸음을 옮길 때마다 작은 마찰음을 내고 있었다.

'모든 것이 내 손안에.'

노하는 양 옆에 길게 늘어서 있는 감시자들과 장로들 사이에 홀로 붉은색의 옷을 입은 채 선 사야를 발견하고는 잠시 시선을 던졌다. 그러나 그것은 잠시 동안의 일로, 곧 그의 시선은 자신이 앉을 정면에 있는 의자로 향했다.

"안으로 드시기를."

평소보다는 화려해 보이는 느낌의 무복을 입은 감시자 한 명이 정중하게 말을 걸었다. 그러자 유하는 가만히 고개를 한번 끄덕여 보이고 나서 자신을 향한 수백 쌍의 시선이 가득 찬 대전 안으로 발을 옮기기 시작했다.

창백해 보이는 흰 피부와 그와 대조되는 색으로 더욱더 유하의 얼굴을 선명하게 만드는 검은색의 청의. 그것은 노하가 입은 것과는 반대로 얇고 하늘거리는 느낌의 옷이었다.

등을 지나 허리를 타고 길게 흘러내린 은청색의 머리카락이 화려한 황금색의 대전 안에서 반대의 빛을 내며 발걸음에 따라 조금씩 흔들렸다. 그리고 하늘을 향해 뻗은 흰색의 뿔이 더욱 선명하게 다른 이들의 시야를 채워갔다.

노하의 측근인 몇몇 감시자들을 제외하고 대부분이 처음으로 유하를 대하는 것이었다. 은의 일족 중에서 유일하게 사제의 힘을 가지고 태어난 존재. 역대 최고의 사제라 불리던 유하라는 존재를 지금 이렇게 눈앞에 대하고 있는 것이다. 그 사실 때문인지 말소리는 들려오지 않았지만 유하는 그들의 술렁임을 피부로 느낄 수 있었다.

그리고 상상외로 특이한 유하의 외모에도 그들은 반응하고 있었다. 금의 일족이나 은의 일족을 통틀어도 보기 드문 머리카락 색과 흔들림없는 푸른 눈동자, 그리고 흐트러진 표정 하나 없는 단정한 얼굴까지.

다른 이들보다 민감한 감각의 탓인지 정면으로 시선을 던지고 있음에도 불구하고 주위의 모든 것들이 생생하게 느껴지고 있다.

유하는 그런 감각들을 떨쳐 버리기 위해서 자신의 정면에 자리하고 있는 노하를 응시했다. 편하게 의자에 등을 기댄 자세로 자신을 내려다보고 있는.

'저건?'

그렇게 그를 바라보다가 유하는 문득 노하의 앞에 장식처럼 늘어서 있는 무언가에 시선이 미쳤다.

노하가 앉아 있는 황금색 의자의 앞에는 길다란 황금색의 탁자가 놓여 있었다. 충분히 5미터 정도 되어 보이는 그 탁자 위에 놓인 것은 놀랍게도 뿔이었다. 한쪽 끝에서 끝까지 마치 장식물처럼 놓여 있는 새하얀 뿔의 집합.

일각수의 것인지, 그렇지 않으면 일족들의 것인지는 알 수 없었지만 그렇게 뿔이 죽 늘어서 있는 광경은 충분히 경악을 느끼게 만들었다. 어쩌면 노하는 그런 광경을 보여줌으로써 자신에게 거스르는 자가 없도록 하는 것인지도 모른다고 유하는 생각했다.

그리고 그런 생각을 거듭하며 걸음을 옮기던 사이, 유하는 어느새 그 탁자의 바로 앞까지 다다라 있는 자신을 발견했다. 가까이에서 보니 그 뿔 하나하나는 마치 지금에라도 환한 빛을 뿜으며 힘을 발휘할 것처럼 생기가 담겨 있는 것 같았다.

"금의 수께 인사를."

자신을 이끄는 누군가의 목소리에 따라 유하는 아무렇지 않은 얼굴로 노하의 앞에 무릎을 꿇었다. 그 동작은 무척이나 절제된 움직임이어서 더욱 눈길을 끌었다.

"유하."

노하의 음성이 무겁게 울려 퍼졌다.

"이제부터 그대를 금의 일족으로 인정한다."

고개를 숙이고 있는 유하로서는 제대로 볼 수 없었지만 노하의 입가에는 만족스러운, 그러나 어딘지 모르게 냉혹해 보이는 미소가 머물러 있었다. 그리고 노하의 말에 대한 유하의 대답이 이어졌다.

"금의 수 노하님을 받들어 금의 일족으로서 살아가겠습니다."

처음 청의 수가 되었을 때 시류의 앞에서 했던 말이었다.

청의 수 시류님을 받들어 청의 사제로서 살아가겠습니다, 라는.

그때의 자신과 지금의 자신은 놀랍도록 닮은 표정을 하고 있을 것이다. 그때도, 청의 사제가 되었을 때도 자신은 표정없는 얼굴로 그런 말을 했었다.

지금 역시 그때의 기분으로 그때의 기억을 되살리며 자신은 같은 말을 반복하고 있었다.

그때부터 계속 최고의 사제로 불리었듯이 지금도 노하의 아래서 자신은 최고가 되어야 한다. 그렇지 않으면 이렇게까지 행동하는 의미가 없어져 버린다.

나중에 다른 이들이 자신을 어떻게 여긴다 해도 지금의 자신에게 있어서는 이것이 최선이었다. 눈앞에 있는 현실 속에서 자신이 할 수 있는 최상의 선택.

"그대의 뿔을 나에게 맡기겠는가?"

그것은 생명을 맡기겠는가, 라고 묻는 것과 같은 질문이었다. 그리고 유하는 망설임없이 입술을 움직였다.

"금의 일족으로서 금의 수 노하님의 모든 명령에 따르겠습니다."

이 서약식을 하기 전에 장로라는 초로의 금의 일족으로부터 배운 말들이었다.

이것은 감시자, 혹은 장로로서 노하에게 임명될 때 하는 말이라고 했다. 보통 금의 일족들도 다들 이런 말을 하는 것을 보면 정말 은의 일족과는 많은 차이가 있다는 것을 알 수 있었다. 물론 은의 일족들도 수에게 충성의 말을 하기는 하지만 자신의 생명을 전부 맡기겠다는 말은 하지 않는다. 수는 절대적으로 강하게 일족들을 지배하는 힘을 가진 대신 일족들을 보호하는 의무도 가지고 있었다. 그것이 수에게 주어진 유일한 의무.

'금의 일족……'

변한 건 아무것도 없는데 주위의 상황이, 그리고 자신의 마음이 달라졌다.

금의 일족이라는 한마디의 말만으로도 이렇게나 달라진 기분이 될 수 있는 것인지. 유하는 자신도 모르게 작은 한숨을 내뱉으며 되뇌이고 있었다.

"유하, 이리로."

오른손을 들어 올려 작은 손짓을 보이며 노하는 자리에 앉은 채 유하를 불렀다.

"네."

무릎을 꿇었던 자세에서 몸을 펴고 일어나 유하는 노하의 곁으로 걸어갔다.

몸을 감싼 청의의 느낌이 무척 차가웠다. 어쩌면 자신이 그렇게 느끼고 있는 것뿐인지 모르지만 걸을 때마다 몸에 감겨드는 옷의 감촉은 무척이나 생생했다.

"이것이 무엇인지 알겠는가?"

다섯 개의 계단을 올라 노하의 앞에 놓여 있는 긴 탁자의 앞까지 다다른 유하에게 노하가 물어왔다.

"일족들의 뿔이 아닙니까?"

유하는 일부러 앞의 말을 생략하고 그렇게 말했다.

그 대답에 노하는 의미심장하게 웃으며 고개를 끄덕였다.

"물론 그렇지. 이게 누구의 뿔인지 알겠나? 그대의 힘으로라면 알아낼 수도 있겠지."

자신에게 너무 큰 기대를 하고 있다고 유하는 생각했다. 아무리 자신이 다른 이들보다 감각이 민감하다고 해도 보기만 하는 것으로 무엇인지, 아니, 누구의 것인지 알아낼 리가 만무하다. 그렇지만 유하는 여전히 같은 표정을 유지한 채 손을 뻗어 가까이에 있던 뿔 하나를 감쌌다.

차갑게 식어버린 과거에 자신이 손에 쥐었던 시류의 뿔에서 느꼈던 것과 같은 감각, 아니, 자신이 그 기억을 떠올렸기 때문에 그렇게 느껴지는 것인지도 모르지만.

"……!"

그리고 유하는 더 이상 그때의 일을 생각할 수가 없었다. 갑자기 물밀듯이 머리 속에 떠오르기 시작한 무수한 영상들이 자신을 얽어매 왔기 때문이다.

"이것은……."

유하는 자신의 목소리에 떨림이 섞여 있다는 것을 깨닫지 못했다.

회오리치는 붉은 기운에 의해, 자신도 익히 알고 있는 익숙한 힘의 움직임에 의해 바닥으로 떨어져 가는 하얀 뿔들과 소리는 들리지 않았지만 피부를 찢는 듯한 날카로운 느낌이, 아니, 어떤 감각이 온몸을 감쌌다.

"역시 알아챘군."

노하는 소리내어 웃었다.

유하가 그런 힘을 지니고 있다는 것을 알고 있었던 것일까. 유하 자신으로서도 처음 경험해 본 일인데.

타인이 남긴 무언가를 만진 것만으로 이렇게나 생생하게 그 감각을 느낀 것은 처음이었다.

'어째서…….'

마음속에서만 퍼져 나가는 의문이었지만 유하는 그것을 소리내어 말하지 않았다.

어떻게 한 일족의 수로서 일족들에게 그렇게나 무참하게 죽음을 선사할 수가 있는지. 다른 방법도 아닌 뿔을 잘라내는 방법으로 그렇게나 고통스럽게.

세어 보지는 않았지만 탁자 위에 놓여져 있는 뿔은 충분히 백여 개는 넘을 것이었다.

'하아…….'

숨이 막혀왔다.

유하는 쥐었던 손을 펴고 뿔을 다시 제자리에 놓아두었다.

그럼에도 불구하고 아직까지 온몸에 퍼져 간 감각은, 그 무서울 정도로 생생한 감각은 사라질 기미를 보이지 않는다.

"보통은 나도 그런 일을 하지는 않지. 다만 그들이… 날 배신했기 때문이었다. 그대도 알고 있겠지, 유하? 과거에 청의 사제였으니 충분히 알 거야. 일족들이 수를 배반한다는 것이, 수의 뜻을 거스른다는 것이 무엇인지."

유하는 대답하지 않았다. 아니, 대답할 수 없었다.

"그대에게 장로의 지위와 감시자의 지위를 내리겠다. 이곳에는 사제라는 자리가 없으니 그대에게 어울리는 자리는 이 두 개를 합한 것이 합당하겠지?"

비웃듯이 말을 던지는 노하에게 유하는 깊이 고개를 숙여 보이며 감사의 말을 건네는 것 이외에는 어떤 말도 할 수 없었다.

'나는 어쩌면 말도 안 되는 일을 저질렀는지도 모른다.'

갑자기 마음속에서 용솟음치는 그 생각에 유하는 미미하게 몸을 떨었다.

금의 일족이 되겠다는 서약을 하고 난 이후 유하의 생활은 크게 달라졌다.

물론 과거에도 그리 대우가 나쁜 것은 아니었지만 지금과 비교하면 천지 차이라고 해도 틀리지 않을 정도였다.

우선 유하에게 주어진 처소부터가 예전과는 비교의 대상도 될 수 없을 만큼 다르다. 과거에는 방 하나였던 것이 지금은 몇 명의 사비까지 딸린 건물 한 채다. 마치 과거에 사제로서 은둔하듯 살왔던 때처럼 유하는 궁 안에서도 가장 한적한 장소에 있는 건물 한 채를 얻었다. 자신에게 주어진 사비들은 모두 다섯 명으로 남자가 셋에 여자가 둘이었다. 아직까지 그들과 단 한 마디의 말도 하지 않고 있었지만 유하는 앞으로의 일이 난감했다.

금의 일족이 되겠다고 선언까지 한 이상 겉으로는 완벽한 금의 일족이 되어야 하지 않겠는가. 하지만 지금은 그런 기분이 들지 않는다. 자신에게 주어진 이런 상황이 너무나 맞지 않는 것 같아서 괴로울 뿐이다.

서약을 했던 그날로부터 이틀의 시간이 흘렀다. 그렇지만 유하의 뇌리 속에서는 그때의 노하에게서 받았던 불길한 느낌이 지워지지 않고 있었다. 아니, 더욱 생생하게 되살아날 뿐 지워질 기미는 처음부터 보이지 않았다.

유하는 무거운 한숨을 내쉬며 천천히 방 안을 거닐었다. 수를 알 수 없을 정도로 많은 책들이 들어찬 방이 하나, 그리고 침실이 하나, 또 하나의 방은 휴식을 위해 주어진 방이었다.

그리고 자신에게 배속된 다섯 명의 사비들을 위한 방이 또 하나씩 있었기에 실제의 방 수는 더 많았다. 유하는 차례로 방을 옮겨 다니면서 앞으로의 일을 생각했다.

'다시 혼자다.'

시류를 탈출시키기 위해 분투했던 그때처럼 지금도 자신은 혼자였다.

엄습해 오는 좌절감과 싸웠던 나날을 떠올려 보았다. 생각해 보면 자신은 이곳에서 단 한 번도 편안하게 있어본 적이 없는 것 같았다. 은의 영토에 있을 때도 그랬다.

사제라는 이름 때문에 짊어지고 있던 책임과 스스로가 자신에게 걸었던 속박. 그리고 이곳 금의 영토에서도 혼자 남겨진 채 계속 무언가를 하기 위해 움직여야 했다. 생각해 보면 크게 무언가를 움직일 아무런 힘도 가지지 못한 자신이 이렇게까지 오랜 시간을 분투하며 살아왔다는 것이 꿈처럼 아득하게 느껴지기도 한다.

언제나 무언가를 하기 위해 앞으로, 또 앞으로 나아가기만 했다.

지금도 자신은 그렇게 앞으로 나아가기 위한 길을 찾고 있다.

'이것이 나의 운명이라면…….'

유하는 쓴웃음을 지었다.

그런 말은 믿지 않았었다. 하지만 지금에 와서는 믿지 않을 수 없었다.

다른 세상에 존재하던 영혼의 다른 한쪽과 조우한 것을 어찌 운명이라 하지 않을 수 있다는 말인가. 그 일이 없었다면 분명 자신은 덮쳐 온 시간의 무게에 이기지 못하고 쓰러져 버렸을 것이다. 아니, 그전에 생명이 다해 죽음을 맞이했을지도 모르는 일이다.

이제 어떻게 하면 좋을까?

그것이 지금 유하에게 던져진 가장 큰 과제였다.

얼마 전에는 단지 탈출을 목적으로 한 연극을 하며 상황만 살피고 움직이면 되었지만 지금은 아니다. 최악의 경우 시류가 자신이 배신을 했다고 생각하고 적대시하는 경우가 생긴다고 해도 지금의 상황을 고수해야만 한다. 설령 어떤 상황이 되더라도 최후만을 생각하고 움직여야 하는 것이다. 심지어는 자신마저 속이지 않으면 안 될 정도로.

'금의 일족이 되는 거다.'

유하는 마음속으로 되뇌었다.

일족을 나누는 구분은 뿔의 생김새로 하는 구별이지만 가장 처음 모든 일족이 하나였을 때는 그런 외모상의 차이 같은 것은 존재하지 않았었다. 시간이 지나 일족이 나뉘고 다른 지역에서 살아가면서 서로 다른 것을 추구하기 시작했을 때부터 많은 것이 달라진 것이다.

차라리 노하를 시류라고 생각하면서 이곳에 머무는 것이 나을지도 모른다.

순간적으로 그런 생각이 떠오르자 쓴웃음이 의지를 배반한 채 떠올랐다. 그리고 이렇게라도 하지 않으면 마음을 다잡을 수 없는 자신에게 배반감을 느꼈다.

"스스로의 의지를 다스릴 힘조차 없는 내가 무얼 하겠다는 거지?"

낮게 중얼거리며 유하는 힘없이 웃었다.

한참을 그렇게 생각에 잠긴 채 방 안을 거닐고 있을 때였다.

어색한 표정을 지으며 어린 소녀로 보이는 사비가 말을 건네왔다.

"유하님."

무슨 일이지, 라는 표정으로 유하가 걸음을 멈춘 채 시선을 던지자 소녀는 굳어진 목소리로 말을 꺼냈다.

"노하님께서 집무실로 드시라는 명령을 하셨습니다."

유하는 고개를 끄덕여 보이고 바로 방을 빠져나갔다.

그리고 그런 유하의 모습을 소녀는 조금 난감한 눈으로 쫓고 있었다.

노하는 처음으로 흰색의 청의를 걸친 의외의 모습으로 유하를 맞이했다.

그리고 집무실의 안쪽에 놓인 탁자 앞에 앉아서 손톱만한 크기의 작은 과일을 손에 들고 있었다. 아니, 정확히는 그것을 먹고 있었다.

"그건 무슨 표정이지?"

자신도 모르는 사이에 아연한 표정이라도 떠올린 것인지 노하는 놀리는 듯한 목소리로 말을 걸었다.

"죄송합니다."

유하는 고개를 숙여 노하에게 인사를 건네고는 가만히 고개를 들어 올려 노하를 바라보았다.

"우선 여기 앉도록."

"네."

차분히 그의 말에 답하며 유하는 탁자 앞의 의자에 앉았다. 정면으로 노하의 얼굴을 마주 보는 자세가 된 유하는 어색함을 억지로 감추며 침묵을 지켰다.

"그대를 부른 것은 다름이 아니라 그대가 해야 할 일이 생겼기 때문이다."

몇 개인가의 과일을 입에 털어넣고 나서 노하는 말했다.

"말씀하십시오."

정중하게 이어지는 유하의 대답이 마음에 드는지 그렇지 않은지 노하는 한쪽 눈썹을 미미하게 찡그리며 다시 말을 꺼냈다.

"숲을 감시하고 있던 감시자들의 보고에 의하면 시류 일행이 은의 영토를 향해, 아니지, 예전에 그런 이름으로 불린 적이 있던 장소를 향해 가고 있다고 한다. 물론 그 일행 속에는 내 동생도

섞여 있지. 또한 예전 그대의 사비였던 자들과 금의 일족으로 보이는 여자 한 명이 포함되어 있다고 하더군."

유하는 숨을 죽인 채 이어질 그의 말을 기다렸다.

"그대도 한번 맛을 보는 게 좋을 것 같군. 상당히 맛이 좋아."

마치 유하를 놀리기라도 하는 것처럼 노하는 자신의 앞에 놓여 있던 과일 접시를 유하의 앞으로 밀었다.

유하는 떨떠름한 기분으로 손을 내밀어 그중 하나를 집어 들었다. 그러자 노하는 빙긋이 눈으로 웃어 보이며 다시 말을 이어갔다.

"그래서 그대가 해야 할 일은 바로 그들의 뒤를 쫓으며 동향을 살피는 것이다. 물론 그것이 다는 아니지. 감시만이라면 다른 이들도 충분히 잘하고 있으니까. 유하, 그대가 할 일은……."

노하는 잠시 말을 멈추고 유하의 표정을 살폈다.

그러나 유하의 표정에서 무언가를 읽어낼 수는 없었다. 유하는 마치 처음부터 표정이 없는 사람처럼 담담한 얼굴을 하고 있었다. 노하가 진정으로 마음속에서부터 유하가 완전히 금의 일족이 되는 것을 받아들였다고 여길 정도로. 하지만 그것이 거짓된 것이라는 사실은 노하도 잘 알고 있었다.

유하가 쉽사리 마음을 허물어 버릴 리는 없는 것이다. 죽음과도 비견될 수 있을 만큼 강한 충격을 받지 않는 이상 유하를 바꾸는 것은 불가능하다. 그것을 알고 있음에도 불구하고 노하는 유하를 가만히 지켜보고 있는 것이다. 아니, 오히려 더욱 유하를 과거와 연결된 장소로 보내려는 것이다.

'그대의 진심을 보여주길 바란다, 유하.'

노하는 마음속으로 말했다.

"그대는 바로 시류의 앞에 나서서 그대의 결의를 표현하는 것이다. 어떤 방식으로든 말이야. 힘이 필요하다면 다른 감시자들의 힘을 빌리면 될 테니까 말이다. 하지만 물론 내 명령이 있은 후다. 잘할 수 있겠지, 유하?"

"알겠습니다."

유하의 대답에는 망설임이 없었다. 표정에 변화가 없는 것과 마찬가지로.

"감시자들 중에는 기도 있지만, 유하, 그대가 훨씬 강한 발언권을 가지고 있으니 어렵게 생각할 필요는 없다. 그대에게는 두 가지의 지위가 있으니까. 그리고 내가 그대를 비호하고 있다는 것도 잊어서는 안 된다."

"감사합니다."

여전히 손가락 사이에 붉은색의 열매를 끼워둔 채로 유하는 답하고 있었다.

마음 한구석이 무척이나 답답하다.

그러나 그것은 결코 겉으로 표현해서는 안 되는 감각이었다.

표정으로는 드러나지 않고 있었지만 노하는 유하의 행동을 보고 지금 그가 무척이나 곤란해하고 있다는 것을 알았다. 아주 미미한 동작이기는 했지만 그의 행동이 어색해 보였기 때문이다. 표정은 사제로서 지내온 세월 덕분에 자유자재로 같은 얼굴을 유지할 수 있다고 해도 행동까지, 아주 미미한 동작까지 완벽하게 조종한다는 것은 실로 힘든 일이 아닐 수 없었다.

'완벽하게 그대를 믿기에는 그대의 연기가 너무나도 진짜처럼 여겨지니까.'

"바로 내일 출발하라는 것은 아니다. 아직까지 이곳의 생활에 익숙지 않을 테니까 이틀 정도는 장로들과 감시자들로부터 조언을 듣는 것도 좋을 거야. 물론 그들이 가진 힘과 유하, 그대가 가진 힘은 많이 다르지만 조언만이라면 그것을 이용해 자신에게 어떻게 적용해야 하는지도 그대라면 금방 깨달을 수 있겠지."

"말씀에 따르겠습니다."

유하는 절대 긴 말은 하지 않았다.

무조건적으로 주인의 말을 따르는 충견처럼 그저 따르겠다는 말만을 반복하고 있을 뿐. 어쩌면 무기질이 섞인 것처럼 가라앉은 빛을 띠고 있는 유하의 푸른 눈동자를 바라보며 노하는 입가의 웃음을 지웠다.

"며칠 전 내 앞에서 서약했듯이 금의 일족인 이상 내 말은 어떤 것이든 따르겠지?"

"그렇습니다."

또다시 망설임의 기색도 없이 이어진 유하의 대답.

그리고 노하의 얼굴은 조금씩 더 차가운 표정으로 옮아가기 시작했다.

"내가 묻는다면 어떤 것이든 대답할 수 있나?"

"네."

"좋아. 그렇다면 그대의 과거에 대해 묻지. 청의 사제가 되기 이전의 그대에 대해서 말이야. 시간은 얼마든지 있으니까 이야기를 들려주겠나? 금의 수라면 일족에게 이 정도는 요구해도 괜찮겠지?"

그 말이 끝나자 유하는 조금이지만 기이한 빛을 담은 눈동자로 노하를 응시했다. 어떤 의미인지는 단 한 순간 마주친 것만으로 파악할 수 없었지만 그것을 알아낼 사이도 없이 유하는 금방 그

빛을 지워 버렸다.

노하의 시선을 받은 유하가 천천히 입을 열었다.

"저는 부모님을 기억하지 못합니다."

유하의 첫 말은 그렇게 시작되었다. 담담하면서도 나직한 목소리로 계속.

부모라는 이름은 은의 일족이나 금의 일족에게 있어서 생명을 걸 만큼, 혹은 평생 가슴에 담을 만큼 소중한 존재는 아니다. 특히 수를 자식으로 둔 부모는 어릴 때 자신의 아이가 차기 수로 뽑혀 궁으로 가게 되면 마음속에서 지워 버리는 것이 당연하게 여겨질 정도였다. 그리고 자신이 낳은 아이를 아무렇지 않게 홀로 놓아두고 떠나 버리는 일도 있었다. 자주는 아니었지만 그런 일에 익숙해진 일족들은 혈연이라는 관계에 그리 큰 의미를 두지 않았던 것이다. 어쩌면 오백여 년이라는 시간을 사는 동안 스스로의 힘으로 그 시간을 걸어나갈 수 있다는 것을 너무 일찍 깨달아 버렸기에 그리 큰 집착을 가지지 않는 것인지도 모른다. 결국 자신에게 주어진 길을 걷는 것은 자기 자신이지, 피가 이어져 있다고 해도 가족은 아니었기 때문이다.

인간의 의식으로는 이해가 되지 않는 사고 방식일 테지만 그들에게는 이것이 당연했다.

서희 역시 이것을 처음 알게 되었을 때 무척 당혹감을 느꼈었다. 지금은 그런 감각은 깊이 가라앉은 채 또 하나의 유하 속에 잠겨 있지만.

"언제나 좋아했던 것은 깊은 숲 속에서 바라보는 하루의 고요함이었습니다. 말 한마디조차 필요없는 그 속에서 언제까지고 시간을 보내고 있었습니다. 시류를 만나기 전까지는 그것이 저의 생활이었습니다."

유하의 입에서 튀어나온 시류라는 말에 노하는 더욱 깊은 흥미
가 일어나는 것을 느꼈다. 결코 듣지 못하리라 여기고 있던 유하
의 과거를 지금 이렇게 들을 수 있는 데다가 그것도 자의에 의해
직접 선택된 이야기라는 것에.

어디까지 이야기하는 것이 좋을까.
아니, 어떻게 이야기하는 것이 좋을까.
자신의 전부를 아무렇지 않게 노하에게 내보이는 것이 좋을까.
그렇게 하면 노하가 자신에게 품고 있는 의심이 사라질까.
유하는 마음속을 떠도는 질문을 몇 번이고 상기하며 계속 말을
이어갔다.
이렇게 다가온 것이 지금의 자신이 맞은 상황이 진정 운명이라
면 대체 어떤 방향으로 움직여야 하는 것일까.
일순간 흔들리는 생각의 고리에 유하는 마음이 풀어져 버리는
듯한 감각을 느끼고 있었다.
굳은 결의는 가슴속에 깊이 새겨져 있다고 해도, 혼자된 이런
상황은 유하에게서 용기의 힘을 조금씩 갉아내고 있었던 것이다.
'대체 무엇을 위해서⋯⋯.'
대체 무엇을 위해서 자신은 지금 이렇게 움직이고 있는지.

＊　　　＊　　　＊

"잠시 쉴 수 없을까?"

네? 뭘요? 쉬고 싶으면 시류님한테 말해야지, 왜 저한테 그래요?

마치 아무것도 모르는 순수한 어린아이처럼 은선은 되물어왔다.
바사기는 지끈거리는 머리를 손으로 누르며 한숨을 내쉬었다.
"일부러 그러는 것은 아니겠지?"
가라앉은 바사기의 목소리에 은선은 피식거리는 웃음소리를 냈다.

그렇게까지 괴로워할 필요는 없잖아요. 너무 생각이 복잡하고 마음이 무
거워 보여서 일부러 그런 건데. 바사기는 여자의 마음을 몰라도 너무 몰라
요. 그래가지고 시라에게 당신의 마음을 전할 수 있기라도 할 것 같아요?

갑작스레 터져 나온 은선의 말에 순간 바사기는 몸을 경직시켰
다.
지금까지는 반신반의하고 있었지만 은선이라는 소녀는 자신의
마음을 읽고 있는 것이 분명하다. 아니, 또 다른 자신처럼 자기 자
신의 마음을 엿보고 있는지도 모른다.

어찌 된 건지는 모르겠지만 몇 가지를 빼고는 당신과 함께 있는 것도 그리
불편하지는 않으니까요. 어쩌면 이것도 운.명.이라는 것인지도 모르잖아요?

"운명……?"
운명이라는 단어를 강조해서 말하는 은선에게 바사기는 반문했다.

몰라요, 운명을? 당신이 시라에게 끌리는 것도 일종의 운명이라고 할 수
있어요. 무언가를 선택할 때 한쪽으로 마음이 기우는 것도.

평소 운명론자는 아니었지만 은선은 운명이라는 말을 믿고 있었다. 그랬기 때문에 자신의 앞에 멋진 남자가 나타나 사랑에 빠지고 결혼에 골인해서 아이를 낳아 기르는 행복한 꿈을 꾸었던 것이다. 아무리 서희가 옆에서 놀린다고 해도 은선은 조금의 굽힘도 없이 자신의 이상을 주장했던 것이다.

그러니까 내 말은요, 이왕 이렇게 된 거 어쩔 수 없으니까 서로에 대해 잘 알아가면서 상황을 타개해 보자는 거예요. 바사기도 나에 대해 알게 된다면 지금만큼 혼란스럽진 않을 거 아니에요? 그렇게 생각하지 않아요?

"그렇긴 하지만……."
막 은선의 말 대꾸가 몇 마디 튀어나왔을 때였다.
"바사기."
"……?"
외부에서 들려온 목소리에 바사기가 무심코 고개를 돌리자 그곳에는 바로 몇 초 전까지만 해도 은선과 바사기 둘의 말 도마에 올랐던 시라가 있었다. 여전히 일각수의 등에 앉아 있는 바사기와 달리 시라는 땅에 내려선 채 자신을 올려다보고 있었다.
"잠시 멈춰서 식사를 하고 출발하기로 했어요."
얼마나 은선과의 대화에 열중하고 있었으면 자신은 그 말조차 듣지 못했을까. 일순 자기 자신이 한심해진 바사기였다. 은선이라는 소녀의 존재를 상기하게 된 그때부터 아무래도 자신은 제정신이 아닌 것 같았다.
"아… 고마워."

바사기는 짧게 감사의 말을 내뱉고는 일각수의 등에서 땅으로 내려섰다.

숲에서 출발하고 나서는 처음으로 밟아보는 땅이었기에 발의 감각이 조금 무뎌진 것도 같았다.

쑥스러워하긴······.

또다시 마음속에서 울려 퍼진 작은 중얼거림.

바사기는 울컥하는 마음을 애써 가라앉히며 시라의 뒤를 따라 일행들이 모여 앉아 있는 곳으로 향했다.

"모두들 어떤가?"

시류는 나지막한 목소리로 물었다.

수에게서 느껴지는 위압감은 사라져 있었지만 그의 말투에는 여전히 거스르면 안 될 것 같은 무언가가 담겨 있었다.

미르가 준비해 온 음식들을 풀어놓는 동안 시류는 한 명 한 명의 얼굴을 바라보며 그렇게 물었다.

짧은 풀이 돋아난 평지에 앉아 식사를 위해 모여 있는 모습은 어찌 생각하면 초라해 보이기도 했다. 그 안에 속해 있는 이들이 그리 평범하지 않음을 가만할 때. 그러나 그 사실에 신경을 쓰는 이는 단 한 명도 없었다.

"그렇게 물으시면 뭐라고 한마디로 대답할 수 없지 않을까요?"

이제는 마치 시류의 보좌인 것처럼 당연하게 그의 옆에 자리하고 있던 리가가 부드럽게 반문해 왔다.

"그랬나······."

시류는 작게 중얼거리고는 다시 한 번 차례로 일행을 바라보았다.

약간 긴장된 자세로 시선을 마주치고 있는 바사기와 음식을 늘어놓고 있는 명랑한 표정의 미르, 그리고 그런 동생을 도우며 부드러운 동작으로 움직이는 시라, 그리고 자신의 오른편에 자리한 단정한 자세의 리가. 지금 자신의 뜻을 함께하기 위해 모여 있는 이들은 이 네 명이 전부였다.

완벽한 자신이 있어서 움직인 것은 아니었지만 이렇게 직접 행동으로 무언가를 하지 않으면 아무것도 변하지 않을 것이라는 사실을 알기 때문에 시류는 숲에서 나와 은의 영토로 향하고 있는 것이다.

뚜렷하게 청의 영토로 가야겠다거나 하는 생각은 없었다.

많은 것이 사라진 지금 무언가를 구분한다고 해서 또다시 무언가가 뒤바뀌지는 않는다. 자신은 지금 자신이 할 수 있는 것을 해나가면 되는 것일 뿐.

"말해 두지만 바사기, 그대와 리가가 해야 할 일은 우리가 해야 할 일에 있어서 방해를 할 것이 분명한 금의 일족들을 막아내는 것이다. 그대들보다 더 금의 일족의 힘을 잘 알고 있는 이들은 없을 테니까."

"네."

바사기는 낮게, 그리고 리가는 담담하게 답했다.

그리고 함께 식사를 하며 시류는 또 몇 가지 이야기를 했다.

완전히 무언가를 향해 열중하는 듯한 그의 모습에 안도감을 느끼면서도—뿔을 잃었어도 여전히 수로서 자신들을 이끌어준다는 점에서—시라는 가슴 한구석에서 이유없는 불안감이 피어 오르는 것을 느끼고 있었다.

어째서 시류가 의욕적으로 움직이는 모습을 곁에서 보고 있으면서도 이런 생각을 하는 것일까. 시라는 기우라고 여기기로 했다.

불안한 생활에서 벗어난 지 얼마 되지 않았기 때문에 몸이 저절로 반응하고 있는 것이라고.

문득 옆을 돌아보자 자신이 어떤 생각을 하고 있는지 알지 못하고 있는 미르는 입가에 작은 미소를 떠올린 채 식사에 열중하고 있었다. 미르는 그다지 깊은 곳까지는 생각하지 않았다. 그리고 지금은 그런 미르가 부럽다는 생각이 들었다. 미르에게 가장 큰 기쁨은 유하님을 모시는 것, 그리고 자신이 만든 요리를 즐겁게 먹는 누군가가 있는 것이다.

어쩌면 세상을 살아가는 데 있어서 중요한 것은 열중할 수 있는 무언가를 찾아내고 그것을 바라보며 나아가는 것인지도 모른다.

왼쪽으로 고개를 돌리자 며칠째 피곤해 보이는 안색을 하고 있는 바사기가 있었다. 그리 입맛이 돌지 않는 듯 그는 음식에는 그다지 입을 대지 않고 있었다. 자신과 마찬가지로.

'시간이 지나고 평화롭게 지낼 수 있는 때가 온다면 그때는 예전처럼 지낼 수 있을까요?'

결코 소리내어 묻지는 않았지만 시라는 속으로 바사기를 향해 그렇게 묻고 있었다.

그때 시류와 바사기, 그리고 시라와 미르와 함께 일각수에 올라타고 숲으로 향했던 때를 떠오르게 하는 장면이었다. 그때와는 전혀 다르다고 해도 유하는 어쩐지 그런 생각이 들었다.

"잘 다녀오길 바란다. 그리고 좋은 성과를 가져오기를."

"명심하겠습니다."

직접 자신을 배웅하기 위해 나온 노하에게 인사를 건네며 유하는 일각수의 등에 올랐다.

요 며칠 새 모습을 보이지 않는 사야는 이상하게도 지금 이 장소에도 나오지 않았다. 끈질기게 곁에 머물던 그녀가 없는 것이 오히려 더 편할 텐데도 유하는 그녀를 떠올렸다. 악연이라도 함께 했던 시간이 있기 때문인지 그녀가 마냥 미워지지만은 않았다.

"가시죠."

함께 출발하는 천서라는 이름의 감시자가 말을 꺼냈다. 기처럼 기분 나쁜 존재는 아니었지만, 마치 인형처럼 감정이 메말라 있는 것처럼 보이는 천서도 인상이 깊어서 얼굴은 기억하고 있었다. 그것이 악연이든 필연이든 간에 어쨌든 이곳에서 알게 된 얼마 안 되는 이들 중의 한 명이니까.

고삐에 힘을 주고 한 번 당겨주자 일각수는 천천히 발걸음을 빨리하며 달려나가기 시작했다.

점점 주위의 풍경이 속도를 달리하며 뒤로 사라져 갔다. 녹색, 흰색, 푸른색, 붉은색이 뒤섞인 색채들이 끊임없이 퍼져 나간다.

변한 것은 없다. 주위를 감싸고 있던 자연은 어느 것 하나 변하지 않았다.

오직 그 안에 속해 있던 자신들만이 급격하게 변해 버렸다.

인간이라는 존재는 자신의 변화와 더불어 자연까지 변화시켜 버린다. 자연 스스로가 자신의 본래 모습을 잊을 정도로.

그러나 일족들은 달랐다. 같은 세월, 같은 시간을 단지 속해 있는 공간만이 다른 곳에서 똑같이 시작해 보내왔음에도 불구하고 이곳은 달라지지 않았다. 뿌리 없는 일족들을 상상할 수 없듯이, 전자 기기들을 만지는 일족들을 상상할 수 없듯이, 언제가 되더라도 이곳은 변하지 않을 것이다. 무겁게 정체된 시간이 아닌, 아주 천천히 흐르는 시간 속에서.

'두 세계를 모두 경험한 것이 오히려 다행인지도 모르지.'

유하는 뇌리 속을 스쳐 지나 가는 회색 도시의 잔영과 따스한 가족과 친구들의 웃음을, 그리고 길게 이어져 온, 혼자 끌어안고 살았던 시간을 바라보며 작게 미소 지었다. 입가로는 퍼지지 않는 마음속의 웃음을.

언제나 고뇌를 끌어안고 살아가야 하는 것이 살아 있는 모든 존재에게 주어진 숙명이라면 자신은 두 명분의 시간을 가지고 있기 때문에 더욱 그 무게가 무겁고 큰 것이라고. 스스로에게 답하듯 그렇게 생각하자 천근처럼 무거웠던 마음의 무게가 조금은 덜어지는 것 같았다.

이유도 없이 떨려오는 마음의 불안함은 대체 어떻게 하면 사라지는 것일까.

혼자일 때 외롭고 쓸쓸한 것은 마음을 털어놓을 존재가 없기 때문일 것이다. 단지 말뿐이라고 해도, 실제로는 그 무게가 조금도 줄어들지 않는다고 해도 자신의 곁에 누군가가 있고, 자신을 이해해 준다는 사실을 아는 것만으로도 마음이 얼마나 편안해지는지 자신은 알고 있었다. 은선이라는 친한 친구의 존재로, 그리고 언제나 묵묵히 자신의 시중을 들어주던 시라와 미르 두 자매와 마음을 털어놓지는 못했어도 존재한다는 것을 알기 때문에 자신의 태도를 유지할 수 있었던 시류라는 존재가 있었다. 자신에게는 있었다.

왠지 갑자기 눈물이 흘러내릴 것 같은 느낌이다.

이렇게 생각하는 것만으로도 모든 것이 너무나 그리워진다.

이렇게 나약한 존재였던가.

이렇게나 많은 의문을 품고 있던 존재였던가.

자신은······.

'어쩌면 내가 사제로서의 능력을 잃어버린 것이 아니라 상기시키지 못하고 있는 것뿐인지도 모른다.'

슬픔과 뒤섞인 생각들 속에서 갑자기 그런 생각이 들었다.

얼마 전만 해도 그랬다. 왜 미리 시류에게 정신의 언어로 말을 걸어야겠다는 생각을 떠올리지 못했던 것일까. 왜 자신에게 주어진 능력도 제대로 활용하지 못했던 것일까.

상대방은 자신에게 답을 건넬 수 없는 자신 혼자만의 일방적인 대화라고 해도.

'이 변해 버린 시간들보다 더 많이 변한 것은 나 자신일지도 몰라······.'

유하는 그렇게 생각을 떠올리며 정면을 주시했다.

길 안내를 위해 자신과 함께 움직이는 감시자는 어느 정도의 거리를 유지한 채 앞에서 달려가고 있었다. 필요한 말 이외에는 양쪽 모두 한마디도 하지 않았기 때문에 길을 가는 동안 그들은 거의 입을 다물고 있었다. 그 대신 귓가에 들려오는 것은 세차게 뒤로 밀려가는 바람 소리와 땅을 박차고 달려나가는 일각수의 발굽 소리뿐이었다.

유하에게는 오히려 이것이 편했다. 조용히 아무 말도 하지 않고 앞으로만 달려나갈 수 있다면 그동안만은 어떤 근심도 마음속으로 떠올릴 필요가 없으니까.

이제 곧 그들의 모습을 보게 된다.

자신과 깊은 인연을 가진 이들을.

지금으로써는 그들의 앞에 모습을 드러낼 수 없지만, 그리고 모습을 보인다고 해도 오해를 받을 상황으로밖에는 전개되지 않겠지만 지금의 유하는 안도감을 느끼고 있었다. 적어도 그들을 볼 수 있다면 만나서 안부를 확인하는 것으로 끝난다 해도 얼굴을 마주할 수 있다면 그것으로도 좋았다.

'이제 곧…….'

제37장

상처

  이제 자신이 가지게 된 금의 일족이라는 이름.

  마음은 진심으로 그 이름을 받아들이지 않았더라도 자신은 이미 많은 이들의 앞에서 그것을 서약했다. 은의 일족의 청의 사제 유하라는 이름을 버리고 금의 일족인 유하로서 살겠노라고. 그리고 그것은 다른 은의 일족들에게도 진실로 받아들여져야 할 문제였다.

  자신의 이런 모습을 보면 분명 다른 이들은 충격을 받을 것이다. 다른 누구도 아닌 청의 사제 유하가 은의 일족이라는 이름을 버렸다는 사실은 단순한 농담으로 치부될 만한 성질의 것이 아니기에.

  '하지만 내게 있어선 이것이 최선이었어.'

  스스로에게 변명하듯 내뱉은 말에 유하는 쓸쓸하게 미소 짓고 말았다.

요즘 들어 정말 마음속에서 진심으로 꾸밈없는 미소를 짓는 것이 힘들다는 사실을 깨닫고 있었다. 언제나 마음 한구석이 무거운 무언가로 짓눌리고 있는 듯한 느낌 때문에 웃음을 짓는다는 일이 너무나도 힘들게 다가오는 것이다.

'어떤 기분이 들더라도 그렇게 결정했으니까.'

유하는 단호하게 고개를 저었다.

이런 식으로 마음이 약해져서는 안 된다. 유하는 더 이상 상념에 빠져들지 않기 위해 주위로 시선을 돌렸다. 여전히 눈앞에는 자신을 안내하기 위해 앞에서 일각수를 몰고 달려나가는 천서의 뒷모습이 있었다.

그리고 순식간에 뒤로 멀어져 가는 푸르른 색채들의 조합은 유하의 마음을 조금이지만 안정되게 만들었다. 눈에 잡히지 않은 채 빠른 속도로 사라져 가는 색채들을 바라보고 있자니 다른 생각을 할 여유가 사라졌기 때문이다.

그냥 이걸로 좋지 않은가. 유하는 그렇게 생각했다. 결국 어떤 평가를 받는다고 해도 자신이 그것을 원하고 만족한다면 그걸로 좋은 게 아닌가 하고. 결국 자기 만족에 지나지 않는다고 하더라도.

"잠시 쉬시겠습니까?"

언제 다가왔는지 앞서 나가고 있던 천서가 유하에게 다가와 물어왔다.

능숙한 솜씨로 일각수를 모는 모습을 보니 상당히 오랜 시간 동안 일각수를 다루어온 모양이었다.

"괜찮아."

유하는 고개를 저으며 답했다. 지금으로써는 차라리 몸이 피곤

한 게 낫다는 생각이 든다. 원래 다른 이들만큼 강한 체력을 가진 것은 아니지만 쉬지 않고 일각수를 몬다고 해서 쓰러질 만큼 약하지는 않으니까.

유하의 거절에 천서는 다시 아무렇지 않게 일각수의 고삐를 쥐고 조금 앞서 달리기 시작했다.

그 후로도 몇 시간을 더 달리고 나서야 유하는 시류들을 감시하고 있는 금의 일족 감시자들이 있는 곳에 다다랐다.

"연락은 미리 받았습니다."

감시자들 중 대장 격인 역할을 하고 있는 것이 분명한 기가 나서며 말을 건네왔다.

"오랜만이군."

유하는 간단히 그 말로 인사를 대신했다. 아무래도 기와는 처음부터 좋은 인상을 받은 사이가 아니었기 때문에 지금 자신이 금의 일족으로서 그의 앞에 서게 되었다고는 해도 갑자기 태도를 바꿀 수는 없었다. 청의 사제로서 10년에 한 번씩 금의 영토를 방문할 때마다 노하의 앞에서 곤란함을 겪었던 자신이었고, 서희로서 방문했던 때에는 정말이지 불쾌할 정도의 시선을 느꼈었다. 지금은 아니지만 그때의 그는 이죽거린다고 해도 과언이 아닐 정도의 태도를 보여주었기 때문에.

금의 일족치고는 놀랄 만큼 개성있는 성격을 가진 그지만, 그런 종류의 개성이라면 사양하고 싶을 정도였다.

기의 인사 아닌 인사가 끝나고 나자 그의 뒤에 서 있던 두 명의 감시자가 고개를 숙이며 인사를 건네왔다. 별달리 말을 꺼내지는 않았지만 과연 자신을 인정하고 고개를 숙이는 것인지, 그렇지 않으면 단순히 노하 때문인지는 알 수 없었다. 그리고 어떤 것이 진실이든 간에 그것을 깊이 생각할 필요는 없었다. 사실이 어떤 것이든 간에 유하에게 중요한 것은 앞으로의 미래였기 때문이다.

"첫 임무이니만큼 실패하지 않도록 만전을 기하는 것이 좋습니다."

기는 다짜고짜 그렇게 말을 건네왔다. 마치 유하가 지금 어떤 생각을 하고 있는지 알고 있기라도 한 것처럼.

'참견은……'

마치 훈계라도 하는 듯한 그 말투에 유하는 속으로 작은 투덜거림을 내뱉었다.

"그들은 어디에 있지?"

유하는 일부러 시류들의 이름을 입에 올리지 않았다. 이름을 꺼내는 것만으로도 지금의 아무것도 할 수 없는 자신이 떠오르기 때문이다. 또한 그들에게 품고 있는 미안하다는 감정 때문에도 유하는 이름을 꺼내지 않았다.

"현재 일각수로 이십여 분 정도의 거리를 두고 그들을 쫓고 있습니다. 조금 전 살펴본 바로는 휴식을 취하고 있었습니다."

유하는 별다른 말 없이 고개를 끄덕여 보였다.

불과 얼마 떨어지지 않은 곳에 오랜 친구와 시중을 들어주던 사비들, 그리고 기이한 인연으로 만나게 된 바사기가 있다. 지금의 유하에게 있어서는 어느 누구보다도 소중한 이들이었다.

"유하님께서는 이미 금의 일족이 되셨으니 예전의 관계는 모두 정리하셨으리라 믿습니다. 그렇기 때문에 이 일을 하게 되신 것이 아니겠습니까?"

'뭐야.'

대체 자신을 어떻게 생각하고 있기에 이런 말들을 일일이 하고 있는 것인지 알 수가 없었다. 기의 성격을 잘 알기 때문에 노하는 일부러 그때 자신에게 그런 말을 한 것일까. 지위상으로는 자신이 높으니까 어렵게 생각하지 말라는 말을 건넨 것은?

하지만 그것은 그것이고 실제로 자신에게 이런 식으로 말을 건네오는 기는 솔직히 신경에 거슬리는 존재임에 틀림없었다.

사제로서 지내왔던 세월의 자존심인지도. 무릎은 굽혔어도 마음만은 결코 굽히지 않는다는 자신의 그 다짐 때문인지도.

'네 훈계를 받아야 할 만큼 내가 시덥지 않게 보이는 모양이군.'

유하는 속으로 또다시 투덜거렸다.

"......!"

그리고 자신의 그 투덜거림에 오히려 자기 자신이 놀라고 있다는 것을 발견했다.

노하의 궁에서 벗어났기 때문일까, 아니면 단순히 노하가 보이지 않는다는 사실 때문일까. 유하는 무언가로 단단히 결박되어 있던 자신의 마음이 풀어져 버린 것을 느꼈다.

자포자기와 절망으로 가득 채워져 있던 마음이 단번에 해방되어 버린 듯한 그런 편안함. 자신이 스스로도 느끼지 못하던 사이에 이만큼이나 노하에게 얽매여 있었던 것일까. 그렇지 않으면 단순히 시류들의 곁에 가까워졌다는 사실 때문일까. 그동안의 세월에 비하면 지극히 짧은 시간 동안에 불과한 나날들이 자신을 이렇게나 바꾸어 버렸다는 사실은 유하에게 자조적인 미소를 띠게 만들었다.

"우선 이동하는 동안 부득이한 경우가 아니라면 근처에 있는 일족들의 마을에서 머물게 될 것입니다. 그들도 그렇게 많은 거리

를 이동하지는 않으니까 이틀 정도는 같은 마을에 머문다고 여기
시면 될 겁니다."

유하가 생각에 빠져 있던 동안에도 기는 쉴 새 없이 여러 가지
사항들을 이야기하고 있었다. 처음부터 노하의 앞에서도 다른 금
의 일족들과는 달리 노하에게 압도당한 듯한 기색은 풍기지 않고
있던 그답게 지금 역시 무척이나 자유분방하게 보였다. 아니, 생기
가 있다고 해야 할까. 하지만 그런 느낌을 받았다고 해서 그에 대
한 인상이 좋아지는 것은 아니다.

'첫인상은 오래가는 법이지. 더군다나 첫인상뿐만이 아니었으
니까.'

유하는 그렇게 생각하며 기의 말을 가만히 흘려들었다.

"저는 이만 돌아가 보겠습니다."

유하의 길 안내를 위해 함께 왔던 천서가 말을 꺼내자 유하와
기는 동시에 그에게로 고개를 돌렸다. 감정 하나 떠올라 있지 않
은 얼굴이어서 대하는 것이 거북하기는 했지만 기분 나쁘게 속을
알 수 없는 표정을 하고 있는 기보다는 무뚝뚝한 천서 쪽이 훨씬
괜찮다고 여겨졌다. 하지만 어차피 시간이 지난다 해도 자신이 금
의 일족의 누군가와 깊은 관계를 맺는다는 것은 상상할 수 없는
일이다. 유하는 아무리 자신이 감당할 수 없는 극악한 상황이 닥
친다고 해도 그런 일은 생기지 않을 것이라는 사실을 잘 알고 있
었다.

유하는 별다른 말 없이 짧은 인사말을 건넸고 기는 천서에게
가까이 다가가 몇 마디의 말을 건넸다. 그가 무슨 말을 하든 간에
별 관심은 없었지만 기의 말이 끝나자 천서는 고개를 숙여 보이
며 다시 일각수에 올랐다.

그나마 괜찮다고 생각했던 천서가 떠나 버리자 주위에는 갑자기 정적만이 남은 것처럼 아무런 소리도 들려오지 않았다. 갑자기 기가 입을 다물어 버렸기 때문인지, 그렇지 않으면 밤이 다가오고 있기 때문인지 모른다.

　"그럼 마을로 가시겠습니까?"
　"그러지."
　태도는 그렇지 않았지만 말투만은 지독하게 정중한 기의 말에 답하며 유하는 다른 이들과 마찬가지로 일각수에 몸을 실었다. 노하가 마련해 준 새하얀 털과 새하얀 뿔을 가진 일각수는 정말 흰 눈을 연상시킬 정도로 잡티 하나 없이 깔끔한 생김새를 하고 있었다. 시류에게서 받았던 검은 일각수와는 정반대로.
　'시류와 노하라……'
　어쩌면 이렇게나 정반대인 둘이 존재하고 있는 것일까, 하는 생각이 떠오르자 유하는 자신도 모르게 소리없이 피식거리며 웃고 말았다.
　분명 자신이 겪은 것과 마찬가지로 그들에게도 다른 영혼의 반쪽이 존재한다면 현실에서는 만나고 싶지 않은 존재임이 분명하다. 그들은 모르더라도 이미 이 세계에서의 그들을 경험한 자신이기 때문에 알아볼 수 있을 것이 분명하다. 나중에 다시 이서희로 돌아가게 된다면 그들을 만났을 때 자신만이 알고 있는 사실을 떠올리며 웃을 것이다.
　이런 생각을 하다 보면 꼭 한 가지의 생각이 떠오르곤 한다.
　과연 어떤 것이 진정한 현실인가 하는 생각.
　풀리지 않는 뫼비우스의 띠 같은 물음이었지만 지금은 어느 쪽이든 상관없다는 생각이 든다. 만약 이 세계의 존재를 알지 못했더라면 분명 어느 쪽의 자신도 지금처럼 달라지지는 않았을 것이다. 유하는 자신의 몸을 포기한 채 그저 안타까움만을 가슴속에 남기고 눈을 감았을 것이고, 서희는 분명 스스로의 힘으로는 풀수 없는 고민 때문에 머리가 터질 만큼 고민하며 답답해하고 있을 것이기에.

이것도 운명이라면 잘된 운명인 거겠지, 라고.

유하는 그렇게 생각하기로 했다.

"저… 금의 일족 맞아요? 뿔이랑 머리카락이랑… 조금 다른 것 같은데."

아직 해도 떠오르지 않은 어슴푸레한 어둠이 깔려 있는 이른 새벽. 새벽의 서늘한 공기 속에서 조용히 시야에는 잡히지 않는 먼 곳을 바라보고 있던 유하에게 말을 걸어온 것은 아직은 앳된 소녀의 음성이었다.

"……?"

말없이 의문이 담긴 눈으로 고개를 돌린 유하의 눈에 자신의 어깨 정도까지 미치는 키를 가졌을 법한 소녀가 가만히 자신의 앞에 서 있는 것이 들어왔다. 그리고 보통 금의 일족들보다도 뿔의 크기가 조금 작은 듯한, 그래서 확실히 어린 소녀라는 사실을 확인할 수 있었던.

처음으로 들어선 보통 금의 일족들이 사는 마을. 궁에 있는 이들이 가진 딱딱함과는 달리 보통의 금의 일족들은 은의 일족들과 마찬가지로 평범한 삶을 이어가고 있었다. 마을에서 함께 모여 살며 음식을 하고 자신들이 할 수 있는 일을 해나가면서 살아가는.

어쩌면 서희가 속해 있던 도시 속의 인간들의 삶과도 닮았다고 할 수 있는.

자신이 너무나 한 단면만을 보고 살아온 것일까.

청의 사제 유하일 때도 자신은 항상 혼자가 아니면 시류와 연결된 소위 고위 계층으로서의 삶을 살아왔다. 그랬기 때문에 가끔씩 돌아보기는 했어도 진실하게 보통의 일족들의 삶 속에 들어서려 한 적은 없었다. 지난번 은의 일족들의 모습을 보았을 때 그들의 눈에서 읽어냈던 감정들은 모두 일족이 겪은 고통에 대한 일종의 보상 심리 같은 것이었는지도 모른다.

사제이기 때문에 그들에게 힘이 되어야 하고 어떻게든 갈피를 잃은 일족들에게 무언가를 해주어야 한다는 생각이 들었던 것은.

하지만 이제와서 직접 금의 영토를 경험하게 되고 나서는 그 생각도 조금씩 흔들리고 있었다. 어디를 가든 결국 전체를 움직이는 힘을 가진 것은 소수이고 나머지 다수는 자신들의 삶에 충실하게 살아가고 있었던 것이다.

"다른 감시자님들과 함께 오신 분이라고 들었어요. 부모님께 관심을 가지지 말라는 말은 들었지만 우연히 밖에 나와 계신 것을 보고……"

소녀는 유하가 대답을 하지 않는 것이 화가 나서라고 판단한 모양이었다. 당황한 듯이 말을 늘어놓는 것을 보면.

"나도 감시자다."

짧은 유하의 대답에 소녀는 조금이지만 안도한 듯 긴장된 표정을 풀고 조금 떨어진 거리에서 조용히 바닥에 주저앉았다. 유하가 앉아 있는 것을 보고 자신도 그렇게 해야 한다는 생각을 한 모양이다. 말투와 행동으로 보아 아직 오십도 넘기지 못한 아이인 모양이었다. 자신과 자신이 살고 있는 주변밖에는 알지 못하는.

분명 어릴 때의 자신도 그랬었다. 자신이 살고 있는 장소만을 기억하고 그곳에서 벗어나려는 생각은 조금도 하지 않았다. 아니, 그럴 필요를 느끼지 못했다고 해야 하나.

"왜 이런 곳에 혼자 계세요. 아직 이른 새벽인데……."

한참 가만히 앉아 있던 소녀는 침묵을 견디기가 힘들었는지 다시 말을 꺼냈다. 사실 그녀가 묻고 싶은 질문은 그것이 아니었지만 일부러 다시 그 말을 꺼낼 만한 용기는 없었다.

"그냥… 조용히 생각하고 싶어서……."

유하는 홀리듯이 소녀의 말에 답하고는 다시 시선을 원래 놓고 있던 곳으로 돌렸다. 더 이상 주위에는 상관하지 않고 자신만의 세계로 돌아가 버린 것이다. 그 사실을 아는지 모르는지 소녀는 유하가 자신의 말에 답을 해주었다는 것에 신이 나서 또다시 어떤 것을 물을지 생각하고 있었다. 그러다 그녀는 문득 어슴푸레한 어둠 속에서도 혼자 빛을 내고 있는 듯이 보이는 유하에게 슬그머니 시선을 옮겼다. 흰옷을 입었기 때문에 눈에 띄었던 것인지, 그렇지 않으면 마을에 들어설 때 보았던 신기한 은청색 머리카락 때문에 그랬는지는 모르지만 그녀는 지금의 이 우연을 정말 마음속에서부터 기뻐하고 있었다.

특이한 존재에 관한 관심은 지위 고하, 인종(?), 연령을 막론하고 누구에게나 있는 것인 모양이었다. 시선은 돌리지 않았지만 유하는 충분히 피부에 느껴지는 시선의 감각만으로도 지금이 어떤 상황인지 잘 알 수 있었다.

서희의 눈으로 보았던 자신은 분명 무언가 다른 존재임에는 틀림이 없었으니까. 외모는 제쳐 두고라도 우선 가지고 있는 힘부터가 다른 이들과 다르지 않은가. 보통의 사제들과도 다른 이 힘을 어떻게 말해야 할까. 요즘은 특별히 힘을 쓰고 있지는 않지만, 그래도 자신이 분명 다른 이들과 다른 존재라는 것은 지니고 있는 감각만으로도 설명할 수 있었다.

사실 지금 이렇게 해도 뜨지 않은 이른 새벽에 밖에 나와 있는 것도 꿈에 빠져들지 않기 위해서가 아니었던가. 얼마간 잠잠했던 꿈속으로의 부름이 다시 시작되려 하고 있었기 때문에 몸의 뒤척임을 계기로 잠시 눈을 뜨게 되자 억지로 몸을 일으켜 밖으로 나왔던 것이다.

서희와 유하와의 조우 이후로 꾸게 된 꿈. 본래 사제인 유하가 지니고 있던 힘에는 들어 있지 않던 것이었다. 스스로의 눈으로 앞을 내다보려 하지 않았기 때문일까. 그 때문에 누군가가, 혹은 자기 스스로의 정신이 미래를 읽어내라는 경고를 꿈이라는 형태로 하고 있는 것일까.

불안했다. 얼마간 정신없이 흘러간 현실 때문에 제대로 생각할 겨를이 없었던 불길한 꿈이 다시 되살아나려 하고 있었다. 정말 자신에게 이런 감각이 없었다면 느끼지 않았을 불안.

'그 꿈이 사실이 된다면 분명 벌을 받는 것일 테지…….'

유하는 힘없이 웃으며 그렇게 생각했다.

얼마 전에 꾸었던 시류의 꿈.

자신에게 적의에 휩싸인 시선을 던지며 소름 끼치게 공포스러운 목소리로 말을 건네던 시류의 꿈. 현실일 리가 없는데 마음으로도 몸으로도 받아들일 수 없는 단순한 꿈에 불과한데도. 자신은 이렇게 얽매이고 있는 것이다.

하지만 단순히 꿈에 지나지 않는다면 얼마나 좋을까 라는 것이 유하의 바램이었다. 사제로서의 힘은, 무의식 중에 나타나는 그 힘은 스스로도 놀랄 만큼 미래와 맞물리는 현실 속에서의 경고였으니까.

하지만.

역시 믿고 싶지 않다는 것이, 아니, 믿을 수 없다는 것이 사실이었다. 그래서 유하는 두 번째의 꿈을 보고 싶지가 않았다. 눈으로 읽어내는 미래를 보는 힘이 꿈이라는 형태로 전환되어 버린 것일까. 그 때문에 과거에도 암운의 정체를 읽어내지 못했던 것일까.

유하는 끊임없이 꼬리를 물고 피어 오르는 생각에 사로잡혀 있었다. 그 때문에 자신에게 말을 거는 소녀의 존재를 잊을 정도로.

"…저… 한 가지만 더 물어도 될까요?"

소녀의 말에 퍼뜩하고 정신을 차린 유하는 시선을 그녀에게로 이동시켰다. 꾸밈없이 웃으며 순수한 호기심에 사로잡힌 소녀의 검은 눈동자가 자신을 직시하고 있었다.

소녀는 그 말을 꺼내고서도 망설이면서 잠시 동안 입을 열지 않았다. 그러다가 겨우 입을 뗀 소녀의 물음은 조금 의외의 것이었다.

"저… 감시자라면 알고 계실 거라 생각하는데… 은의 일족들은 앞으로 어떻게 되나요?"

정말 어린 소녀의 질문이라고는 생각할 수 없었다. 아니, 보통의 금의 일족들이 그 일을 생각하고 있다는 것 자체가 유하에게는 의외였다.

자신이 접한 금의 일족은 모두 노하의 측근들이었기 때문에 보통 금의 일족이 은의 일족에 대해 어떻게 생각하고 있는가는 솔직히 알지 못하고 있었다. 겨우 이렇게 감시자의 신분으로 그들의 마을에 오고 나서야 알게 된 사실은, 일반 금의 일족들은 약간의 뿔의 차이점만 제외한다면 은의 일족과 별다른 점이 없다는 사실이다. 역시 싸움을 생각하고 무언가 커다란 변혁을 바라는 것은 지배층들의 생각인지 모른다.

유하 역시 어린 시절에는 그저 혼자 조용히 시간을 보내는 것을 즐겼으니까. 아니, 아무런 생각을 하지 않았다고 말하는 것이 옳겠지만.

"그냥 이대로… 변함없이 살게 될 거다."

그다지 자신감이 담겨 있는 목소리는 아니었지만 유하는 그렇게 대답했다.

솔직히 자신감이 있을 리가 없다. 처음부터 너무나 압도적이었던 힘의 차이는 아무리 시간이 지난다 해도 극복할 수 있는 것이 아니다. 노하가 생각을 바꾸고 예전처럼 아무 일 없이 지내는 사이로 돌아가자고 이야기한다면 모를까. 그러나 그것은 이미 늦어버린 일이다. 그렇게 될 가능성은 남아 있지 않았다. 사제의 예감이 아니더라도 너무나 뚜렷하게 알 수 있는 현실. 그랬다. 이것이 바로 현실이라는 이름이었다.

"별로 사이가 좋지는 않았지만 지도자를 잃어버리고 힘없이 사는 건 좋은 일이 아니라고 생각해요."

그리 오랜 세월을 살아온 것이 아닌 어린 소녀가 느끼기에도 지금의 상황이 제대로 된 것이라고는 생각되지 않는 모양이었다.

"음… 그런데 우리 금의 일족 중에서도 뿔이 그렇게 생긴 일족이 있나요?"

소녀는 다시 말을 이었다. 결국 그녀가 관심을 가지고 있었던 것은 유하였던 모양이다. 돌리고 돌린 끝에 다시 질문이 원점으로 되돌아온 것을 보면.

"사정이 조금 있지만… 나 역시 확실한 금의 일족이니까."

유하의 대답에 소녀는 여전히 궁금증이 풀리지 않은 얼굴로 몇 번인가 고개를 끄덕여 보였다.

소리없이 불어온 미미한 바람의 감촉. 주위의 공기는 어느새 조금씩 서늘함을 벗고 있었다. 어둡게 내려앉았던 새벽의 어둠을 거두고 동녘 하늘에서 해가 고개를 내밀기 시작한 것이다. 얼마 만에 보는 일출의 모습일까.

저 멀리에서부터 환한 빛을 뿜어내며 태양은 조금씩조금씩 산을 타고 떠올라 눈이 부시도록 밝고, 너무나 밝아서 눈물이 흐를 정도로 따가운 빛을 사방에 뿌려댔다.

잠깐에 불과했지만 해가 떠오르는 동안은 소녀도 아무 말 없이 그 광경만을 지켜보았다. 마치 태양이 만들어낸 신비한 힘에 이끌리기라도 한 것처럼.

그렇게 일출을 바라보기 시작한 지 얼마나 지났을까. 시간을 헤아릴 겨를도 없이 아침을 알려온 태양이 하늘 저편에 자리 잡자 소녀는 가볍게 몸을 털고 자리에서 일어났다.

"전 이만 돌아갈게요."

그렇게 말하고 나서 소녀는 유하를 향해 고개를 숙여 보였고 유하는 가벼운 눈짓으로 그녀에게 인사를 건넸다.

"머리 색이 참 예뻐요."

뒤돌아 섰던 소녀는 다시 고개를 돌리고 환하게 웃으며 그렇게 말했다.

그리고 그녀의 미소에 전염된 듯 유하 역시 입가에 미소를 머금었다.

유하가 처음 시류 일행의 모습을 멀리서나마 보게 된 것은 기와 함께 그들을 뒤쫓기 시작한 지 5일째 되던 날이었다. 상당한 거리였기 때문에 희미하게 얼굴과 몸을 구분할 수 있을 정도의 윤곽만이 비춰졌지만, 유하는 그것만으로도 안도하는 자신을 발견했다.

그때 그런 식으로 그들을 숲으로 보내고 난 후 처음으로 만나는 것이다. 비록 한쪽에서 일방적으로 바라보는 것이어도.

다행스럽게도 모두 건강한 것 같았다. 먼 거리였지만 유하는 느낌으로 시류가 뿔의 힘을 잃은 것을 제외하고는 몸에 아무런 이상이 없다는 것과 다른 이들 역시 아무런 이상 없이 잘 지내고 있었다는 것을 알았다. 그렇게 그들을 바라보던 중 조금 이상한 느낌이 들었다. 그들과 함께 있는, 아니, 시류의 곁에 있는 누군가의 모습이 이상한 감각으로 다가온 것이다.

자신이 한 번도 대면해 보지 못한 자의 느낌.

"저희도 아직 저 여인이 누구인지는 알아내지 못했습니다. 그저 금의 일족이라는 것 이외에는."

유하가 그녀에게 시선을 던지고 있다는 것을 알아차린 기가 가만히 옆으로 다가와 말을 꺼냈다.

"아마도 그 숲에서 살고 있었던 모양입니다. 들어설 때는 없었는데 함께 그곳에서 나온 것을 보면 말입니다."

기의 말을 듣고 유하는 생각에 잠겼다.

정체를 알 수 없는 신비한 존재 래운을 그 숲에서 만나고 자신은 그에게 많은 도움을 받았다. 말을 꺼내지 않아도 자신이 누구인지, 어떤 힘을 가지고 있는지, 무엇을 원하는지 이미 알고 있었던 래운은 결코 이 세계에 속한 자가 아닌 것 같았다. 그 기이하게 굽이치듯 휘어진 뿔은 유하가 꿈속에서 보았던 기분 나쁜 뿔의 모양과도 닮아 있었지만, 그 사실보다는 래운이 품고 있는 분위기가 검은색의 숲과 더불어 그를 이계의 존재처럼 보이게 만드는 것이었다.

"아마도 저 여인이 시류를 보좌하고 있는 것 같더군요."

유하의 사고를 방해하듯 기가 다시 말을 던졌다. 유하의 마음이 흔들리기를 바라는 것일까. 과거처럼 비웃는 듯한 어조는 아니었지만 때때로 그의 입에서 튀어나오는 말들은 유하의 마음에 약한 파문을 만들어내고 있었다.

자신의 앞에서는 실없는 웃음을 지어 보이던 시류, 때로는 간절하게, 때로는 장난스럽게 자신에게 다가와 마음을 되돌리라며 말을 걸어오던 시류였지만 청의 수로서의 그는 지나칠 정도로 완벽했다. 위엄이 있었고 일족들에게 신뢰감을 확고하게 전해줄 정도로 자신의 입지를 단단히 굳히고 있는, 그리고 그런 시류의 곁에 설 수 있었던 것은 유하 자신뿐이었다. 청의 사제라는 신분이 아니었어도 시류가 처음으로 손을 내밀었던, 그리고 이백여 년의 시간 동안 함께 길을 걸어왔던 것은 다름 아닌 유하 자신이었으니까.

하지만 지금은 다르다.

이렇게 먼 곳에서 달라져 버린 자신의 현실을 직시하고, 또 시류의 곁에 서 있는 다른 누군가를 확인하는 느낌은 자신도 느껴본 적이 없는 감정의 일렁임을 마음속에서 만들어내고 있었다.

'뭐지……'

유하는 갑자기 가슴 한구석이 무언가 지독하게 무겁고 단단한 것에 짓눌린 듯한 느낌이 들어 숨을 쉴 수가 없었다.

"저희로서도 주의를 기울여 살피고 있지만 아직 정확히 누구인지, 어떤 힘을 지니고 있는지, 어떤 목적으로 저 일행 속에 들어가 있는지는 알 수가 없습니다. 마치 과거가 지워진 것처럼 모호합니다."

그 후로도 기는 몇 마디 더 말을 꺼냈지만 유하에게는 그것이 뚜렷한 언어가 되어 들려오지 않았다. 이상했다. 주위의 공기가 모두 진공 상태로 뒤바뀐 것처럼 모든 것이 모호하게 느껴진다.

어떻게 된 일일까.

왜 이런 느낌이 드는 것일까.

유하는 그렇게 가라앉은, 깊이 가라앉은 눈으로 먼 곳을 응시하고 있었다.

"유하님!"

의식하지 못하던 사이 일각수의 고삐를 잡아당긴 모양이었다.

거의 걷다시피하는 것처럼 느린 속도로 움직이고 있던 일각수가 어느 순간 빠르게 앞으로 나아가고 있었다. 그리고 그것을 발견한 기가 재빨리 유하의 옆으로 다가서 일각수를 멈춰 세우고 유하를 불렀다.

"…아."

그리고 한참이 지나서야 정신을 차리고 자신의 말에 대답을 한 유하에게 알 수 없는 미소를 지어 보였다.

아니, 평소라면 그 웃음의 의미를 알아챌 수 있었을 테지만 지금의 유하에게는 그런 표정 변화조차 뚜렷하게 느껴지지 않았다.

"그렇게 서두르시지 않아도 유하님이 하실 일은 있습니다."

유하는 조금 멍해진 시선을 옮겨 기를 바라보았다.

"잊으신 것은 아니겠지요? 유하님이 왜 이곳에 오신 것인지."

'내가 이곳으로 온 이유……'

그때 노하는 분명 시류의 앞에 나서서 지금 유하가 어떤 모습으로 살고 있는지, 어떤 생각을 하고 있는지를 말하라고 했었다.

그리고 유하는 단단히 결심을 하고 이곳에 왔다. 그들이 자신을 어떻게 바라보든, 어떻게 생각하든 간에 결심한 대로의 행동을 할 것이라고, 비록 그것이 모든 것을 뒤바꾼다고 해도.

"노하님의 명령은 분명 뒤를 좇기만 하라는 것이 아니었습니다. 유하님을 일부러 이곳까지 보낸 것은 시류의 앞에 모습을 드러내고 그에게 타격을 입히라는 뜻이 분명합니다. 그렇게 생각하시지 않으십니까?"

그렇게 말하고 나서 잠시 말을 멈춘 기는 입가에 비릿한 미소를 떠올렸다. 아무리 시간이 지나고 현실이 변했어도, 유하가 금의 일족이라는 이름을 얻었어도 기의 태도는 여전히 변함이 없었다.

"유하님이 나선다면, 그리고 새로운 사실을 알려드린다면 시류는 분명 힘을 잃어버리겠지요? 그것이 바로 노하님이 바라는 바입니다. 그리고 유하님 자신이 금의 일족이라는 확고한 사실을 증명하는 계기가 되겠지요."

유하가 대답을 하지 않자 기는 다시 한 번 입가에 미소를 떠올린 채로 말을 꺼냈다.

"지금이 노하님께서 말씀하신 때입니다. 어서 가십시오, 유하님. 금의 일족으로서 수의 말을 이행하는 것은 너무나 당연한 일이지 않습니까? 유하님이 맡은 일을 완수하기 위해 어서 움직이십시오."

어떤 물리적인 힘으로 떠미는 것보다 더 강한 힘을 담은 말이었다.

지금의 유하가 어떤 상황인지, 어떻게 움직여야 하는지를 대변해 주는. 자신이 선택한 결과가 어떤 모습으로 다가올 것인지를 예시해 주는.

"저희는 어떤 일이 있더라도 나서지 않고 이곳에서 주시하고 있겠습니다. 처음과 끝을 만드는 것은 모두 유하님의 몫입니다."

그렇게 말하고 나서 기는 잡고 있던 일각수의 고삐를 놓았다. 그러자 일각수는 유하를 등에 태운 채로 조금씩 앞으로 걸어나가기 시작했다. 그리고 유하의 손에 조금씩 힘이 가해짐에 따라 점차 발걸음을 빨리하고 얼마 지나지 않아 가만히 선 기의 시선에서 유하는 점점 작아지기 시작했다.

"노하님, 당신이 바라는 대로……."

혼잣말처럼 중얼거림을 내뱉으며 기는 입가에 미소를 머금었다. 유하가 보았다면 분명 기분 나쁜 미소라고 여겼을 만큼의 감정을 담아.

속력을 내서 빨리 달려간다면 얼마 지나지 않아 그리운 얼굴들과 마주할 수 있게 될 것이다. 하지만 유하는 그렇게 하지 않았다. 기의 모습이 보이지 않을 정도로 멀어지자 점차 일각수의 속력을 줄이고 거의 걷다시피 해서 천천히 앞으로 나아가기 시작했다.

이제 와서 긴장감이 생겼다는 것도 우습지만 천천히 가까워져 가는 거리를 느끼면서 생각을 하고 싶었다. 마음을 정했어도 막상 얼굴을 마주하면 자신의 감정이 어떻게 달라져 버릴지 모르는 일이기 때문이다.

천천히 뒤로 물러서는 주위의 풍경들은 제대로 눈에 들어오지 않았다. 아니, 어느 때보다 더 선명하게 눈에 들어왔지만 유하는 그것을 인식하지 못하고 있었다.

점점 그리운 이들이 있는 곳에 가까워지고 있다는 사실만이 머리 속을, 그리고 마음을 가득 채워갈 뿐.

지금까지 냉철하게 모든 것을 처리해 왔던 자신은 마치 거짓이었던 것처럼 마음은 두근거림을 내포한 듯이 움직이고 있었다.

그리고 그런 시간도 그리 길지는 않았다.

'……'

멍한 정신으로 일각수에 몸을 실은 지 얼마 되지 않아 일행들의 얼굴이 보이는 곳까지, 두런거리는 말소리가 들려오는 곳까지 다다른 것이다. 그들 역시 막 휴식을 끝내고 출발을 하려고 했었는지 다들 자리에서 일어나 일각수의 옆에 서 있었다.

따각.

그리고 유하가 타고 있던 일각수가 자리에 멈춰 서면서 낸 소리 때문에 다른 이들이 시선을 돌렸다.

눈이 마주친 순간 모두는 마치 시간이 멈춘 것처럼 한동안 말을 하지도, 그리고 움직이지도 않은 채 굳어져 있었다.

"……"

무슨 말을 해야 할까, 라는 생각도 지워 버린 채 놀란 얼굴로 자신을 바라보는 익숙한 얼굴들 때문에 유하는 잠시 자리에 멈춰선 채 가만히 숨을 내쉬고 있었다.

'그래……'

마치 꿈속의 한순간인 것처럼 멍한 표정을 떠올린 얼굴들을 두 눈에 담으며 유하는 희미하게 미소 지었다.

"유하님……!"

그 침묵을 깨버린 것은 미르였다.

과거의 그 어느 날처럼 목이 메인 목소리로 애써 눈물을 참아가며 미르는 유하의 얼굴을 바라보고 있었다. 바사기도 시라도, 그리고 시류도 놀란 얼굴로 유하를 응시하고 있었다.

단지 시류의 곁에 서 있던 낯선 여인만이 냉철한 표정으로 관찰하듯 자신을 바라볼 뿐.

"모두… 오랜만이야……"

왠지 자신에게 어울리는 인사는 아닌 것 같았지만 유하는 웃으며 그렇게 인사했다. 그리고 나서 일각수에서 내려서 바닥에 발을 디뎠다. 천천히 땅을 밟으며 걸음을 옮기자 친숙한 얼굴들이 점점 더 가까워졌다.

"건강하신 것 같군요, 유하님."

부드러운 웃음을 머금은 채 바사기가 인사했다.

'바사기……?'

유하는 깜짝 놀랐다. 분명 바사기는 기억을 잃은 채였고, 그 안에는 친구인 은선이 있었는데, 지금은 너무나도 자연스럽게 자신이 바사기라고 생각을 할 정도로 보이지 않는가. 게다가 일족의 언어를 너무나 능숙하게 구사하고 있었다.

어떻게 된 일인지 알 수는 없었지만 지금은 그것만을 생각할 수가 없다.

"유하님, 정말… 건강하게 지내신 것 같아서 다행이에요."

시라는 담담하게 미소를 머금은 얼굴로 고개를 숙여 인사를 건넸지만 미르는 훌쩍거리는 목소리로 유하를 부르고 또 불렀다.

"오랜만이군, 유하."

그리고… 시류의 목소리.

오랜만에 만난 오래된 친구는 많이 달라져 있었다. 외모가 달라졌다는 것이 아니라 얼굴에 떠올라 있는 표정이나 태도 하나하나가 과거와는 많이 달랐다. 청의 수 시류가 아닌, 다른 존재로 바뀐 듯한 그런 느낌. 여전히 위엄있는 태도는 지워지지 않았지만 그 위엄이라는 것은 많은 이들의 위에 선 자로서의 그것이 아닌, 무언가를 찾아내고 이뤄가기 위한 의지에 의한 것이라는 느낌을 전해주었다. 어쩌면 자신이 너무 민감하게 생각한 것인지도 모르지만 시류의 분위기는 유하가 느끼기에는 그만큼이나 달라져 있었다.

"처음 뵙겠습니다, 유하님. 저는 리가라고 합니다."

시류의 곁에 조용히 선 채 그림자처럼 자리를 지키고 있던 여인이 인사를 건넸다. 화려한 붉은색의 화의를 걸치고 있었지만 그녀의 얼굴만은 무척이나 담담했다. 아니, 지나칠 정도로 차분하다고 해야 옳겠지만.

유하는 말없이 그저 고개를 끄덕이는 것으로 인사를 대신했다. 처음 보는 그녀에게 어떤 인사를 건네야 좋은지 지금은 알 수 없었다. 더군다나 그 숲에서부터 지금까지 시류를 보좌해 온 것 같다고 듣지 않았던가.

"그동안 많은 도움을 받았지. 금의 일족이지만 금의 수 노하가 지금처럼 행동하게 놓아두어서는 안 된다는 생각을 가지고 있지. 예전에 금의 일족 감시자였기도 하고."

시류는 간단히 말을 덧붙여 리가를 소개했다. 뿔을 보는 것만으로도 그녀가 금의 일족이라는 사실은 알 수 있었지만 이렇게 시류가 말을 하자 더욱 확실하게 이것이 현실이라는 생각이 들었다.

"지금까지 리가에게 많은 도움을 받았다. 그 숲에서부터. 아마

리가가 없었다면 지금 이렇게 은의 영토로 가는 것도 생각하지 못했겠지."

중얼거리듯 말하는 시류의 표정은 조금 낯설었다.

시류가 자신과 어느 정도의 거리를 두고 있다고 느끼는 것은 지나친 생각일까?

'역시⋯⋯.'

활달하지만 일족들의 앞에서는 위엄을 잃지 않던 시류의 모습과는 어느 정도의 거리가 있는 것 같았다. 그리고 자신의 앞에서만 보여주던 모습들도.

'당연한 거겠지.'

그렇다. 지금까지 어떤 일들이 일어났고, 또 얼마나 시간이 흘러갔는지를 생각하면 변하지 않는 것이 오히려 이상하다는 생각이 들 것이다. 그것이 당연한 일이다.

하지만 이 마음은⋯⋯.

아쉽고 안타까운 이 마음은 어떻게 하면 좋을까.

"시류님께 말씀은 많이 들었습니다. 그때 함께 숲에 계셨더라면 좋았을 텐데요. 하지만 지금이라도 이렇게 뵙게 되어 정말 기쁩니다."

무척 듣기 좋은 목소리였다. 담담하면서도 정갈한 느낌.

잠시 그렇게 생각에 잠겨 있을 때였다.

"자, 여기서 이렇게 서 있지 말고 잠시 더 머물면서 이야기를 나누도록 하지."

그렇게 말하며 시류는 조금 전까지 자신들이 앉아 있었던 장소로 유하를 데려갔다. 그리고 지금만큼은 리가도 시류의 뒤를 따르지 않았다. 미리 언질이 있었는지 아닌지는 알 수 없지만 시류와 유하는 어깨를 나란히 한 채 걸음을 옮기고 있었다.

유하와 함께 이야기를 나누고 싶어하는 것은 시라와 미르도, 그리고 바사기도 마찬가지였지만 그들은 가만히 시류와 함께 걸음을 옮기는 유하를 바라볼 뿐이었다.

유하와 시류가 얼마나 같은 시간을 함께 있었는지 알기 때문이었다. 그것뿐만이 아니더라도 그들은 수와 사제로서, 그리고 오랜 친구로서 함께 있었던 그런 사이가 아니던가.

처음으로 되돌아간 것 같았다.

이렇게 고요한 공간 속에서 주위의 아름다운 풍경을 바라보면서 자신이 존재하고 있음을 느끼는.

바람에 실려온 초목의 향기가 마음을 씻어주는 것 같았다. 이렇게 있을 수 있다면 아무런 말을 하지 않고도 무수한 시간을 보낼 수 있을 것 같다는 느낌.

시류도 그런 느낌을 받고 있는지 이곳에 선 채 가만히 숨만을 내쉬고 있을 뿐 아무 말도 하지 않았다.

"역시 기다려 주었나……"

유하는 나직하게 말을 꺼냈다. 왠지 모를 어색함이 자신과 시류 사이에 흐르고 있는 것 같아서 아무렇지 않게 말을 꺼내기가 힘들었다. 정말이지 그리운 상대였음에도 불구하고.

"무슨… 말이지?"

시류는 어리둥절한 표정으로 되물었다.

그 표정이 너무나도 자연스러워서 유하는 오히려 당혹감을 느꼈다.

뭔가가 이상했다. 자신이 건넨 말의 의미를 알아듣지 못할 시류가 아닌데, 마치 유하 자신의 말이 너무나 생소한 뜻을 담고 있다는 것처럼 시류는 되물어왔다.

"내가 한 말을 듣지 못했다는 말인가… 그건?"

"언제였지?"

시류는 정말 이해할 수 없다는 듯한 얼굴을 하고 있었다.

"분명 난 말을 전했었는데… 듣지 못했나? 대체 어찌 된 일이지……?"

그리고 유하는 혼란스러움을 떨쳐 버리지 못한 채 중얼거렸다.

"난 듣지 못했어. 유하, 네가 말을 걸었다면 내가 듣지 못했을 리가 없잖아? 정말 이상한 일이군."

시류 역시 의아함이 담긴 표정으로 생각에 잠긴 것 같았다.

"하아……."

자신도 모르게 터져 나오는 한숨은 유하의 심정을 대변해 주고 있었다. 스스로는 그렇지 않다고 생각했는지 모르지만 자신의 능력은, 사제로서 지니고 있던 능력은 쇠퇴하고 있는지도 모른다. 아니, 이미 지워져 버렸는지도. 지금까지는 자신이 특별히 그 능력을 써야겠다고 생각하고 있지 않았기 때문에 그런 것이라 여겼지만, 지금 시류가 한 말이 사실이라면 정말 심각한 문제가 아닐 수 없었다. 보다 강하고, 보다 큰 힘이 필요한 이런 때에 기존에 지니고 있던 능력마저 사라져 버린다면 자신은 대체 무엇을 믿고 어떻게 앞으로 나아가면 좋을지.

"그나저나 지금까지 어떻게 지냈지? 무슨 일을 당하거나 한 것은 아니겠지?"

유하는 가볍게 웃으며 고개를 저었다.

"그저 갇혀 지내서 답답했을 뿐이지. 힘든 일은 없었어."

얼굴은 아무렇지 않은 것으로 분명 비춰질 것이다. 하지만 유하의 마음만은 무척 무겁고 답답했다. 오래된 친우에게도 모든 것을 말하지 못하는 지금의 자신이.

점점 사제로서의 능력이 사라져 간다면…….

자신은 더 이상 쓸모가 없는 것이다.

자신이 지금 이렇게 이런 모습으로 존재하고 있는 것에, 영혼의 다른 한쪽과 조우했다는 것을 깨달았기 때문에 안일하게 마음을 놓고 있었던 것일까.

불과 몇 해 전까지만 해도 자신은 육체가 심각하게 약해지고 있다는 것을 알고 죽음을 준비하고 있지 않았나.

그런 사실을 불과 몇 년 사이에 잊다니.

많은 일이 일어났다고 해도, 새로운 자신이 되었다고 해도 몸까지 완벽하게 처음 상태로 되돌아왔으리라는 보장은 없다.

그 증거로 시류에게 전했던 정신의 언어조차 제대로 전해지지 않았다.

자신이 의식하지 못하는 사이에 점점 나락으로 떨어지고 있는지도 모른다. 언젠가는 그냥 잠든 채로 눈을 감아버릴지도 모르는 일이다.

"리가의 말을 들어보니 노하의 성격은 정말이지 파악하기 힘든 성격인 것 같더군. 그런 그가 유하 널 그대로 내버려두었다고는 생각할 수 없는데… 내 생각이 지나친 건가?"

갑작스런 시류의 질문에 유하는 자신의 마음을 시류가 읽어낸 것이 아닌가, 라는 착각에 빠졌다. 금의 일족이 되겠다는 서약을 하기까지 자신이 얼마나 힘들었고, 얼마나 방황을 하면서 생각을 거듭했는지는 말로는 설명할 수 없는 것이다. 그리고 친혈육이라

하더라도 완벽하게 전부를 이해해 줄 수는 없을 만큼 유하는 괴로웠다. 그리고 지금도 모든 것을 말하지 못하고 이렇게 있어야 하는 자신이, 아니, 그렇게 결심한 자신을 원망하고 싶을 정도로 괴로움을 느끼고 있었다.

"난 괜찮아. 내게 특별히 강한 능력이 없었기 때문이겠지, 아마도……. 시류 네가 노하였다고 하더라도 이런 힘을 쓸모있게 여기지는 않았을 테니까. 오히려 비전서의 방을 없애면서 날 죽이지 않은 게 이상할 정도야."

유하가 그렇게 답하자 시류는 그런가… 라고 작게 중얼거리며 고개를 끄덕였다.

비록 거짓말이긴 했지만 시류가 수긍한 것 같자 유하는 안도의 숨을 내쉬었다.

"그렇다면 지금은 완전히 노하에게서 벗어난 건가?"

그러나 그것도 잠깐, 시류는 또다시 질문을 던졌다.

"난……."

유하는 말을 꺼냈다가 다시 삼켜 버렸다.

아직은 확신이 서지 않는다.

말을 하는 것이 좋은지, 아니면 감춘 채 그저 이들 속에서 어울리는 것이 좋은지.

하지만 처음부터 결정하지 않았던가. 노하의 앞에서 서약했던 그때에 그 무수한 고민들 속에서 겨우 찾은 해답이 아니었던가.

이렇게 하는 것이 정말 최선일까? 하지만 지금 이 이상의 방법이 없다는 것 역시 사실이 아닌가.

망설임은 잊는 편이 좋다…….

유하는 시류의 눈을 바라보았다.

흔들림없는 고요한 검은색의 눈동자.

이렇게 눈을 마주 보며 이야기를 나눈 것이 대체 얼마 만의 일인지 기억할 수가 없었다. 느긋하게 이야기를 나룰 시간이 없었던 것뿐 아니라 자신의 마음이 그럴 여유를 갖지 못했었다. 하지만 지금은 그런 과거와는 다른 상황이었다. 자신의 마음뿐 아니라 모든 것이.

"난 더 이상 청의 사제가 아니야. 난 더 이상 그 이름을 가질 자격이 없어……."

시류의 검은 눈동자에 작은 파문이 일었다. 아주 미미한 것이긴 했지만 유하는 그것을 놓치지 않았다.

유하의 말이 떨어진 이후로 시류는 갑자기 입을 다문 채 아무것도 묻지 않았다. 하지만 그 눈은 답을 요구하고 있는 것처럼 보였다.

말해 버리자. 차라리 전부를 말해 버리고 그 후의 일을 생각하는 게 나은 일이다. 시류라면 자신의 마음을 이해해 줄지도 모른다. 지금 이렇게 말을 꺼냈듯이 숨김없이, 남김없이 말해 버리는 것이 좋다. 그렇다고 전부를 말할 수 있는 것은 아니지만…….

유하는 그렇게 스스로를 타이르며 숨을 가다듬었다.

"금의 일족이 되겠다는 서약을 했다. 노하님의 명령에 따르겠다고 금의 일족들 앞에서 맹세했지."

결심을 굳히고 말을 꺼낸 유하였지만 이번에는 시류의 눈을 정면으로 바라볼 용기가 없었다. 그랬기 때문에, 일부러 시선을 돌렸기 때문에 유하는 시류가 어떤 표정을 하고 있는지 볼 수가 없었다. 달라져 버린 현실에 대한, 변해 버린 친구에 대한 슬픔을 담은 얼굴인지, 그렇지 않으면 오랜 우정을 부숴 버린 원망인지는 알 수 없지만 어느 쪽이든 간에 지금의 유하에게 득이 될 리는 없었다.

"그랬군……."

조금 가라앉은 듯한 목소리가 울려 퍼졌다.

정말 오랜만에 듣는 듯한 시류의 음성인 것 같았다. 불과 몇 분 전에 들었던 것과는 다른 과거의 시간으로 돌아간 듯한.

"유하, 넌… 결국 이런 식으로 내게서 벗어나려 했던 것이었군. 역시 최고의 방법이야. 억지로 널 사제로 만들고, 억지로 시간을 붙잡았던 내게 향한 복수인가… 이건?"

유하는 대답하지 않았다.

마음의 한구석에 균열이 생긴 듯한 느낌이다.

순간이라는 것은, 누군가와의 관계라는 것은, 시간으로 얽혀 있다는 것은 깨어지기 쉬운 유리와도 같다는 것을 너무 늦게 받아들인 탓일까. 알고 있었으면서도 눈을 감고 억지로 그것을 보려 하지 않았기 때문일까.

시류의 슬픈 듯한, 체념한 듯한 음성을 들으면서도 과거에는 그토록이나 벗어나고 싶었던 자리를 벗었음에도 불구하고 지금의 이것이 진심이 아니라는 것을 가장 잘 알고 있으면서도 보이지 않는, 시류의 표정을 지나 귓가에 파고드는 목소리는 남겨진 과거의 잔상을 떠오르게 만들었다.

어린 날의 자신에게 상처를 주었던 시류처럼, 이제 자신이 시류에게 상처를 준 것인지도 모른다. 의도가 어떻든 간에 시류가 복수라고 말한다면 부정할 수 없는.

시류가 받아준 지난 이백여 년의 세월만큼 이제 자신도 앞으로의 시간을 그렇게 인내하며, 바라보며 살아가야 한다 해도…….

"결국 아무것도 아니었는지도 모르겠군."

중얼거리는 듯한 시류의 말이 이상하게도 마음속에 깊이깊이 파고들어 왔다.

"…우리들의 시간이라는 건……"

또다시 시류는 중얼거렸다.

"너무 길었는지도 모르지… 아니면 유하, 네 마음을 굳어지게 만든 것이 내 잘못이었는지도……"

역시 현실이라는 것은 생각과는 다르게 전개되는 법이었다.

그리고 또 하나의 변수로 작용한 자신의 감정 역시.

유하는 천천히 고개를 들었다.

생소한 친구의 얼굴.

뿔이 사라진 채 그저 보통의 인간처럼 긴 머리카락만을 드리운 채 자신에게 향해 있는 시류의 시선이 너무나도 무겁다.

"나 역시 말할 것이 있다, 유하."

유하는 얕게 숨을 내뱉으며 시류의 다음 말을 기다렸다.

"나 역시 더 이상 청의 수가 아니다. 일이 이렇게 되었기 때문이 아니라 내 스스로의 의지로 정한 것이지. 다른 수들이 죽임을 당한 이상 내가 모든 은의 일족을 이끌어 나가겠다고 말이야."

크게 놀랄 만한 일은 아니었다. 어쩌면 당연한 일이었는지도 모른다.

힘을 잃었다고 해도 시류에게는 여전히 수라는 이름이 남아 있다. 일족들도 모두 수긍할 것이다. 시류가 나선다면 분명.

갑자기 시류의 시선이 먼 곳으로 옮겨졌다. 유하는 시류의 시선을 쫓지 않은 채 가만히 고개를 숙이고 바닥을 내려다보았다.

어떤 일이 있어도 색이 바래지 않는 견고한 갈색 빛깔의 대지

위에 푸른 풀이 돋아난 채 자리하고 있었다. 보통 때에는 신경조차 쓰이지 않았던 작은 풀의 빛깔이 선명하게 눈에 들어올 정도로 자신의 마음은 지금 흐트러져 있는 것일까.

무거운 한숨이 입술 사이로 새어 나온다.

시류는 고개를 돌리고 멀리에 서 있는 리가에게 눈길을 주었다. 미동도 없는 자세로 자신과 유하를 주시하고 있던 리가는 시류의 시선이 자신에게 향하자마자 바로 고개를 움직여 시류의 말을 들을 준비가 되어 있다는 것을 보였다.

시류는 말없이 눈짓으로 리가에게 자신의 뜻을 전달했다. 그녀라면 분명 그것만으로도 알아차릴 것이다. 지금 시류 자신이 무엇을 바라고 있는지.

마음이 희미해져 있다.

아니, 추억이 희미해져 있다.

빛 바랜 가을의 나뭇잎처럼, 아니, 이미 시들어 버린 겨울의 나뭇가지처럼 자신의 마음속에서 유하의 무게감이 너무나도 가벼워져 있다. 놀람이라는 감정조차 느껴지지 않을 정도로.

자신이 그토록이나 마음속에 깊은 의미로 새겨놓았던 그 이름이 어째서 이렇게 단숨에 지워질 수 있는 것인지. 하지만 그 까닭을 알아보겠다는 생각은 들지 않는다.

지금은 그저 눈앞에 있는 일을 향해 움직여 가는 것이 최선이라고 시류는 그렇게 생각했다. 비록 그것이 자신의 과거를 부수는 일이라 해도.

시류는 단호하게 리가에게 명령을 내렸다. 가볍게 고개를 숙여 보이는 리가의 모습이 눈에 들어왔다. 다시 시선을 옮기자 고개를 숙인 채 무언가를 생각하고 있는 유하의 모습이 있었다. 새하얀 청의에 물결치듯 흘러내린 은청색 머리카락. 그리고 사제의 힘을 발휘해 왔던 길고 새하얀 뿔.

과거의 여느 때보다도 유하는 더 새하얗게 보였다.

서서히 바람이 불어왔다.

유하는 조금의 의심도 하지 않고 있는 것 같았다. 분명 사제의 감각이라면 지금의 바람이 자연적인 것이 아니라는 사실을 느낄 테지만 생각이 그것을 의심하고 있을 것이다. 더더군다나 자신의 능력이 쇠퇴했다고 생각하고 있을 지금은 더 더욱.

'유하…….'

시류는 천천히 발걸음을 떼었다.

유하의 모습이 조금씩 작아진다. 시류가 멀어지는 것을 알고 있을 텐데도 유하는 여전히 고개를 숙인 자세를 바꾸지 않았다.

커다란 혼란이 찾아온 것이겠지.

'지금은 이것이 나의 최선이니까, 유하. 이해를 구할 생각은 없다.'

결코 밖으로는 꺼내지 않을 말을 마음속으로 내뱉으며 시류는 입가에 옅은 미소를 담았다.

파앗!

일시에 격한 바람이 시류의 눈앞을 지나쳐 유하를 감쌌다.

주위의 모든 것들이 하늘로 솟아오를 정도로 세찬 바람. 유하의 머리카락이 그 바람 때문에 휘날리고 있었다.

시류는 어느 정도 떨어진 거리에 멈춰 서서 유하를 감싼 바람이 움직이는 것을 가만히 바라보았다.

새하얀 청의에 붉은 기운이 조금씩 배어 나오기 시작했다. 세찬 바람에 가려져 제대로 보이지는 않았지만 유하는 분명 경악 때문에 하얗게 질린 얼굴을 하고 있을 것이었다.

육체의 상처 같은 것은 뿔이 잘리는 고통에 비하면 그 충격이 아주 미미한 것에 불과하다. 어쩌면 시류 자신은 이미 뿔이 잘렸던 그 시점에서 한 번 죽었던 것인지도 모른다.

"유하님!"

멀리서 유하의 사비들이 외치는 경악에 찬 외침이 들려온다.

그리고 굳어진 얼굴의 바사기가 달려오는 것 역시.

시류는 고개를 위로 들어 올렸다. 여느 때보다 더 푸른색으로 물든 하늘이.

유하의 눈동자의 빛과도 닮은 하늘이 고요히 자신을 내려다보고 있었다.

*　　　*　　　*

바람이 불어왔다.

자연적인 것이 아닌 인위적인 느낌의.

하지만 감각이 마비된 것처럼 유하는 그것을 그냥 넘겨 버렸다. 아니, 일부러 그랬는지도 모른다. 자신의 현실에 생겨난 균열 때문일까.

유하는 눈을 감아버렸다. 현실을 차단하듯이.

그리고 그와 동시에 온몸이 날아 올라갈 정도의 세찬 바람이 불어와 자신의 온몸을 휘감았다. 마치 살아 있는 생물이 움직이듯이 그렇게.

'뿔의 힘이다.'

생각을 떠올린 순간 칼날처럼 날카로운 바람이 양쪽 팔을 잡았다. 과거에 바사기가 자신의 뿔을 잘랐던 그때 보여주었던 힘과 닮은 바람의 움직임.

가늘게 찢는 듯한 날카로운 통증이 두 팔에서부터 머리까지 치달았다. 눈을 뜨자 흰색이었던 청의가 붉게 물들어 있었다. 이렇게 피를 보는 것이 대체 얼마 만인지 알 수가 없었다.

하지만 고통보다 먼저 유하의 뇌리를 점령한 것은 꿈의 한 단면이었다.

불길하게 웃던 시류의 얼굴.

그 퇴색한 회색 빛 공기 속에서 차갑게 말을 내뱉던 시류의 얼굴이 떠올랐다.

'차라리 미래가 보이지 않는 것이 좋았는지도……'

그랬다면 분명 더욱 슬프지 않았을 것이다.

예상하고 있어도 막을 수 없는 것, 막으면 안 되는 것을 느끼는 것은 정말이지 괴로운 일이었다.

"윽……."

입술 사이로 억눌린 신음이 새어 나왔다.

자신의 상념을 깨어버릴 정도로 강한 통증이 가슴에서부터 복부에 이르기까지 길게 퍼져 나갔다. 노하의 힘에 직격당했을 때와는 다른 종류의 격통이 신경을 거슬러 움직인다.

또다시 옷이 붉게 물들었다.

시류는 자신에게 무엇을 말하려는 것일까.

이런 육체의 상처를 통해 무엇을 말하려는 것일까.

자신의 마음은 더욱 깊게 상처 입었다고?

정신이 흐려지는 것 같았다. 하지만 이대로 눈을 감아버릴 수는 없다. 시류를 마주 보고 준비한 말을 꺼내야 한다. 조금 전에는 하지 못했던 말을.

어떻게 현실이 뒤바뀌어도 시류에게 자신이 건네야만 하는 말을.

시류의 뿔을 되돌릴 방법을.

"유하님!"

바람 소리에 뒤섞여 경악에 가득 찬 외침이 들려왔다.

언제나 변함없이 자신을 생각해 주는 시라와 미르의 음성이었다.

'지워진 건가?'

유하는 자신조차 이해할 수 없는 생각을 떠올리며 지금의 상황과는 반대로 입가에 미소를 떠올렸다.

그러나 그 미소는 무척이나 슬픈 것이었다.

"시류님… 당신이 무슨 짓을 하셨는지 알고 계시는 겁니까?"

억지로 분노를 억누르고 있는 듯한 음성이었다.

평소의 유순하고 멍한 표정의 바사기와는 완전히 다른 음성과 태도.

금방이라도 힘을 떨쳐 내어 시류에게 공격을 할 것 같은 위험을 담은 얼굴은 묘하게 바사기에게 어울렸다. 역시 다르다 해도 핏줄은 이어져 있는 것인지.

"물론……."

담담한, 그렇지만 차가운 음성에 바사기는 자신도 모르게 흠칫하고 몸을 떨었다.

시류의 모습에서 자신이 떨쳐 버리고 싶어했던, 그러나 떨쳐 버릴 수 없었던 형제의 그림자를 보았기 때문이었다.

어떻게든 해버려요, 바사기. 유하님께 너무한 처사였어요.

마음이 조금이나마 안정되었기 때문일까. 지금까지는 지독한 충격 때문에 들리지 않았던, 아니, 들렸더라도 머리 속에서 제대로 받아들이지 못했던 소녀의 음성이 다시 되살아나 있었다.

친구라고 했잖아요. 그것도 다른 이들은 끼어들 여지조차 없는. 그런데 어찌 된 거예요, 네?

"그건 내가 묻고 싶은 말이야."
입 모양만이 움직이는 희미한 어조로 바사기는 말했다.
이해할 수 없다. 어떤 이유도 없었지 않은가. 적어도 표면적으로는.
다른 이들로서는 도저히 이해할 수도 없고 끼어들 수도 없는 이백여 년 동안의 우정과 만남. 오직 서로만이 알고 있을 그 시간 동안 무슨 일들이 있었는지는 확실히 모르지만 유하와 시류가 그리 원만해 보이는 관계가 아니었다는 것은 확실하다. 일방적으로 유하가 시류를 피했다는 느낌이었지만, 그럼에도 불구하고 시류는 유하의 곁에 다가서는 것에 망설임이 없었다. 오히려 간절하게 무언가를 전하려 하는 것 같았다.
하지만 요 몇 년 사이 그것도 많이 달라지지 않았나. 유하가 조금씩 마음을 열고 다시 시류를 친구로 받아들이고, 지금처럼 급박하게 상황이 변한 후에는 더욱 그 소원했던 관계가 지워지는 것 같았다.

하지만 지금… 바사기는 이해할 수 없는 상황에 직면해 있었다.

시류님을 믿었었는데… 어떻게 이럴 수가 있죠? 아무리 나쁜 사람이라도 이런식으로 친한친구를 상처 입히지는 않아요!

깊은 감정이 실린 은선의 절규가 바사기의 마음속에서 몇 번이고 메아리쳤다.

"나와 유하 사이의 일이다. 유하가 원하지 않는 한 어느 누구도 끼어들 수 없는 일이다. 알았나?"

시류의 음성은 너무나도 차갑고 위엄에 가득 차 있어서 바사기는 순간적으로 그의 말에 수긍하고 고개를 숙일 뻔했다.

'너무 길었나?'

자신 역시 노하에게 길들여졌던 시간이 너무 길었던 것 같다. 의지를 가지지 않은 인형처럼 아무 생각도 없이 움직였던 그때처럼 몸이 움직일 뻔했다.

하지만 어째서 노하와 같이 강한 힘을 지니지도, 그렇다고 포악한 성격을 가진 것도 아닌 시류에게서 자신은 이런 느낌을 받는 것인지.

바사기는 입술을 세게 깨물며 비스듬히 옆으로 쓰러져 있는 유하의 앞에 무릎을 꿇고 앉았다. 정신을 잃지는 않았지만 창백한 얼굴과 굳어진 표정을 보니 유하가 충분히 고통스러워하고 있다는 것을 알 수 있었다.

더군다나 유하의 상체를 물들이고 있는 붉은 피의 색은 시선을 옮기지 못하게 만들 정도로 선명했다.

쿨럭, 하는 소리와 함께 유하가 몇 번인가 기침을 했다. 무척이나 괴로워 보이는 얼굴로.

"유하님······."

"유하님······."

합창하듯 동시에 말을 내뱉는 시라와 미르.

바사기가 시류에게 항의의 말을 내뱉는 동안 두 자매는 눈물을 흘리며 유하를 돌보고 있었다. 사비로서 살아온 세월 때문인지 그녀들에게 가장 우선시되는 것은 유하의 안전이었다.

유하님이 불쌍해요. 아무것도 이해해 주지 못하는 친구따위···차라리···차라리 없어지는 게 나아요!

"유하님께 동정의 말을 내뱉지 마라."

바사기는 작게 중얼거렸다.

괜히 화가 치밀어 올랐다. 감상적으로 내뱉는 인간 소녀의 말에 흔들리는 자신에 대한 분노의 감정이기도 했고, 언제나 당당하게 서 있던 유하가 힘없이 상처 입은 채 바닥에 쓰러져 있는 모습을 보고 있는 것도 너무나 화가 났다. 자신이 만들어놓은 유하에 대한 굳어진 생각이 부서졌기 때문일까. 그렇지 않으면 단지 지독한 행동을 해버린 시류에 대한 분노 때문인지는 알 수 없었다. 너무나 복잡하게 얽힌 감정의 끈들이 굵은 매듭으로 연결된 채 풀어질 기미를 보이지 않고 있었기 때문에.

"유하는 너희들이 돌봐라."

잠시 유하에게 시선을 던졌던 시류는 조용히 석상처럼 자신의 옆에 서 있는 리가에게 고개를 돌리고 다시 소리없이 눈빛을 교환했다.

"이대로 돌아가시는 겁니까?"

끊어지는 듯한 음성으로 묻는 바사기에게 시류는 피식거림이 섞인 미소를 보이며 답했다.

"내 뜻에 따르지 않는다면 함께 있을 필요는 없겠지."

"시류님!"

눈물 섞인 시라의 음성이 막 말을 꺼내려던 바사기를 가로막았다.

"시류님, 진심으로 유하님께 이렇게 대하시는 거라면 저는 시류님을 떠나겠습니다. 어차피 큰 전력이 되지도 않았겠지만 저는 처음부터 유하님께 매여 있던 몸… 어떤 상황 속에서라도 유하님만을 따를 것입니다."

"뜻대로 해라."

시류는 아무렇지 않게 답했다.

"정말… 아무렇지 않으신 겁니까? 제가 알고 있는 시류님은 이런 분이 아니셨습니다. 대체 무슨 일이 있었던 겁니까. 그 숲에서… 대체 무슨 일이 일어났던 겁니까?"

오열이 뒤섞인 시라의 음성은 듣는 사람에게도 처연한 기분을 느끼게 만들었다. 그러나 시류의 표정은 냉담했다.

"더 이상 은의 일족이 설자리가 없듯이, 내가 청의 수 시류가 아니듯이 변화라는 이름의 바람에 휘말리면 모든 것이 처음으로는 되돌아갈 수 없는 법이다. 그것을 모른다면 더 이상은 시간의 흐름 속을 제대로 걸어나갈 수 없겠지."

되뇌이는 것처럼 들리는 시류의 말은 어쩌면 자기 자신에게 건네는 마음의 말일 수도 있었다.

"…시류……."

아주 작은 음성이어서 신경을 써서 듣지 않으면 알아차리지도 못했을 만큼 미약한 음성.

그러나 날카롭게 신경을 곤두세우고 있던 이들의 귀에는 그 소리가 너무나도 자연스럽게 들려왔다.

"유하님……."

시라는 시류에게 꺼내려던 말을 멈추고 아연한 듯한 음성으로 유하의 이름을 되뇌었다.

"시류……."

"유하님, 부축해 드릴게요."

가만히 유하의 옆에서 눈물만을 흘리고 있던 미르가 그렇게 말을 꺼내며 붉게 물든 유하의 상체에 손을 가져다 대고 자리에 앉는 것을 도왔다.

그리고 자리에 앉는 유하를 응시하며 시류는 돌렸던 몸을 바로 세웠다. 마치 마지막 말을 들어주기라도 하겠다는 듯이.

"시류… 뿔을… 되돌릴 수 있는 방법을… 힘을… 되돌릴 수 있는… 방법을 찾았으니까……."

말하는 것이 무척이나 힘겨운 것 같았다. 유하는 끊어질 듯이 미약한 음성으로 간간이 말을 이어가고 있었다.

이미 짐작하고 있던 사실이었다.

그랬기 때문에 시류는 유하의 입에서 새어 나온 말에도 놀라지 않을 수 있었다. 유하가 정신의 언어로 자신에게 말을 걸었던 그때 은근하게 흘린 뜻을 이해했기 때문에.

오랜 시간 유하의 곁에 있어왔기 때문에 알 수 있었던 것이다. 유하가 무엇을 말하려고 하는지. 왜 기다려 달라고 했는지.

하지만 기쁘지 않았다.

"쿨럭쿨럭!"

유하는 다시 가슴에 손을 올린 채 격하게 기침을 토해냈다.

금방이라도 입가에 핏줄기가 배어 나올 것처럼 위태로운 모습이었지만 유하는 얼마 지나지 않아 숨을 고르고 조금 전보다 나아진 목소리로 다시 말을 이었다.

"떠나갈 때는 떠나… 가더라도… 내 부탁을 거절하지는 않을… 거라… 생각해……."

말이 끝남과 동시에 유하의 입가에 떠오른 희미한 미소는 보는 이들을 슬프게 만들었다.

눈물보다 더 슬퍼 보이는 미소란 바로 이런 표정을 두고 하는 말이었는지도 모른다.

"유하님, 말을 많이 하시면 안 돼요……."

걱정이 가득 담긴 시라의 만류의 말에도 불구하고 유하는 고개를 저으며 바사기에게 시선을 주었다.

"나를 도와주겠나… 바사기?"

바사기는 입술을 꽉 깨물었다. 그리고 답했다.

"싫습니다……."

그 대답에도 유하는 놀람을 떠올리기는커녕 부드럽게 미소 지었을 뿐이었다. 조금의 고통도 느끼지 못하는 것처럼 너무나 편안하게.

"어째서… 유하님을 이렇게 만든 시류님을 위해 무언가를 하라는 말씀을 하십니까. 그것이 진정으로 유하님이 원하는 일이라 하더라도… 무슨 의도로 그런 말을 꺼내시는 겁니까, 유하님은……."

바사기는 끝까지 말을 잇지 못했다.

그만큼이나 시류를 신뢰하느냐고, 자신을 이렇게 만들었어도 시류를 이해하느냐고 묻고 싶었지만 바사기는 그 질문을 가슴속으로 삼켜 버리고 말았다.

가슴속에 커다란 돌이 박혀 있는 것처럼 답답하고 무거운 느낌이 든다. 갑자기 미친 듯이 무언가를 파괴해 버리고 싶다는 충동이 일어났다. 하지만 그것은 가슴속 깊은 곳에 억눌러야 할 감정이었다.

"어떤 방법입니까, 유하님? 저는 들어본 적이 없는 것 같은데요."

지금까지 침묵을 지키고 있던 리가가 입을 열었다. 시류의 명령이었다고는 하지만 실제로 유하를 상처 입힌 것은 그녀였다. 그럼에도 불구하고 리가는 숨조차 흐트리지 않고 조금의 당혹감이나 망설임조차 떠올라 있지 않은 담담한 얼굴로 유하를 내려다보며 말을 꺼냈다.

"래운님조차 알지 못한다고 하셨는데, 유하님이 어떻게 그 방법을 알고 계시죠? 비전서란 것이 그렇게나 모든 진실을 담고 있다고는 믿지 않았습니다."

그랬었나.

역시 래운이 관계된 일이었는지도 모른다.

처음부터 믿을 수 없을 만큼 놀라운 존재였던 래운이 모든 것을 움직이고 있었던 것일까. 그렇지 않으면 그 불길한 검은 숲이 모든 것을 뒤바꿔 놓았는지도 모른다.

"래운… 이라고 해도… 세상의 모든 것을… 다 알지는 못하고 있겠지……."

작은 중얼거림과도 같은 유하의 말에 리가는 불신의 표정을 지

어 보였다. 말은 하지 않았지만 그녀의 표정에는 강한 부정의 뜻
이 배어 있었다.

"확실히 듣지는 못했지만 래운님은 유하님이 생각하는 정도의
시간을 살아오신 분이 아닙니다. 그분이 알지 못하고 계신 것을
유하님이 알고 계신다고는 생각할 수 없습니다."

"그렇다면 믿지 않으면 되잖아요!"

울부짖음처럼 격렬한 음성.

가장 감정의 기복이 심한 소녀인만큼 미르의 어조에는 무척이
나 강한 감정이 실려 있었다.

"믿지 않으면 되잖아요. 유하님을 어떻게 생각하는 건가요! 유
하님은… 유하님은… 우리들 은의 일족에게 있어서는 없어서는
안 될 분이에요. 당신이 래운님을 어떻게 생각하는지는 잘 모르지
만… 유하님의 무게를 함부로 비교하지 말아요!"

미르의 외침과 더불어 잠시 침묵이 내려앉아 주위를 감쌌다.

왜…….

왜 이렇게 변해 버린 것일까.

금의 일족들에 의해 현실이 뒤바뀌었다는 사실만으로도 충분히
힘들고 벅찬데, 눈앞의 현실은 점점 더 무게감을 가지고 바닥으로
내려앉고 있었다.

누군가 세상을 움직이는 존재가 있다면 따져 묻고 싶다는 생각
이 들 정도로 불공평하고 비참한 현실.

그것이 너무나 슬퍼서 미르는 소리내어 울었다. 유하의 눈동자
에 미미한 아연함이 떠오르는 것을 알았지만 터져 나오는 눈물을
막을 수는 없었다.

"유하님… 유하님……."

아무것도 알지 못했던 그 어린 시절에, 그저 언니인 시라의 손을 잡고 외롭게 살았던 그 시간들을 유하라는 밝은 빛으로 채워 주었던 과거의 시간들이 산산이 부서져 내리고 있었다.

유하는 지금 시류에게 뿔의 힘을 되돌릴 수 있는 방법을 찾았으니 그 방법을 따르라고 말하고 있었다. 감정은 기쁨으로 물들지 않았지만 솔직히 뿔을 되돌릴 수 있다면 그보다 좋은 일이 어디에 있을까.

오랜 과거의 인연에서 벗어났다 해도, 새롭게 무언가를 시작한다고 해도 힘이 없으면 아무것도 할 수가 없다. 자신이 그토록 절망했고, 또 지금처럼 변화하는 계기가 된 것은 바로 그 힘의 존재가 아니던가. 단지 청의 수 시류로서 지내던 시절에는 알지 못했던 절박감이라는 것을 몸서리쳐질 정도로 깊게 느낀 후에는 더더욱 힘의 필요성을 절감했다. 금의 일족들이 말하는 힘의 중요성을 어느 정도는 느끼게 된 것이다. 금의 일족만큼은 아니었지만.

이런 생소함.

고통스러워하는 유하를 눈앞에 두고서도, 자신이 벌인 행동 때문에 분노하는 이들을 보면서도 어째서 아무렇지 않은 것일까.

자신에게 물었지만 해답은 되돌아오지 않았다.

오히려 유하가 이상한 것인지도 모른다.

자신이 알고 있는 유하라면 이런 행동을 보일 리가 없다. 이렇게나 자신을 위하는 유하라니. 사제가 된 이후로 유하는 언제나 차갑게 돌아서 등을 보인 채 앞으로 나아갔었다. 뒤에서 달려가는 자신은 뒤돌아보지도 않은 채. 필사적으로 유하를 과거로 되돌리기 위해 노력했지만 시류는 그 뜻을 이루지 못했다. 그저 자신이 저지른 잘못 때문에 틀어져 버린 현실에 슬퍼하면서도 그것을 얼굴에 떠올리지 않기 위해 노력했을 뿐.

하지만 지금은 다르다.

이렇게나 달라진 유하는 자신의 기억 속의 유하가 아니다.

이렇게나 약해 보이는 유하는 처음 그 침울한 숲 속에서 무언가를 생각하며 조용히 자신을 바라보던 그때의 유하가 아니다.

시간이 바꾸어 버린다면, 시간이 모든 것을 바꾸어 버린다면 차라리 그 이전에 자신이 모든 것을 뒤집어놓겠다고 시류는 그렇게 마음속으로 중얼거렸다.

"시류님……."

곁으로 다가온 리가가 조용히 시류를 불렀다.

시선을 돌리자 그녀는 시류의 결정을 묻는 듯한 눈빛으로 말없이 그를 응시하고 있었다. 시류는 리가에게 대답하는 대신 유하에게로 다가갔다.

몇 걸음 가까이 가지 않아 자신을 거부하는 듯한 세 쌍의 눈과 마주쳤지만 시류는 개의치 않았다.

"내가 거부한다면… 뿔을 되돌리기를 거부한다면… 그래도 넌 계속할 생각인가, 유하?"

어떻게 보면 무척이나 충격적인 발언. 하지만 어느 누구도 놀라지 않았다.

"더 이상은… 어떤 부탁도 하지 않을 테니까……."

유하는 숨을 몇 번 고르고 나서 다시 말을 이었다.

"…선택은 네가 하는 거니까… 시류……."

시류는 생각에 잠긴 듯 아무 말도 하지 않았다.

유하의 힘이라면 분명 방법을 찾아낸 것은 사실일 것이다. 하지만 선뜻 대답이 나오지 않는 것은 무슨 이유일까.

"이것이 마지막이니까… 시류……."

유하는 쓸쓸한 눈빛을 하고 있었다. 하지만 음성은 여전히 따뜻했다. 마치 타인을 보고 있다고 느낄 만큼 유하는 따뜻했다. 창백한 얼굴과는 반대로 음성에 배어 나오는 감정이 너무 따뜻해서 시류는 오히려 더 현실감에서 멀어지는 듯한 느낌이 들었다.

시류는 말이 아닌 표정으로 동의의 뜻을 드러냈다.

유하라면 알아챌 수 있는 표정의 변화로써, 그리고 그것을 알아챈 유하는 미미하게 미소를 짓는 것으로 역시 답을 대신했다.

그러나 유하의 입술에서는 여전히 다른 말이 새어 나오고 있었다. 예전부터 하고 싶었던, 하지만 해서는 안 되는 말이라고 여기고 있던.

말을 안 하는 것이 좋을지도 모르지만 지금이 마지막이라면 말하는 편이 좋을지도 모른다.

"더 이상은… 아니, 과거부터… 시류… 네가 알지 못했던 과거부터… 나는……."

유하는 그 뒤에 이어질 말은 차마 꺼내지 못했다.

슬펐다.

무너져 버린, 부서져 버린 마음이.

오랫동안 기다려 왔던 믿었던 친구와의 재회가 이런 식으로 부서져 버리리라고는 생각하지 못했다. 사제의 힘 따위는, 미래를 읽어내는 힘 따위는 다 필요 없는지도 모른다.

자신의 앞에 다가올 가장 큰 슬픔조차 읽어내지 못했다면, 아니, 그 암시를 받고서도 예상하지 못했던 자신의 생각에 문제가 있는 것인지도 모르지만 지금은 너무나 슬펐다.

몸의 상처보다 마음에서 느껴지는 통증이 더욱 크다고 느낄 정도로.

감추고 있던 진실을 알아버렸을 때는 이미 늦는 것일까.

자신은 이렇게나 약한 존재였는데…….

겉모습만으로 그것을 감추고 아무렇지 않게 살아온 지난 시간들이, 그 가식으로 뒤덮인 거짓된 시간들이.

'나는… 시류의 오랜 친구였던 유하가 아니니까…….'

이어지지 않는 유하의 말을 흘려 넘기는 시류의 얼굴은 점점 굳어져 가고 있었다. 차갑고 냉정하게, 하지만 위엄있는 얼굴로.

눈빛조차 너무나 차가워진 시류를 유하는 가만히 바라보았다.

차갑게 굳어진 검은 눈동자와 마주친 엷은 푸른색의 눈동자는 그저 침묵하고 있었다. 작은 파랑조차 일지 않는 잔잔한 호수의 그것처럼.

약속이나 한 듯한 한참이 침묵이 지나간 후에 유하는 미미한 웃음을 떠올린 얼굴로 바사기에게 말을 건넸다.

"다시 한 번… 부탁한다. 날… 도와주겠나……?"

이번에는 바사기도 조금 전처럼 단호하게 거절의 말을 내뱉을 수가 없었다.

유하의 표정이 너무나도 간절했기 때문에.

이런 얼굴의 유하는 자신이 아는 유하가 아니었다. 자신의 마음을 움직이고, 지금처럼 움직였어도 후회라는 이름을 낳지 않게 했던 유하가 아니었다.

그럼에도 불구하고 유하에게서 벗어날 수 없는 것은, 유하의 말을 들어야겠다는 생각이 드는 것은 생각도 못할 만큼 유하가 자신 안에서 차지하고 있는 비중이 크기 때문이리라.

유하는 단지 다른 이들과는 조금 다른 특성의 힘을 가진 사제였을 뿐인데…….

"네, 알겠습니다."

마음 한구석이 부서져 내린 것 같은 느낌이다.

무엇이 잘못된 것일까.

대체 무엇이.

유하가 유하가 아니게 되어버린 것이. 시류가 시류가 아니게 되어버린 것이?

원하지 않았던 이런 상황을 맞게 된 것이?

그렇지 않으면 금의 수 노하가 자신의 형제라는 것이?

혼란스럽다.

바사기…….

마음속에서 슬픈 음성이 들려온다.

보통 때처럼 장난치듯 혼란스럽게 자신의 마음속에 울리는 것이 아니라 진심으로 위로해 주려는 듯, 소녀의 음성은 무척이나 부드럽고 따뜻했다.

지금은 그냥 참고 유하님의 말씀대로 해요… 지금은 그냥…….

바사기는 억지로 미소 지었다.

"제가 무엇을 하면 되겠습니까, 유하님."

유하는 여전히 힘없는 미소를 입가에 매단 채 가만히 손을 들어 올렸다. 유하의 손이 움직여 가리킨 곳을 따라가자 그곳에는 한가로이 풀을 뜯고 있는 일각수가 있었다.

"일각수 말씀이십니까?"

"일각수의 뿔을……."

바사기는 길게 나선형으로 뻗어 올라간 새하얀 일각수의 뿔을 바라보았다. 어느 때보다 더 날카롭고 하얗게 보이는 일각수의 뿔은 살아 있는 생물처럼 바사기의 눈 안에서 빛을 발하고 있는 것 같았다.

"저걸 가져다 주면 된다. 뿔을 자른다고 해도 일각수는 죽지 않으니까……."

하지만 바사기도 알고 있었다.

죽지는 않지만 뿔을 잃은 일각수는 뿔을 잃은 일족들이 느끼는 것과 같은 무력감을 느낀다는 것을. 평소라면 택할 리가 없는 방법을 택하고 실행하려는 유하를 보면서 바사기의 마음속에는 말로는 표현할 수 없는 애잔함이 피어 올랐다.

"네, 따르겠습니다……."

그렇게 답하고 나서 바사기는 유하를 살며시 바닥에 뉘어놓고 몸을 일으켰다.

마음은 움직임을 거부하고 있었지만 머리로 억지로 몸을 일으킨 것이다. 지금은 유하의 말을 듣지 않으면 안 된다고.

몸을 일으킨 바사기는 잠시 시라와 눈이 마주쳤다. 눈물은 이제 말랐지만 아직 슬픔을 거두지 않은 가라앉은 눈동자로 시라는 자신에게 무언가를 전하고 있었다.

또다시 마음 한구석에서 알싸한 통증이 밀려왔다.

바사기…힘내요……

그리고 작게 울리는 위로의 말.
바사기는 누구를 향한 대답인지 모르게 몇 번 고개를 끄덕여
보이고는 한가로이 움직이는 일각수에게로 향했다. 일각수의 뿔로
무엇을 할 수 있을지는 모르지만 유하의 말이기에 바사기는 의심
없이 움직였다.

제38장

일각수

　일각수를 향해 뻗어가는 손의 움직임이 떨려온다.

　의식하지 않으려 해도 지금 자신이 하려는 일은 보통의 마음으로는 할 수 없는 일이었다. 분명 예전에는 아무렇지 않게 타인에게 상처를 입혔었지만, 지금은 그것이 너무나도 두려운 일이 되었다.

　앞으로 자신이 겪을 일을 아는지 모르는지 일각수들은 여유롭게 움직이며 풀을 뜯고 있었다.

　어떤 일각수를 골라서 뿔을 자를 것인가.

　바사기는 걸음을 옮겨가면서도 한참을 망설이며 생각했다. 결국에는 어쩔 수 없이 자신이 타고 왔던 일각수를 골랐지만. 앞으로도 계속 일각수를 탈 테니 다른 이들의 일각수의 뿔을 잘라 버린다는 것은 너무한 일이라는 생각이 들었다. 이 일 자체가 너무한 일이기는 하지만.

유하는 어째서 자신을 그렇게까지 한 상대를 위해 이런 일을 하려는 것일까.

자신이었다면 그런 마음을 먹었더라도 상처를 입은 그 순간에 지워 버렸을 것이다. 그것이 대부분의 생각이 아닐까.

유하님이기 때문이에요. 슬프고 분하긴 하지만 유하님이니까 그러는 거겠죠. 당신에 비하면 유하님에 대해 조금밖에 알지 못하는 내가 이런 생각을 할 정도니까… 분명 다른 이들도 그렇겠죠?

바사기는 그냥 고개를 끄덕여 은선의 말에 수긍하며 고운 갈색의 털을 가진 일각수에게로 손을 뻗었다.

바사기의 손이 자신의 뿔에 닿자 일각수는 가만히 얼굴을 들어올려 검은 눈망울로 바사기를 응시했다. 그 눈은 너무나 맑은 빛이어서 바사기는 한순간 손에 준 힘을 풀어버릴 뻔했다.

할 거라면 그냥 한 번에 해요. 아프지 않게…….

은선의 말을 필두로 바사기는 굳게 눈을 감은 채 자신의 뿔에 힘을 집중시켰다. 하나밖에 남지 않은 뿔이었지만 어느 정도의 힘을 쓰는 것은 가능하기에, 바사기는 단번에 뿔을 자르기 위해 최대한으로 힘을 모았다.

하나 남은 뿔에 금색의 빛이 어리고 일각수의 뿔을 중심으로 작은 소용돌이가 일었다. 바사기의 손과 손에 감싸인 뿔의 주위에 일던 바람은 어느 순간인가 날카로운 칼날로 변모해 일각수의 뿔을 잘라냈다. 마치 처음부터 바사기의 손 안에 있었던 것처럼 순식간에.

잘린 일각수의 뿔의 단면을 잠시 들여다보던 바사기는 곧 몸을 돌렸다. 이런 일에 감정을 일일이 드러낼 정도로 자신은 아직 약해지지 않았다고 스스로를 타이르면서.

등 뒤에서 세차게 투레질을 하는 일각수의 움직임이 느껴졌지만 뒤를 돌아보지는 않았다.

"유하님……."

바사기는 아무렇지 않은 얼굴을 하고서 유하에게 일각수의 뿔을 내밀었다. 길고 가느다란 흰색의 나선형 조각이 눈앞에 다가오자 유하는 미미하게 고개를 끄덕였다.

"날 좀……."

유하가 입을 열자 시라와 미르는 누가 먼저랄 것도 없이 양쪽에서 유하의 팔을 잡고 자리에서 일어나는 것을 도왔다.

스스로의 힘으로는 걸음을 옮기는 것조차 불가능할 정도로 급격히 약해진 몸은 금방이라도 정신을 놓아버리는 것이 좋다는 회유의 말을 건네고 있었다.

그러나 그런 나약한 마음에 져서는 안 된다고 되뇌이며 유하는 스스로를 격려했다. 적어도 자신이 하려는 일을 완수할 때까지는 쓰러져서는 안 된다.

유하는 마음을 다잡고 입을 열었다.

"시류님, 제가 당신께 드렸던 뿔을 가지고 계시지요? 그것을 다시 주십시오."

갑작스레 튀어나온 정중한 말투에 시류도, 그리고 마찬가지로 다른 이들도 놀란 것 같았다. 작은 목소리이기는 했지만 끊김없이 말을 이어가며 유하는 숨을 골랐다. 정신을 집중해서 말하는 것에 신경을 쓰지 않으면 금방이라도 현기증을 일으키며 쓰러져 버릴 것 같았기 때문에.

멀어져 버린 시류의 마음을 되돌릴 수 없다면 아예 다시 시작하는 것이 좋다고, 그렇게 스스로를 납득시키기 위해 유하는 시류에게 일부러 정중한 말투를 사용했다. 과거에 처음으로 사제가 되었을 때 그랬던 것처럼.

오히려 잘된 일인지도 모른다. 영원히 계속되는 무언가가 있을 리가 없다는 것을 지금이라도 깨달았기 때문에. 후에 이런 일을 겪었다면 더욱더 깊이 상처 입었을지도 모른다고 유하는 마음으로 되뇌었다.

시류는 품속을 뒤져 하얀 천에 싸여 있는 물체를 꺼냈다. 극히 무심한, 아니, 냉정한 눈동자를 한 채로. 유하는 그 하얀 물체에서 천천히 시선을 움직여 시류의 눈을 올려다보았다.

그리고 잠시 그렇게 차갑게 굳어진 시류의 눈동자와 희미한 체념과 잔잔함이 담긴 유하의 눈동자가 마주쳤다.

과거와는 정반대의 상황.

'시류도 내 행동을 보며 이런 마음이었을까…….'

자신의 과거를 되돌아보자 문득 그런 생각이 들었다. 속마음을 드러내고 싶지 않아서. 깊이 패인 상처를 감추기 위해 등을 돌렸던 자신을 시류는 언제나 질리지도 않고 돌려세우려 했었다. 그러나 지금은…….

시류가 내민 흰 천을 받아 들고 유하는 힘이 들어가지 않는 손가락을 억지로 움직여 가며 감긴 천을 풀었다.

옆에서 안타깝게 자신을 바라보는 시선들은 일부러 돌아보지 않았다. 지금은 어떤 일이 있어도 자신이 모든 것을 해야만 했다.

그것이 마지막 순간에 할 수 있는 자신의 최선이었으니까. 그런 유하의 마음을 알기 때문에 두 자매는 더 더욱 아무 말도 하지 못한 채 유하의 몸을 부축하고 있을 수밖에 없었다.

천에 감싸여 있던 뿔은 유하의 손이 움직임에 따라 서서히 모습을 드러냈다. 한동안 자신이 지니고 있던 것임에도 불구하고 막상 다시 뿔을 대한 순간 유하는 가슴 한구석에서 밀려오는 저릿한 느낌을 떨쳐 버릴 수가 없었다.

"시류님, 이쪽으로 와서 앉아주십시오."

가만히 손에 뿔을 쥔 채로 유하는 말했다. 그리고 시류는 대답없이 유하의 말에 따라 몇 걸음 앞으로 나와 바닥에 앉았다. 리가는 마치 시류를 호위하기라도 하듯 어느 정도 거리를 두고 선 채가만히 둘을 주시했다.

흔들림없이 말하는 것에 신경을 쓴 것만으로도 힘을 다 소진해 버린 것처럼 눈앞이 흐려진다. 확실히 피를 많이 흘린 모양이었다.

'그러고 보면…….'

유하는 쓴웃음을 지으며 최근에 일어난 몇 가지의 일을 떠올렸다.

발단은 과연 언제였을까.

자신의 육체가 구속력을 잃었다는 것을 알았던 그때일까. 아니면 사야의 힘 때문에 반년 동안이나 정신을 차리지 못했던 비어 있던 시간. 그 이후였을까.

육체적으로 상처 입고 회복까지의 무의미하게 반복되는 몇 번인가의 경험. 그 몽미한 시간 동안은 속절없이 무너져 내리는 자신의 마음을 수없이 봐야 했다.

확실하게 몸의 상태가 좋아질 때까지 쉬기는 했지만 이런 일이 몇 번이나 계속된다면 몸에 무리가 가는 것은 당연한 일이다.

'오백 년은 무리겠지……'

유하는 속으로 생각을 떠올렸다.

사제가 되었던 그 순간부터 단 한 번도 떠올리지 않았던 일족에게 주어진 시간.

자신이 주어진 수명대로 산다는 것이 무리라는 것은 처음부터 알고 있었다. 그랬기 때문에 더욱 아쉬움이 많았고 무언가를 하기 위해서 앞만 보며 나아갔다. 단지 바램이 있다면 마음속에 세워 놓은 목표를 이룰 때까지만이라도 살아 있을 수 있다면 더 이상은 아무것도 바라지 않을 것이라고 유하는 그 말을 마음속에 새겨넣었다.

바사기에게서 건네 받은 일각수의 뿔과 시류의 뿔을 양손에 하나씩 들고 그것을 차례로 바라보며 유하는 심호흡을 했다. 한순간이라도 정신을 놓아버린다면 그것으로 실패하기 때문에 더욱 신경을 집중하지 않으면 안 된다. 보통 때의 자신이라면 여유있게 해낼 수 있는 일이었지만 지금은 사정이 다르다.

그렇게 정신을 집중하는 동안에도 상처에서 흐르는 피는 멈출 생각을 하지 않고 작은 방울이 되어 바닥으로 떨어져 내렸다. 통증 역시 잦아들지 않았다. 고통에 익숙해졌는지, 아니면 한곳에 정신을 집중하고 있기 때문인지 유하는 별다른 통증의 감각을 느끼지 못하고 있었다.

유하는 마음속에서 피어 오르는 여러 생각들을 떨쳐 버리며 눈을 감았다. 그러자 오른손에 쥔 일각수의 뿔과 왼손에 있는 시류의 뿔에서 느껴지는 감각이 더욱 선명해졌다. 매끄러운 유기질의 감각.

"아……."

누구의 감탄성인지는 모르지만 주위에서 감탄의 목소리가 들려 왔다.

유하의 뿔에서부터 퍼져 나온 은색의 빛 때문이리라. 너무나도 온화하고 따스한 그 빛은 주위에 넓게 퍼지지는 않은 채 점점 그 밝기를 더해가며 환하게 되살아났다.

그리고 그와 동시에 유하의 양손에 들린 두 개의 뿔이 그 빛의 영향으로 동시에 은색의 빛을 뿜어내기 시작했다. 어쩌면 단순히 유하에게서 뻗어 나온 은빛에 휩싸인 것이 밝은 빛을 내는 것처럼 보였을 수도 있지만.

시간이 지남에 따라 양손에서 피어 오르는 빛의 밝기가 더욱 강해졌고 어느 순간인가 뿔의 형태가 보이지 않을 정도로 짙어지자 팟! 하는 작은 소리가 들렸다.

무언가가 부서져 내리는 듯한.

그리고 일순간 유하의 뿔에서 나오던 빛과 양손을 감싼 빛이 동시에 사그라들었다. 처음부터 빛 자체가 존재하지 않았던 것처럼 일시에 남은 것은 유하의 양손에 조금씩 쥐어져 있는 고운 흰색의 가루뿐.

모두의 눈에 놀람의 빛이 서렸다. 이런 광경을 보는 것은 처음이었기 때문에. 그러나 눈을 감고 있던 유하는 그것을 보지 못했다. 보았다고 하더라도 놀라지 않았을 테지만.

손에 흰 가루를 올려놓은 채, 아니, 얼마 전까지만 해도 뿔의 모양을 하고 있던 그것을 쥔 채 유하는 다시 눈을 떴다. 조금은 지친 듯이.

유하는 힘겨워 보였다. 부상을 입은 상태에서 힘을 썼기 때문에 더욱 그럴 것이다.

그러나 지금은 쉴 여유도 없었다. 유하는 그대로 손을 뻗어 두 손을 붙인 채 앉아 있는 시류의 머리 위로, 정확하게는 뿔이 있던 자리에 양손에 담긴 가루를 조금씩 뿌렸다.

골고루 섞이도록 하려는 것인지 세밀하게 조금씩 머리 위에 그 것을 떨구는 손놀림이 무척이나 조심스러웠다.

그 가루들을 시류의 머리 위에 다 뿌리고 나서, 이번에는 두 손 바닥을 시류의 머리에서 어느 정도의 거리를 두고 올려놓은 후 유하는 다시 뿔에 힘을 모았다.

온화한 은색의 빛이, 무척이나 안심이 되는 따스한 빛이 한 동 안 시류의 머리 위에 머물렀다. 그 빛이 비추는 동안 머리카락을 하얗게 만들었던 뿔의 가루들은 거짓말처럼 조금씩 사라져 갔다. 정확하게는 아래로 스며들었다.

흰색이 사라지고 난 후에도 유하는 손을 뗄 생각을 하지 않았 다. 옆에서 보기에도 명백히 떨리는 손을 시류의 머리 위에 올린 채 계속 힘을 발휘했다.

얼굴빛이 보기 안타까울 정도로 창백하게 질려도, 상처에서 흐 른 피가 흰색 청의를 붉은색으로 바꾸었어도, 시야가 점점 흐릿하 게 변해가도……

의식이 엷어지는 것을 의식하면서도 유하는 의지력으로 모든 것을 견뎌내며 힘을 내보냈다.

그렇게 하기를 십여 분.

유하의 뿔에서 나오던 빛이 사그라들고 손이 힘없이 바닥을 향 해 늘어졌다. 그리고 시라와 미르는 무너져 내리는 유하의 몸을 받아 들며 입술을 깨물었다.

몸이 무척이나 가뿐했다.

충만하게 힘으로 가득 찬 느낌. 그렇다. 확실히 이 감각은 과거에 뿔을 잃기 전에 언제나 느끼던 바로 그 감각이었다.

시류는 놀람을 애써 감추며 머리 위에 손을 가져갔다. 그러나 뿔은 여전히 존재하지 않았다. 단지 몸 안에서 느껴지는 감각이 과거와 흡사할 뿐.

'그렇다면……'

시류는 속으로 생각을 정리하며 서서히 힘을 모았다.

그러자 원래 뿔이 있던 자리에서 은색의 빛 무리가 피어 올랐다. 힘을 잃었던 것이 거짓말로 여겨질 만큼 자연스럽게.

그랬다. 힘이 되살아난 것이다. 뿔이 없음에도 불구하고 힘을 쓸 수 있게 된 것이다.

순수한 기쁨이 얼굴에 미소라는 형태로 되살아났다.

더 이상은 숨죽이지 않아도 되는 것이다.

시류는 자리에서 몸을 일으키며 유하를 바라보았다. 창백하게 질린 얼굴이었지만 유하의 얼굴에는 옅은 미소가 떠올라 있었다.

무엇 때문인지 모를 안도감과도 닮은 미소가.

온몸이 무척이나 가벼워진 것 같다.

아니, 무거워졌는지도. 명확한 느낌이 들지를 않아서 꿈인지 현실인지, 자신이 어떤 상태인지도 모를 정도로 붕 뜬 듯한 기분이었다.

눈을 떠야 한다는 생각이 들어서 억지로 눈에 힘을 주자 흐릿한 무언가가 보였다.

아니, 명확하게 형태를 가지지는 않았지만 낯선 광경은 아니었다.

'또… 이곳인가……'

그리고 얼마 지나지 않아 자신이 익숙하다고 여긴 것이 무언지를 깨달을 수 있었다.

자욱한 안개로 가득한 공간과 같은 느낌이 드는 텅 빈, 소리마저 사라진 공간. 회색의 가라앉은 공기로 가득 차 있는 이곳은 지금까지 미래를 알려주는 길잡이를 했던 바로 그 공간이었다. 꿈이라는 형태로 직접적으로 자신의 몸에 미칠 영향을 깨닫게 해주었던 바로 그 회색의 공간.

유하는 가만히 주위를 둘러보다가 걸음을 떼었다. 이곳에서 또 무엇을 보게 될지는 알 수 없지만 가지 않으면 안 된다. 아무리 괴로워도 알고 대처할 수 있는 미래와 그렇지 않은 미래는 다르기 때문에. 그리고 그 이유만이 아니더라도 자신이 계속해서 이 공간으로 들어서는 것에 어떤 이유가 있다면 그것을 알아보고 싶었다.

그렇게 결심하고 걸음을 옮기기 시작한 지 얼마 되지 않아서였다.

회색의 무거운 공기로 가득 찬 공간에서 선명한 색이 눈에 들어왔다. 그 색 역시 막에 한꺼풀 뒤덮인 것처럼 투박해 보이는 느낌을 전해주었지만 적어도 회색이 아닌 천연색이라는 것은 틀림없는 사실이었다.

그렇게 가라앉은 듯한 녹색. 녹색의 숲을 바라보며 유하는 계속 걸음을 옮겼다.

"다시 처음으로 되돌아왔군요."

누군가의 목소리가 들려온다.

누구를 향한 것인지, 어디에서 들려오는 것인지는 알 수 없었지만 흐릿한 듯하면서도 목소리는 끊이지 않고 들려왔다.

"이렇게 될 줄 알고 있었습니다."

이상하게도 지금 들려오는 목소리 역시 그리 낯설지 않은 것 같았다. 누구의 목소리인지는 생각나지 않았지만.

"후회라는 말은 꺼내지 않기로 약속했었지요."

누군가의 대화인 것 같은데 계속 한 사람의 목소리만이 들려올 뿐 대답하는 소리는 없었다. 자신의 귀가 잘못된 것이 아닌가 하는 생각에 유하는 좀 더 주의를 기울였지만 여전히 들려오는 목소리는 한 사람의 것이었다.

"지금이라면 알 수 있을 겁니다."

유하는 계속되는 혼자만의 대화에 흥미가 생겼다. 더군다나 내용 자체가 자신이 반드시 들어야 할 내용인 것 같은 느낌까지 들어서 더욱 유하는 걸음을 재촉했다. 한시라도 빨리 그 소리의 진원지를 찾아서 말을 꺼내는 이의 얼굴을 살펴보아야겠다는 그런 생각이 들었다.

"그런 사과를 받기 위해서 이곳에 온 것이 아닙니다. 단지 이토록 오랜 시간이 지난 후에 자신이 만들어낸 것이 어떤 결과를 불러일으키는지 봐주길 바랬습니다. 당신과는 달리 나는 이곳에 남아 있지 않으니까요. 단지 미련만을 남긴 채 이렇게밖에 존재할 수 없으니까요."

조금은 슬픈 듯한 목소리.

"당신의 잘못은 아닙니다. 그때 내가 좀 더 확실하게 말을 하지 않았기 때문이지요. 그렇게 했더라면 이런 일 자체가 생기지 않았 겠지요."

계속 주의 깊게 말을 듣고 있었기 때문에 알아챌 수 있었던 것 이지만 분명 지금의 말은 누군가와의 대화였다. 상대방의 대답이 들리지는 않았지만 분명 누군가와 이야기를 나누는 목소리였다.

"하지만 알고 있다고 해도 막을 수 없는 건 불가항력입니다. 그 렇기 때문에 나는 이 힘이 더 괴로웠지요. 지금에 와서도 내가 가 지고 있던 이 힘이 그대로 남아 있다는 사실이 슬프군요. 아니, 미 안하다는 생각이 듭니다."

유하는 점점 걸음을 빨리해서 가라앉은 톤의 녹색 숲으로 들어 섰다. 전체적인 색채가 다 가라앉아 있는 듯한 숲에서는 여전히 소리가 사라져 있었다. 이곳에서 유일하게 들리는 소리라고는 조 금 전부터 귓가에 맴도는 누군가의 목소리뿐이었다. 마치, 자신을 이끌기 위해 일부러 그러는 것처럼.

"아닙니다. 차라리 이런 식으로 남아 있는 것이 좋습니다. 세월 이 우리의 관계를 변화시킨 것처럼 그대로였다고 해도 분명 변화 는 왔을 겁니다."

숲으로 들어가 한참을 걸은 끝에 유하는 겨우 작은 공터를 발 견할 수 있었다. 가까이 다가가자 목소리가 더욱 크게 들려오는 것으로 보아 이 장소가 맞는 모양이었다. 바닥에 갈색으로 변색된 낙엽이 쌓여 있는 공터는 이곳만이 가을인 것처럼 색을 달리하고 있었다.

회색 빛의 세상에 담긴 초록의 숲, 그리고 그 속의 갈색 잔영.

'설마……'

계속 시선을 옮겨가며 주위를 살펴보던 중 유하는 누군가의 뒷

모습을 발견했다. 목덜미까지 닿는 갈색의 머리카락과 짙은 청록색의 청의에 감싸인 작은 듯한 체구의 몸이.

'우연은… 아니겠지……'

시야를 채운 것은 정말 의외의 인물이었다.

처음부터 자신에게 놀람만을 안겨주었던 특이한 생김새와 모든 것을 꿰뚫어 보고 있는 듯한 말투. 등을 돌리고 있어도 금세 알아챌 수 있는 개성적인 모습의 그는 바로 래운이었다.

'이게 대체……'

이곳은 분명 자신의 꿈속임이 분명한데, 어째서 이곳에 래운이 있는 것일까.

그것도 조금 전부터 자신의 귓가에 울려 퍼진 목소리의 주인공과 대화를 나누는 모습으로. 귓가에 들려온 익숙한 목소리가 래운의 것이 아니라는 것은 알았지만 상대방의 모습은 어디에도 없었다.

그저 자신이 알고 있는 모습과는 조금 다른 느낌의 래운이 가만히 자리를 지키고 서 있을 뿐.

"래운……"

유하는 나직한 목소리로 래운을 불렀다. 그러나 래운은 등을 보인 자세 그대로 몸을 굳히고 서 있을 뿐 전혀 움직일 생각을 하지 않고 있었다. 마치 자신의 목소리를 듣지 못한 것처럼.

"래운."

유하는 다시 한 번 래운을 불렀다. 그러나 이번에도 마찬가지의 결과가 나왔을 뿐이었다. 나직한 한숨을 토해내며 유하는 천천히 래운의 앞으로 걸음을 옮겼다. 바닥을 향해 휘어진 뿔을 지나 얼굴이 보이는 위치에 다다르자 래운의 표정이 눈에 들어왔다. 평소에 웃음 짓고 있던 여유있어 보이던 래운은 어디로 갔는지 그는 무척이나 가라앉은, 그리고 슬픈 표정을 떠올리고 있었다.

"내 피가 계속 이어지는 한 당신은 안식을 얻을 수 없겠지요……."

또다시 어디선가 들려오는 낮은 중얼거림.

래운은 고개를 천천히 아래로 숙인 채 가만히 멈춰 서 있었다. 아니, 처음부터 모든 것이 정지된 상태인 것 같았다. 래운마저도 생명력없는 인형이 아닌가 하는 생각이 들 만큼.

"이렇게 만나는 것도 마지막입니다. 앞으로는 날 만난다 하더라도 달라지는 일은 없을 겁니다. 이미 시간은 멈출 수 없을 만큼 앞으로 흘러가 버렸으니까요. 당신이 어떤 선택을 하든 나는 더 이상 상관하지 않겠습니다. 그럴 자격도 없지만……."

그 말을 끝으로 목소리는 더 이상 들려오지 않았다.

굳어진 래운처럼 유하도 한동안 가만히 선 채 움직이지 않았다. 여전히 회색이 내려앉은 세상에는 변화가 없는데 지금까지와는 달리 불길한 감각은 들지 않았다.

어쩌면 이제 더 이상의 불운은 없는지도 모른다. 아니면 그런 힘 자체가 사라졌는지도 모르지만 지금은 그것도 별로 중요하지 않았다.

정신없이 앞만 보며 살아왔던 자신의 삶에 이제와서 이런 무수한 분기점이 생겨나고 있다는 것이 너무나 혼란스러웠다. 돌아볼 여유조차 없었던 시간에는 유일한 걱정거리는 언제나 자신의 몸 상태였다. 하지만 지금은 그 문제가 부수적인 것으로 취급될 만큼 너무나 생각할 일도, 해야 할 일도 많다.

몰아치는 풍랑 속에 내던져진 것처럼 혼란스럽고 혼란스러운 현실.

다른 세상의 또 다른 자신과의 조우만으로는 모든 것이 해결되지 않았다. 아니, 그것도 조금은 미완성처럼 보인다.

"유하, 그대가 깨닫지 않으면 안 된다. 그렇지 않으면 아무것도 달라지지 않을 거야."

마치 자신의 존재를 느끼지 못하는 것처럼 보였던 래운의 입에서 그런 말이 흘러나오자 유하는 깜짝 놀랐다.

"무슨 말입니까……?"

정신을 추스르고 질문을 던졌을 때는 이미 래운은 등을 돌린 채 앞으로 걸어나가고 있었다.

래운이 남긴 마지막 말과 이곳에서 들려왔던 말의 의미를 생각하며 유하는 더욱더 큰 혼란에 빠져들었다. 자신이 알지 못하는 의문만이 가득 남겨진 채 해답을 기다리고 있는 것이다. 지쳐 버린 자신 앞에.

*   *   *

"더 이상은 시류님의 곁에 있지 않겠습니다."

바사기는 시류의 대답을 들을 생각도 하지 않은 채 유하의 몸을 안아 들고는 자리에서 일어났다. 그리고 바사기가 예상했듯이 시류에게서는 어떤 반응도 일어나지 않았다.

피로 인해 축축하게 젖어든 옷의 감촉이 무척이나 무거웠다. 걸음을 옮길 때마다 피어 오르는 비릿한 피의 냄새 역시 마음을 씁쓸하게 만들었다. 지금은 어딘가에서 안전하게 몸을 치유하는 것이 중요한데, 이 주위에 그런 장소가 있었는지 생각이 나질 않는다.

"급한 대로 주위에서 약초라도 찾아야겠어요. 지금 가지고 있는 것 중에는 피를 멎게 하는 풀이 없어요."

걱정스러운 얼굴로 유하의 얼굴을 바라보며 옆에서 걸음을 옮기던 시라가 말했다.

바사기가 그 말에 수긍하고 고개를 끄덕이자 시라와 미르는 약속이나 한 것처럼 눈빛을 교환하고는 재빨리 걸음을 옮겼다. 바사기는 그녀들이 돌아올 때까지 유하를 눕힐 장소를 찾기 위해 주위를 둘러보았다. 조금 전까지 일각수가 있었던 장소를 돌아보자 자신들이 타고 왔던 세 마리의 일각수만이 남아 있을 뿐, 시류와 리가가 타고 왔던 일각수는 없었다. 그리고 어쩔 수 없이 시선은 바사기의 힘에 의해 뿔이 잘린 일각수의 모습이 눈에 들어왔다.

조금 전과 변함없는 모습으로 풀을 뜯고 있는 일각수였지만 힘이 빠진 듯이 보이는 것은 바사기의 착각일까.

대체 왜 모든 일들이 악화되기만 하는 것인지.

더 이상 괴로워하고 더 이상 슬퍼해야만 할 일들이 남아 있어야만 하는 것인지 도저히 이해가 되질 않았다. 왜 단지 한 사람의 생각만으로 무수히 많은 이들이 고통받아야 하고 이렇게나 달라져 버린 길을 걷게 되었는지.

눈앞의 창백하게 굳어져 버린 유하는 금방이라도 부서져 버릴 것 같았다. 타인에게 보여지기 위한 삶을 살아온 유하였기에 마지막의 마지막까지 잃어버린 지금 더욱 그렇게 보이는 것인지도 모른다. 허탈함이, 이유를 알 수 없는 허탈함이 밀려온다.

'유하님… 당신은 그냥 이걸로 만족하실 수 있겠습니까. 참아내실 수 있겠습니까.'

결코 유하는 듣지 못할 말을 속으로 되뇌이며 바사기는 쓴웃음을 지었다. 그리고 그 순간 또 하나의 목소리가 들려왔다.

괜찮아요. 분명 괜찮을 거예요. 마음이 강한 사람이라면 상처따윈 금방 지워버리고 일어설 수 있을 거예요.

무척이나 상냥한 음성.
비록 알게 된 지 얼마 지나지 않았지만, 어떤 경위로 자신과 한 몸에 있게 되었는지는 알지 못하지만 마음속에서 들려오는 자신이 아닌 또 하나의 목소리는 조금이나마 마음의 고통을 덜어주었다.

"우습군⋯⋯."
기는 가만히 선 채 작은 목소리로 중얼거렸다.
유하를 시류들이 있는 곳으로 보내놓고 어느 정도 거리를 둔 채 그들의 모습을 잠자코 지켜보았다. 어떤 일이 있더라도 나서지 말라는 노하의 명령이 있었지만, 그런 이유가 아니었더라도 기는 나서지 않았을 것이다.
갑작스럽게 태도를 바꾼 시류의 모습과 그로 인해 속수무책으로 당하고만 있는 유하를 보면서 기는 웃음밖에는 나오지 않았다.
오래된 시간이라는 것은 결코 영원이라는 이름에 묶일 수는 없는 모양이다. 그렇지 않으면 처음부터 완벽하게 서로 마음을 열지 않았던 어느 정도의 가식적인 관계였을지도 모른다. 속마음이라는 것은 당사자들이 아니면 완벽하게 그 속을 들여다볼 수 없지만 수와 사제의 관계라는 것은 금의 일족에서의 수와 감시자, 혹은 장로들의 관계와도 닮아 있을 것이다. 결국 이름은 달라도 은의 일족과 금의 일족은 하나에서 출발한 관계이기 때문에.

기는 노하의 동생인 바사기가 창백한 얼굴을 한 채 의식을 잃은 유하를 두 명의 사비와 함께 간호하고 있는 모습을 보며 소리 없이 그들에게로 다가섰다. 기의 뒤에서 걸음을 옮기고 있는 다른 감시자들 역시 작은 소리 하나 내지 않았다.

유하의 주위에서 걱정스러운 표정을 짓고 있던 셋은 열중하고 있던 탓인지 기와 다른 감시자들이 가까이 다가섰음에도 불구하고 조금도 알아차리지 못하고 있었다.

그들은 어떻게 보면 너무나 초라하게 보일 만큼의 일행이었다.

친한 친구에게 믿음을 배반당한 채 상처 입은 유하와 뿔 하나를 잃은 바사기, 그리고 그리 큰 힘을 가지지 못한 두 명의 사비. 오직 유하의 곁에 함께 있기 위함이라는 이유만으로 그렇게 함께 모여 있는 그들의 모습은 우습다기보다는 오히려 처절하게도 보였다.

하지만 의외인 것은 의외였다. 설마 시류가 그런 행동을 할 줄이야.

처음부터 유하가 완벽하게 금의 일족이 되어 노하의 말을 들으리라고는 아무도 믿지 않았다. 특히 노하는 더 더욱. 그렇기 때문에 그를 시험하기 위해 자신과 함께 이곳에 보낸 것이 아닌가. 하지만 얻은 성과는 지나친 것이었다.

그렇지만 결국은 그리 나쁜 일은 아니었다. 이번 일로 인해서 유하가 더욱 확고하게 마음을 굳힐 수 있게 되었을 테니까.

아무리 마음이 넓고 착한 이라고 해도 이런 일을 겪고 나서까지 상대방을 배려하고 이해한다는 것은 말이 되지 않는다.

"돌아가는 게 어떻습니까?"

나지막한 어조로 기는 입을 열었다. 그제야 그들의 존재를 눈치 챈 세 명은 놀람으로 가득한 얼굴을 한 채 고개를 들어 올렸다. 하지만 몸을 일으키거나 대답을 하지 않는 것으로 보아 반항을 한다거나 다른 행동을 할 것이라고는 볼 수 없었다.

"과거를 뒤바꿀 수 있는 존재는 없습니다. 가장 어울리는 장소 로 돌아가 머무는 것이 가장 좋은 일입니다. 그렇게 생각하지 않 습니까?"

기는 바사기를 향해 말을 건네고 있었다. 평소에는 바사기에게 눈길을 건네는 것조차 그리 달가워하지 않던 그가 이런 식으로 정중하게 말을 건네는 것은 분명 의외였다.

"분명 노하님의 지시가 있었겠군요."

쓸쓸함이 배어든 어조로 바사기는 입을 열었다.

가장 최악의 방법으로 가장 최선의 효과를 얻는다. 가장 처음부 터 노하가 즐겨 사용하던 방법이었다.

금의 수의 지위를 얻었을 때에도, 그 지위를 확고히 하며 역대 금의 수 중에서도 가장 강력한 지위와 힘을 얻을 때에도 노하는 그렇게 행동했다. 친혈육이자 전대 수인 부친에게 죽음이라는 이 름의 최악의 결말을 선사하면서.

하지만 언제나 그랬듯이 노하의 방법은 유효했다. 정말이지 너 무나 잘 들어서 분함마저 느낄 수 없을 정도로.

이번만 해도 그렇다.

이들의 손을 벗어나 다른 곳으로 가서 지낼 수 있게 된다고 해 도 지금보다 나아질 리는 없었다. 오히려 심각한 상처를 입은 유 하를 쉬게 하기 위해서는 그곳으로 되돌아가는 것이 지금으로써는 최선이다.

그렇게 노하에게서 도망쳐 나와 다시 얼굴을 마주한다는 것은 달갑지 않지만 그런 것은 얼마든지 참을 수 있다. 마음속의 모든 의지가 무너져 내리는 허무함에 비하면.

망설임이 배어든 바사기의 얼굴 표정을 살피며 기는 그의 마음이 흔들리고 있다는 것을, 아니, 많이 기울어 있다는 것을 알아차렸다.

"돌아가는 게 좋습니다. 여기서 이렇게 하고 있는 동안에도 유하님의 상처는 악화될 겁니다."

이번의 말은 확실하게 바사기의 생각을 붙잡았다.

두 자매가 구해온 풀을 써서 간신히 지혈을 하기는 했지만 그것은 임시 방편일 뿐이지 완전하게 치료를 하기 위해서는 안정된 장소가 필요했다. 그리고 우수한 약사들이 있는 곳 역시.

지금 순간에 가장 필요한 선택을 하세요. 그게 최선이에요.

마음의 소리가 바사기를 독려했다.

지금은 자신이 선택을 내려야 한다. 지금까지는 다른 이들의 명령을 듣고 그 말에 따라왔고 그것이 당연하다고 여겼었지만, 유하를 만난 이후로는 아니었다. 그리고 지금은 더 더욱 자신의 선택에 많은 것이 걸려 있는 순간이다.

"일어나지……."

바사기는 나직한 목소리로 말했다. 그리고는 유하의 몸을 안아 들었다. 정신을 잃고 늘어진 유하의 몸은 실제로는 그렇지 않았지만 무게가 거의 나가지 않는 것 같은 느낌이었다.

유하의 얼굴을 내려다보며 몸을 일으킨 바사기와 마찬가지로 시라와 미르 역시 자리에서 일어났다.

그녀들도 예상은 하고 있었던 모양이다.

"가요."

시라가 짧게 바사기의 말에 수긍하며 고개를 끄덕여 보였다.

"돌아가겠습니다."

그리고 마지막으로 기에게 대답을 건네자, 기는 잠깐이지만 만족한 표정을 지어 보이고는 뒤에 서 있던 감시자들에게 고개를 돌리고 무언가를 지시했다.

그러자 그중 한 명은 자리에서 벗어나 어딘가로 사라지고 나머지의 인원들은 일각수를 끌고와 되돌아가기 위한 차비를 하기 시작했다.

일각수에 오른 채 유하를 조금이나마 편한 자세로 앉히기 위해서 부축을 하며 바사기는 가슴 깊은 곳에서 새어 나오려는 한숨을 억눌렀다.

떠나왔던 길을 되돌아가는 기분은, 그것도 원하지 않은 상황에서 돌아가는 기분은 무척이나 무거웠다.

더군다나 언제 숨이 끊어져도 이상하지 않을 만큼의 부상을 입은 유하와 함께 돌아가고 있다는 사실이 일행의 마음을 더욱 어둡게, 그리고 말을 꺼내는 것조차 꺼리는 분위기로 만들어갔다.

'부디……'

시라의 소리없는 작은 바램이 마음속에서 희미하게 퍼져 나갔다. 살짝 옆으로 고개를 돌리자 고개를 숙인 채 입술을 깨물고 있는 미르와 무겁게 가라앉은 표정을 한 채 굳게 입을 다물고 있는 바사기의 옆얼굴이, 그리고 표정이 없는 것처럼 보이는 냉정한 금의 일족 감시자들의 모습이 있었다.

필요한 말 이외에는 어떤 말도 꺼내지 않은 채 보낸 며칠의 시간이 흘러가고 일행은 이윽고 금의 영토, 금의 수 노하의 궁에 다다랐다. 아련한 새벽의 햇살에 감싸인 화려하고 거대한 건물들이 늘어선 곳으로 들어서면서 바사기와 두 자매는 마음속으로 한숨을 삼켰다. 이제는 어떻게 되어도 이상하지 않은 그런 상황이 된 것이다.

이런 식으로 도망쳤던 장소로 되돌아오리라고는 생각하지 못했었지만 되돌아온 이상 다시 상황에 적응하지 않으면 안 된다.

셋은 말을 꺼내지는 않았지만 어느 누구할 것 없이 그렇게 다짐하고 있었다. 유하를 위해서 돌아온 것이라면 어떠한 희생이라도, 고통이라도 감수해야 한다고.

거대한 금색의 기둥이 세워진 궁의 문을 통과해서 매끈한 돌로 만들어진 길을 지나 건물들이 점점 크게 자리 잡기 시작한 무렵, 감시자들과 함께 되돌아온 바사기들은 천천히 일각수를 멈춰 세우며 호흡을 가다듬었다. 며칠의 시간 동안 옅은 호흡은 유지하고 있지만 정신을 차리려는 기색조차 보이지 않는 유하를 조심스럽게 일각수의 등에서 내리며 주위를 둘러보던 순간이었다.

바사기를 비롯한 다른 이들의 눈에 짙은 붉은색의 화의를 입고 있는 여인의 모습이 보였다. 마치 처음부터 그 자리에 있었던 것처럼 자연스럽게 모습을 드러낸 여인은 대부분이 익히 알고 있는 얼굴이었다.

"대체 어떻게 된 일입니까?"

예전과는 확연하게 표정까지 달라진 듯한 얼굴을 한 채 사야는
입을 열었다. 과거의 그녀가 지니고 있던 분위기는 퇴색되어 버린
듯 지금의 사야는 무척 부드러운 느낌의 얼굴을 하고 있었다. 순
식간에 수십 년의 시간을 보내 버리고 시간의 무게를 깨달아 버
린 이의 얼굴처럼.

사야의 시선이 닿아 있는 곳은 여전히 붉게 물든 옷을 걸친 채
누가 보아도 명백하게 위중한 상태라는 것을 알 수 있는 창백한
얼굴을 하고 있는 유하였다. 얼핏 보면 숨을 쉬는지 아닌지도 알
수 없는 상태여서 시체가 아닌가 하는 착각이 들 정도로.

"어떻게 된 일입니까? 확실하게 말해 주세요."

사야의 질문에 대답을 한 것은 유하의 곁에 있었던 바사기도,
시라도 미르도 아닌 처음부터 냉정한 표정에 작은 변화조차 떠올
리고 있지 않던 기였다.

"시류의 짓이다."

"……!"

소리없는 경악을 얼굴에 떠올린 채 사야는 잠시 굳어져 있는
것처럼 보였다. 그러나 그것은 잠깐이었을 뿐 그녀는 곧 걸음을
옮겨 미약한 숨을 내쉬고 있는, 붉은 피에 감싸인 유하를 바라보
았다.

그 옆에 있는 되돌아온 세 명에게도 잠시 눈길을 주었지만 사
야의 시야를 가득 채운 것은 유하의 모습뿐이었다.

이제 어떤 식으로든 유하와 자신은 같은 연결 고리를 가지게
되었고, 그로 인해 유하가 다른 곳으로 떠나가는 것도 아무렇지
않게 참아내고 있었는데 이게 어떻게 된 일이란 말인가.

그토록이나 유하가 다른 이의 손으로 넘어가는 것을, 잠시라도

자신의 시야에서 사라지는 것을 꺼려하던 시류가 유하를 이렇게 만들었다니. 다른 어떤 거짓말보다도 믿기 힘든 말이었다. 유하가 시류를 위해 어떤 행동을 했는지 모르는 것이 아닐 텐데도 유하를 이런 식으로 대했다면 정말이지 그는 변해 버린 것이 틀림없다.

일족이 설자리가 사라져 버렸다는 것이, 아니면 뿔이 잘렸다는 것이 큰 충격이었음에 틀림없었다. 유하를 놓아버릴 정도로.

"자세한 이야기는 조금 뒤로 미뤄두고 우선 지금은 유하님을 치료하는 것부터 생각하도록 하지요."

사야는 금세 냉정을 되찾고 담담한 음성으로 말을 꺼냈다. 그리고 나서는 다른 이들이 어떻게 할 사이도 없이 사야는 사비들을 불러 유하를 옮기고, 약사들을 부르도록 조치한 후 기와 몇 마디의 말을 나누고는 등을 돌려 유하의 상태를 보기 위해 유하의 방으로 가버렸다.

"그대들은 잠시 나를 따라오도록. 그리고 후에는 노하님을 뵈러 가야겠지."

굳어진 듯한 시선으로 유하를 옮겨가는 것을 바라보고 있던 바사기와 두 자매는 여전히 망연한 시선으로 기를 응시했다.

그들의 눈동자는 하나같이 이제는 어떻게 되어도 좋다는 듯한, 체념이 담긴 듯한 느낌이었다. 이해가 가지 않는 것은 아니다. 어쩌면 가장 믿었을지도 모를 청의 수 시류의 행동을 눈앞에서 직접 목격한 충격은 작은 것이 아닐 테니까.

대답조차 없는 세 명을 이끌고 기 역시 걸음을 옮겼다. 이제 다시 새로운 국면의 시작이었다. 어쩌면 노하에 비겨도 될 만큼 달라져 버릴지 모르는 시류에 대한 기대를 안고서.

'몇 번이나 이런 모습을 제게 보이실 생각이십니까, 유하님.'

결코 소리가 되어 나오지 않는 말을 속으로 되뇌이며 사야는 체온이 거의 느껴지지 않는 차가운 유하의 손을 잡았다.

길고 매끄러운 손가락이 힘없이 늘어져 있는 모습이 무척이나 안타까웠다.

정신을 맑게 하기 위해 피워놓은 옅은 향과 조금 전에 억지로 유하의 입에 흘려 넣었던 약의 냄새가 뒤섞인 채 방 안을 떠돌고 있었다.

자신의 손으로 정신을 잃게 만들었던 유하를 보았을 때도, 노하 때문에 상처 입은 채 정신을 잃었던 유하를 보았을 때도 이런 느낌은 들지 않았다.

이런 식으로 자신의 가슴이 저미는 듯한 슬픔이 느껴지지는 않았다. 하지만 지금은 너무나도 슬펐다. 유하의 슬픔이 전염되기라도 한 것처럼.

말이 없는 유하는 아무 말도 해주지 않았지만 사야는 알 수 있었다. 유하가 느끼고 있을 마음속의 슬픔과 상처가 얼마나 클 것인지.

자신이 그토록이나 증오했던 시류는 이제 유하에게 있어 가장 소중한 친구가 아니라 가장 큰 상처를 만든 이가 되어버렸다.

그들이 처음부터 함께했던 이백여 년의 시간들이 산산이 부서져 내린 것이다. 함께 있던 시간이 길었기 때문에 더 더욱 큰 흔적을 남길.

자세한 이야기는 듣지 못했지만 기에게서 들었던 단 한 마디의 말로도 사야는 많은 것을 짐작해 낼 수가 있었다.

이번에야말로 유하가 달라져 버릴지도 모른다. 기억을 잃어버릴… 아니, 지워 버릴지도 모른다고 사야는 생각했다. 유하가 원하기만 한다면 충분히 자신도 모르게 그렇게 해버릴 정도의 힘은 가지고 있으니까. 유하가 그렇게 약하다고는 생각하지 않지만 겉이 강인해 보이는 존재일수록 마음은 섬세하고 가냘픈 법이다. 특히 그것이 유하라면 더 더욱.

노하였다면 이런 생각을 하지도 않았겠지만.

입가에 싸늘한 미소를 지은 채 냉소적인 시선으로 세상을 바라보는 노하를 떠올리며 사야는 잠시 다른 생각에 빠졌다. 그가 이런 일을 겪었다면, 그는 오히려 상대방을 자신의 손으로 해치워 버렸을 것이다. 아니, 분명 이런 일이 일어나기 전에 상대방을 없앴을 것이다. 노하는 그만큼이나 냉정하고 강한 존재이기 때문에.

그런 노하에게 자신이 특별한 흥미를 자극하는 존재가 아닌, 어떤 의미에서는 여자로 받아들여지고 있다는 사실이 사야는 지금도 믿기지 않았다.

그가 내밀었던 손을 잡은 것이 자신이었기에 현실임에 틀림없는.

"하아……"

나지막한 한숨과 함께 사야는 다시 현실로 돌아왔다.

여전히 핏기 하나 없는 얼굴로 잠들어 있는 유하.

시류는 일부러 유하에게 겉으로 남을 상처를 입힌 것이 틀림없었다. 뿔의 힘이라면 피 한 방울 내지 않고도 죽음에 이르게 할 수 있는 방법이 얼마든지 있다.

하지만 시류는 그렇게 하지 않았다. 흔적이 남을 정도로 깊게 새겨진 상처는, 지금은 약초와 흰 천에 감싸인 채 보이지 않지만 분명 나중에는 붉게 새겨질 것이다. 유하가 그 상처를 바라볼 때마다 그때의 감정을 잊지 못하도록.

하지만 어떻게 시류가 유하에게 상처를 입힌 것일까.

그에게는 분명 뿔이 없는데…….

'어쩌면…….'

사야는 입술을 깨물었다.

유하라면 가능했을 것이다. 뿔을 되살릴 방법을 찾아내고 그 방법으로 시류의 뿔을 되돌리는 것쯤은.

불가능한 일이라고 여겨졌던 것을 가능하게 만들 정도의 힘이 유하에게는 있었다. 어느 누구도 가지지 못한 그런 유하 특유의 능력으로.

유하가 완전히 금의 일족이 되었다고는 생각하지 않았지만 시류를 만나서 그의 힘을 되돌려 주고 이렇게 오히려 상처 입어 돌아오게 되다니. 정말이지 시간이라는 것은, 인연이라는 것은 믿을 만한 것이 아니다.

일찍부터 자신이 깨달았던 것처럼 이번에도 역시 시간은 자신의 잔혹성을 어김없이 증명해 주었다.

'유하님, 눈을 뜬다면 두 번 다시는 시류를 떠올리지 않아도 마음이 편한 상태로 이곳에 머물 수 있도록, 진심으로 금의 일족이라는 사실을 받아들일 수 있도록 할 거예요. 이름 따위는 어떤 소용도 없습니다. 자기 자신이 원하는 장소에 있을 수 있다면… 그것으로 된 거니까요.'

한동안 그렇게 마음속으로 유하에게 말을 건네던 사야는 유하의 손을 놓고는 자리에서 일어났다. 이제는 자세한 이야기를 들어야 할 시간이다.

그리고 노하의 손에서 벗어나 도망쳤다가 다시 되돌아온 이들의 처리도 어떤 식으로 해야 하는지 함께 이야기를 해야 한다.

자신 역시 유하와 마찬가지로 노하에게서 장로라는 지위를 받았기 때문에.

희뿌연 회색 안개에 휩싸인 숲 속의 공터에 두 사람의 그림자가 있었다. 회색의 안개 속에서도 신비로운 빛을 발하는 머리카락을 가진 누군가의 뒷모습과 금방이라도 눈물을 흘릴 것처럼 젖은 눈동자를 하고 있는 작은 소녀.

희뿌연 안개를 헤치고 조금 더 나아가자 둘의 모습이 더욱 가까워졌다. 남자는 하얀 뿔을 가지고 있었고 소녀는 남자와는 조금 다른 느낌을 풍기는 마른 듯한 몸을 하고 있었다. 같은 자리에 있는 것이 이상할 정도로 이질적인 그들은 서로의 얼굴을 마주 본 채 한동안 움직이지 않았다.

어떤 이야기를 나누는 것일까. 그렇지 않으면 그저 굳어진 것처럼 자리를 지키고 있는 것일까. 바라보는 것만으로는 알 수 없었다.

"미안하다……."

한참의 시간이 지나고 나서야 겨우 서희의 귀에 유하의 목소리가 들려왔다.

극히 미약한 음성. 그리고 그 작은 음성에는 아픔이 배어 있었다. 유하가 왜 그런 아픔이 담긴 목소리를 내는지 서희는 누구보다 잘 알고 있었다.

누가 뭐라고 해도 유하와 자신은 영혼을 공유하고 있는 반쪽이 아닌가.

"도망치는 건 아니야……."

유하는 나지막하게 말을 이어갔다.

유하에게 어떤 말을 건네야 할까. 믿었던, 누구보다 믿었던, 그리고 가장 마음속 깊이에서 생각했던 친구에게 배신감을 느낀 지금의 유하에게 어떤 말을 건네며 위로를 해야 좋을까.

영혼을 공유하는 지금에도 그 이백여 년의 시간 동안의 유대를 완벽히 이해할 수 없었기에, 그 긴 시간 동안의 우정이, 그리고 신뢰가 부서지는 느낌이라는 것은 알 수가 없었다.

만약 자신이 은선과 이런 일을 겪게 된다면 유하처럼 웃어주지 못했을 것이다. 화내고 소리치며 울었을 것이다. 풀리지 않는 마음을 계속 원망하면서, 마음의 통증 때문에 아프다고 소리치면서.

"알고 있어요. 하지만… 하지만… 돌아와야 해요."

서희는 겨우 말을 꺼냈다.

지금은 유하가 원하는 대로 해주는 것이 좋다.

상처 입은 마음을 어느 정도라도 예전처럼 되살리기 위해서는 아무 생각도 하지 않고, 어떤 것도 보지 않고 쉬는 것이 제일일 테니까. 그러니까 그때까지는 자신이 유하가 되어야 한다.

"약속하지…… 돌아올 때는 과거의 나로 돌아와 있겠다고. 아니, 달라진 내가 되어 돌아오겠다고."

"그렇게 하지 않아도 괜찮아요. 편해질 때까지 쉬고 웃는 얼굴로 돌아와 줘요. 그때까지는 아무것도 생각하지 말고 편하게 자는 거예요. 저도 절대로 깨우지 않을 테니까. 알았죠, 유하?"

유하는 작게 웃었다. 그리고 대답했다.

"그래……."

눈물을 참는 것은 정말 힘든 일이다.

더군다나 아무렇지 않은 듯이 담담하게 말을 이어가는 유하를 바라보고 있는 지금은 더 더욱. 알고 있는데, 그 아픔이 어떤 것인지 이해하지 못할 만큼 크다는 것을 알고 있는데.

예전 같았으면 유하에게 소리치면서 그런 식으로 도망치지 말라고 말했을 서희였다. 그러나 지금은 이것이 최선책이라는 것을 알고 있었다.

지금 이렇게라도 하지 않으면 나중에는 더욱더 힘들어질 것을 알고 있기 때문에.

그렇다. 유하의 말대로 도망치는 것이 아니다. 잠시 생각을 정리하고 쉴 시간의 유예를 가지는 것뿐.

눈에 자꾸 희뿌연 막이 차오르는 듯한 느낌이 드는 것은 분명 안개가 짙어지고 있기 때문이라고, 이 불길함만을 안겨주는 회색 안개의 탓이라고 서희는 생각했다.

그러나 그것도 얼마 가지 못했다.

눈 안에 차오른 희뿌연 물막은 결국 수위를 넘어버렸다.

"미안해요… 미안해요… 유하……"

결국은 참았던 눈물이 터져 나오고 말았다.

아무것도 하지 못한 자신이, 유하를 이해하지 못한 자신이 너무 밉고 분했다. 그리고 시류가 너무 미웠다. 그토록이나 쉽게 유하와의 관계를 깨버리고 등을 돌려버린 시류가 너무나 밉다. 유하가 얼마나 시류를 많이 생각하는지, 겉으로는 표현하지 않았어도 유일하게 마음을 열고 받아들인 것이 시류라는 것을 아는지, 그런 마음을 받으면서도 매몰차게 떠나버린 시류가 너무나 밉다.

"미안해요……"

대답하지 않는 유하를 향해 계속 미안하다는 말을 반복하며 서희는 뿌옇게 흐려진 시선으로 유하를 바라보았다.

지금 가장 울고 싶은 것은 유하일 텐데, 왜 자신에게서 눈물이 흐르는 것일까.

흐려진 시야에서 유하가 웃는 것이 보였다. 소리없이 피어 오른 유하의 미소를 보았다.

마음이 찢어질 만큼 슬픈 순간에도 미소 짓는 유하는 아파 보였다. 미소는 눈물보다 더한 슬픔의 표현이 아닐까, 라는 생각이 머리 속에 떠올랐다. 아니, 유하를 보면 알 수 있다. 여러 말로 표현하지 않아도 알 수 있는 무수한 감정들이 담긴 미소를 보면서 서희는 울고 또 울었다. 몸속의 눈물이 다 말라 버릴 때까지.

'돌아와요. 꼭 돌아와요, 유하……'

어쩌면 그 눈물은 유하를 대신해서 자신이 흘리는 것인지도 모른다고 서희는 그렇게 생각했다. 유하님은… 당당한 유하님은 결코 울지 않으니까. 그러니까 내가 대신 울 수밖에 없다고, 서희는 그렇게 마음속으로 자신을 타이르며 눈물을 떨구었다.

그리고 그런 서희에게 유하는 가만히 손을 내밀어 어깨를 감싸 안았다. 희미한 온기가 전해져 왔다.

어쩌면 오랫동안 느끼지 못하게 될 온기가.

서희는 유하의 품에 안긴 채 계속 훌쩍거렸다. 그리고 유하의 손이 자신에게서 벗어났을 때, 부은 눈으로 유하가 떠나는 것을 배웅했다.

이제는 다시 서희로 되돌아가서 사람들과 만나야 할 때다.

더 이상은 유하가 없다고 괴로워하며 유하를 부르기만 하는 서희가 아니다. 아픔을 딛고 자라는 나무처럼 자신도 강해져서 언젠가는 고목이 되어야 한다.

그래야 자신이 피해버린 현실에서도 이길 수 있는 것이다.

자기 자신에 대한 진정으로 만족한 미소를 지을 수 있는 것이다.

"열심히 할게요……. 그럴게요, 유하."

안개 속에 남겨진 것은 자신뿐임에도 불구하고 서희는 소리내어 말을 건넸다.

언제 만나게 될지 알 수 없는 유하를 향해서.

이번에는 정말이지 눈을 뜨지 않는 것이 어쩌면 당연하다고 여겨질 정도의 상처를 입은 유하를 내려다보며 노하는 마음속에서 옅은 씁쓸함이 피어 오르는 것을 느끼고 있었다.

자신의 생각이 어느 정도 빗나간 것에 대한 의외감도 있지만 그것보다는 급격하게 변해 버린 시류에 대한 놀라움이 더욱 컸다. 그리고 자신의 운명에 휘둘려 일어서지 못할 정도로 무너져 버린 유하 역시.

"역시 완전하게 뒤를 예측하기란 힘든 일이었군. 사제인 그대 역시 말이다, 유하."

유하는 여전히 감은 눈을 뜨지 않았다.

시선을 옮겨가며 노하는 유하의 상처를 살펴보았다. 지금은 흰 천에 감싸여 있지만 상처에 약을 새로 붙이기 위해 그것을 풀었을 때 노하 역시 그 참혹한 상처를 똑똑하게 볼 수 있었다.

일부러라는 말이 너무나도 잘 어울리는 뚜렷하고 깊은 상처.

돌아온 세 명의 말을 들으며 노하는 이번만큼은 시류가 진심으로 행동한 것이라는 사실을 알았다. 어쩌면 노하 자신에 대한 경고를 이런 식으로 표현했는지도 모른다고. 그러나 이런 행동에 위축될 정도였다면 노하는 금의 수가 되지 못했을 것이다.

유하의 힘에 의해 뿔의 힘을 되찾았다고 해도 시류는 자신의 상대가 되지 못한다. 아무리 남아 있는 은의 일족들의 힘을 모은

다고 해도 금의 일족 감시자들의 공격을 막아낼 수조차 없다는 것은 자명한 사실이다.

'자, 어떤 식으로 나를 즐겁게 해줄 텐가, 시류. 기대해도 좋겠지?'

시류의 이번 행동은 무척 재미있었다.

주위의 다른 모든 이들까지 속여가며 행동한 것을 보면 지난번의 유하보다 한 수 위라고밖에 말할 수가 없다. 유하의 그런 행동도 의외였지만 시류 역시 그랬다.

"은의 일족이란 언제나 그렇게 두 개의 얼굴을 가진 채 하나를 숨기는 모양이지?"

노하는 그렇게 중얼거리고는 웃음을 터뜨렸다.

새롭게 만들어진 구도는 정말이지 자신도 예측하지 못했던 방향이었다. 오래 전 자신의 손에서 벗어나 살아남았던 리가와 잘린 뿔을 되살린 채 다른 모든 것을 버린 시류. 그 둘의 만남이라는 것이 더욱 흥미롭다.

아직 세상에는 자신의 흥미를 끌 만한 것이 많이 남아 있었다. 역시 이렇게 움직이기를 잘했다는 생각이 든다. 적어도 지금은 무료하지 않으니까.

"이제 다시 새롭게 모든 것을 시작해야겠군. 그렇지 않은가, 유하?"

그 말이 끝났을 때, 마치 노하의 말에 반응하기라도 하듯이 천천히 유하의 눈이 떠졌다.

그러나 너무 조용한 움직임이어서 눈동자가 마주친 후에도 잠시 착시 현상이라고 생각할 만큼의 정적이 담긴 듯한 그런 느낌.

그것은 흐릿하게 풀린 듯한 눈동자였다.

더욱 색이 엷어진 듯한 느낌이 드는 푸른색의 눈동자가 초점없이 가만히 멈춰 있었다. 마치 맹인의 그것을 보는 것처럼 어느 곳도 향하지 않은 눈동자.

유하는 그런 텅 빈 공허가 담긴 눈동자로 노하를 맞이했다.

그리고 얼마간의 시간이 흐른 후 깜빡이는 것조차 힘들어 보일 만큼 약해 보이던 그 눈동자에 엷은 물막이 피어 오르기 시작했다.

소리없이 떨어져 내리는 눈물.

두 번째로 보는 유하의 눈물이었다.

그러나 이번의 눈물은 정말 슬퍼 보였다. 순간적으로 노하가 자기 자신의 생각을 잃어버릴 정도로.

마치 굳어진 인형의 눈에서 떨어져 내리는 것처럼 유하는 소리없이 눈물만을 흘렸다. 그리고 노하는 자신도 모르게 손을 내밀어 유하의 눈가에 흐르는 눈물을 닦아주었다. 미미한 온기가 담겨 있는, 그러나 쉽게 식어버리는 눈물 방울이 노하의 손가락을 타고 바닥으로 떨어져 내렸다.

＊　　　　　＊　　　　　＊

예전에는 이런 곳인 줄 몰랐어요.

창밖을 내다보고 있는 바사기의 마음속에서 소녀의 목소리가 울려 퍼졌다.

"아아……"

바사기는 작게 답하기는 했지만 여전히 저물어가는 하늘에서 시선을 떼지 않았다. 어둑어둑한 저녁 빛에 감싸인 건물들은 차갑게 얼어가는 것처럼 진한 빛으로 바뀌어가고 있었다.

다시 돌아오고야 말았다. 그때 등을 돌렸던 이후로 돌아오리라고는 생각지 않았던 장소로.

또다시 노하와 대면하면서 용기가 없다고 해야 하는지도 모르지만 더 이상은 노하와 얼굴을 마주하고 싶지 않았던 것이 사실이었다. 유하와 함께 이곳을 떠났던 때의 자신은 본래의 기억을 잃고 있었기에 제대로 기억하지는 않지만 그때도 역시 홀가분한 기분이었다는 것만은 분명했을 것이다.

하지만 이 정도의 희생을 감수할 만큼의 가치를 유하는 가지고 있었기 때문에 후회는 하지 않는다. 이 이후로 어떤 식으로 무언가가 자신에게 다가온다고 해도 그것을 감내하고 받아들일 만큼의 준비는 되어 있었다.

그래도 다행이네요. 그냥 가둬두는 것 정도로 그쳐서…….

마음속에서 들려오는 은선의 중얼거림에 대답은 하지 않았지만 바사기도 긍정하고 있었다.

노하가 내린 대가치고는 너무나 가벼운 것이 아닌가 라는 의심이 들 정도로. 하지만 유하 때문인지도 모른다. 여유로운 표정에서 달라진 것은 없었지만, 노하 역시도 유하가 겪은 일이 자신의 예상을 벗어난 의외의 일이었음에는 틀림이 없을 것이기 때문에. 그때문에 잠시 얼굴만을 마주 본 채 명령을 내리고는 자리를 떠난 것이리라.

유하님은 어떻게 되었을까요…너무 아파 보였는데…….

은선의 작은 중얼거림에 바사기는 자신도 모르게 동조한 채 낮은 한숨을 내뱉었다. 지금으로써는 유하가 정신을 차렸는지, 아니면 여전히 깊이 잠든 상태인지 알 방법조차 없다. 방 안에서 나가는 것조차 허용되지 않은 자신으로서는 그런 상황 자체를 알아낼 어떤 방법도 존재하지 않는다. 더군다나 함께 이곳으로 왔던 시라와 미르 자매와 만나는 것 역시도 금지되어 있었기 때문에 더욱 답답할 수밖에 없었다. 그나마 마음속에서 들려오는 목소리마저도 없었다면 자신은 답답함에 미쳐 버렸을지도 모른다.

　　"분명 언젠가는 다시 얼굴을 마주할 수 있겠지. 빠른 시일이 될지, 늦은 시일 내가 될지는 알 수 없지만……."

　　한참의 시간이 지나서야 바사기는 은선의 말에 대한 대답을 건넸다.

　　그것은 은선에게 말을 건네기 이전에 자기 자신에게 들려주기 위한 대답이기도 했다. 더 이상 고통스러워하는 유하의 모습을 봐야만 한다면 차라리 계속 잠든 편이 훨씬 나을 거라는 사실을 알기 때문이었다.

　　유하님이 기운을 차리고 걸어 다니는 모습을 보고 싶어요. 힘없는, 슬퍼 보이는 미소는 어울리지 않으니까…….

　　바사기 역시 그렇게 생각했다.

　　"그래."

　　그리고 그때서야 처음으로 자신과 같은 생각을 하는, 처음에는 거북했지만 이제는 많은 도움을 받았다고 여겨지는 소녀의 얼굴이 궁금해졌다. 자신이 은선이라는 이름을 가진 소녀에 대해서 아는 것이라고는 이름과 인간이라는 사실, 그리고 성별 정도였다. 그 이외에는 어떤 모습을 하고 있는지 어떤 성격인지도 알지 못한다. 특별히 물어야겠다는 생각을 하지 않고 있었기 때문에 더욱 그런 지도 몰랐다. 처음에는 그런 사항들이 전혀 궁금하지 않았지만 지금에 와서는 은선이라는 인간 소녀의 존재가 무척이나 커다란 궁금증으로 다가오고 있었다.

차차 알아 나가면 되잖아요. 성급해서 좋을 건 하나도 없어요.

금세 바사기의 마음을 읽어낸 은선은 얼굴을 마주 보고 있었다면 미소를 떠올렸을 법한 느낌의 목소리로 그렇게 답했다.

급할수록 돌아가라는 말이 있어요. 서두르면 좋을 것이 하나도 없다는 말이에요.

"아… 그래……."
바사기는 장난기가 섞인 소녀의 말을 들으며 조금이지만 마음 속에 여유의 감정이 피어 오르는 것을 느꼈다.

식사를 건네주기 위해 찾아오는 사비들을 제외하면 다른 누구의 얼굴을 보는 것 없이 보낸 조용한 나날이 계속 흘러갔다. 세어보지는 않았지만 열흘 가까이 혼자 지낸 것이 아닌가 싶을 정도로 주변은 한적했다.
그 시간 동안 바사기는 자신과 함께 몸을 공유하고 있는 인간 소녀 은선과 많은 이야기를 나누며 보냈다. 방 안에 있는 것이라고는 침상과 탁자와 의자가 전부였기 때문에 다른 할 것은 아무 것도 없었다. 그저 식사를 마치고 난 후에는 유일하게 허락된 공간 속에서 창문을 열고 밖을 내다보며 날씨가 어떤지 살피고, 주변 사물들을 바라보며 혼잣말을 계속 이어갔다.

그러던 중 밖에서 미미한 소란스러움이 느껴진다고 여긴 순간, 굳게 닫혀 있던 방의 문이 열리고 두 명의 남녀가 방 안으로 들어섰다.

두 명 모두 낯익은 얼굴인 동시에 대하기 어려운 존재들이었다.

바사기가 가볍게 고개를 숙여 인사를 건네자, 검은 청의에 감싸인 채 빠르게 걸음을 옮긴 노하는 입가에 엷은 미소를 떠올린 채 말을 꺼냈다.

"일전엔 그리 많은 이야기를 나누지 못했었지만 오늘은 충분히 여유로운 것 같군. 그동안 밀려 있던 이야기를 나누는 것이 좋겠어."

노하의 음성은 싸늘한 차가움을 품고 있지 않았지만 바사기는 그런 그의 목소리가 거북하게 들렸다. 그리고 며칠 전과 마찬가지로 붉은색의 화의를 걸치고 있는 사야는 그저 말없이 차분한 태도로 노하의 옆에서 자리를 지키고 서 있었다.

그 모습을 보고 바사기는 겉으로는 드러내지 않았지만 무척 놀라고 있었다.

감시자 이외에는 자신의 곁에 누구도 두지 않던 노하가 언제부터인가 사야를 곁에 대동하고 다닌다는 사실 때문이었다. 더군다나 사야는 여자가 아닌가. 과거에 안 좋은 기억을 가지고 있었기 때문에 더 더욱 바사기는 놀람이 커져 가는 것을 느꼈다.

분명 이렇게 된 것은 자신이 알기 전부터의 일일 것이다. 노하와 사야라니. 전혀 어울릴 것 같지 않으면서도 너무나 잘 어울리는 둘의 모습은 바사기에게서 이질감을 거두지 못하게 만들고 있었다.

"잠깐 앉아서 이야기하자, 바사기."

노하는 그렇게 말하고는 먼저 의자에 앉았다. 길다란 그의 몸이 시야에서 낮게 자리 잡자 위화감은 조금 줄어든 것 같기도 했지만 그렇다고 해서 마음속의 거부감이 사라지는 것은 아니었다. 그런 감정 이외에도 노하에 대한 본능적인 공포와 과거의 기억은 바사기의 마음속 깊은 곳에 자리잡은 채 줄어들 기미를 보이지 않았다.

더군다나 지금의 노하는 금의 수 노하로서의 태도와는 조금 달라 보였다. 절대로 자신에게 건네지 않을 것 같은 말투를 사용하고 있는 것만 보아도 알 수 있었다.

"네."

마음속에 떠도는 생각은 많았지만 바사기는 결국 짧게 답하고는 노하의 앞에 마주 앉았다. 그리고 그 후 사야 역시 소리없이 노하의 옆자리에 앉았다. 처음부터 단 한 마디의 말도 꺼내지 않았지만 사야는 존재감을 과시하고 있는 것 같았다.

"다시 돌아왔다는 것은 이제는 더 이상 어디로든 떠나지 않겠다는 것을 의미하는 거라 생각하는데, 맞나?"

가만히 바사기와 시선을 마주하고 있던 노하는 불쑥 그렇게 물었다.

'다시는 어디로든 떠나지 않는다……:'

바사기는 마음속으로 노하의 말을 다시 한 번 떠올렸다. 자신의 결심과는 반대로 두 번 다시 돌아오지 않겠다고 결심한 이 장소에 마치 원점으로 되돌아오는 것처럼 몇 번이나 되돌아오고 있는 것은 분명 단순한 우연은 아닐지 모른다.

"네."

바사기는 역시 짧게 답했다. 더 이상 생각할 필요가 없다면 노하를 거스르지 않는 게 좋다는 것을 알기 때문이었다.

그런 바사기의 태도를 가만히 눈여겨보던 노하는 입가에 얇은 주름을 만들어내며 웃어 보였다.

"그러고 보니 깨어난 이후로 갑자기 이상한 언어로 말을 하더니, 이제는 제대로 되돌아온 모양이군. 역시 유하의 영향이었나?"

엄밀히 말하면 유하의 영향을 받은 것은 아니었지만 바사기는 말없이 고개를 끄덕여 노하의 말에 수긍의 뜻을 내보였다. 설명한다고 해도 믿어줄 노하도 아니었거니와 설명을 할 필요성도 느끼지 못했다. 자신의 속 안에 또 다른 누군가가 존재하는데 그것이 인간이다, 라는 설명을 대체 누가 믿어줄 것인가. 자기 자신조차 아직까지 꿈같은 일이라 여기고 있을 정도인데.

마음이 점점 답답해지는 것을 느끼고 있는 바사기에게 쉴 틈도 주지 않고 노하의 말이 또다시 이어졌다.

"그러면 본격적인 이야기에 들어가도록 하지. 지금부터 네가 해야 할 일이라든가, 날 거스른 일에 대한 책임 같은 것을 말이다."

무거운 바사기의 마음을 아는지 모르는지 노하는 말을 멈출 생각을 하지 않고 있었다.

그런 노하를 마주 보며 바사기는 속으로 한숨을 몇 번이고 내뱉기를 반복했다.

제39장

빛 바랜 기억

'젠장… 더럽게 아프네…….'

정신을 차리자마자 가장 처음으로 떠올린 생각이었다.

가장 처음 생소한 낯선 땅에 와서 도깨비들에게 놀라 정신이 혼란스러웠던 그때, 얼떨결에 입었던 그 상처만큼, 아니, 그보다 더 아팠다.

원래 작은 상처가 더 아픈 법이라고 하지만 그건 크게 다쳐 보지 않은 사람들의 변명일 뿐이다. 이렇게 아픈데, 숨쉬는 게 힘들 정도로 아픈데.

정말 눈물이 흐를 만큼 아팠지만 서희는 억지로 눈물을 참았다. 그렇게나 슬퍼 보이는, 힘들어 보이는 유하의 얼굴을 보고 나서 어떻게 자신이 나약하게 울 수가 있단 말인가. 가장 아픈 것은 몸의 상처가 아니라 마음의 상처일 텐데.

아플 때는 그저 쉬는 것이 최선이다.

억지로 움직이려는 생각은 아예 처음부터 하지 않은 채 서희는 가만히 자리에 누운 채 시선만을 움직여 주위를 둘러보았다.

이곳은 그다지 낯설지 않은 장소였다. 분명 금의 일족이 되겠다는 서약을 한 후에 노하로부터 받았던 방이 틀림없었다. 그리 오래 이곳에 머문 것은 아니었지만 주어진 자신의 공간을 기억하지 못할 만큼 바보는 아니다.

예전에 항상 머물렀던 오솔길 끝의 고요한 공간은 이제 존재하지 않는다. 아니, 존재한다고 해도 이제는 그곳으로 되돌아갈 수 없다. 이곳에 남은 채 금의 일족으로서 노하를 금의 수로 인정하고 살아가야 한다.

'남자들의 우정이란 거… 사랑을 떨쳐 버릴 만큼 깊다고 하지 않았나? 아니면, 그건 인간들에게만 해당되는 말인 건가.'

문득 떠오른 생각 때문에 서희는 무척이나 씁쓸해졌다.

처음에는 부담스럽기만 했던 높은 곳의 존재였던 시류. 그러나 시간이 지날수록 그의 진심을, 그리고 유하의 진심을 알게 되면 될수록 자신으로서는 도저히 이해할 수 없는 그들 사이에 놓인 기나긴 시간의 강을 생각하며 왠지 모를 소외감을 느끼곤 했었다. 결국 유하와 자신은 하나이고, 같은 몸속에 존재하고 비슷한 생각을 하는 데도 불구하고.

어쩌면 당연한 일인지 모른다. 영혼의 짝이라고 해도 모든 것을 완전하게 100퍼센트 이해하고 받아들일 수는 없는 법일 테니까. 그렇게 하기엔 유하와 자신이 살아온 장소와 시간의 무게가 너무나도 달랐다. 영혼의 성숙이라는 것은 분명 단순간에는 이루어지지 않는 일임이 분명하기 때문에.

이제 무엇을 하면 좋을까.

이곳에서 새롭게 모든 것을 다시 시작하는 것이 좋을까.

마음속에서 여러 가지 생각들이 맴돌았다.

새롭게 무언가를 시작하는 거라면 자신이 있다. 처음에 은의 일족으로서, 그중에서도 청의 사제 유하로서 지내기 위해, 그것도 어느 누구에게도 다르다는 사실을 눈치 채이지 않게 하기 위해서 얼마나 노력했었나. 그때의 경험을 되살린다면 못할 것도 없었다.

더군다나 지금은 아무것도 알지 못하는 서희가 아니기 때문에.

'할 수 있을 거야. 유하님이 돌아올 때까지 나 혼자만의 힘으로도⋯⋯.'

그것은 스스로에게 내거는 다짐이었다.

유하의 기억과 힘을 가진 서희라는 존재라면 상처에 굴하지 않고 다시 일어설 수 있을 거라 믿었기 때문에, 그랬기 때문에 유하도 쉬기 위해 떠난 것이라고.

조심스럽게 누군가가 문에 손을 대는 소리가 들렸다.

평소였다면 이렇게나 빨리 알아채지 못했겠지만 상처의 고통 때문에 신경이 날카로워져 있기 때문인지 쉽게 그 움직임을 알아챌 수 있었다.

사비들보다도 더 조심스럽게 아예 소리가 들리지 않게 하려는 것처럼 조용히 문이 열리고 붉은 옷을 입은 누군가의 모습이 나타났다. 처음에는 발 부분만이 보였기 때문에 누구인지 알지 못했지만 금방 그 모습의 주인공이 누구인지 알 수 있었다.

"정신이 드셨군요, 유하님."

상당히 부드럽게 미소 짓는 사야를 보고 서희는 깜짝 놀랐다.

여자의 직감인지, 그렇지 않으면 너무나 뚜렷한 변화인 건지 사야는 예전의 사야와는 큰 차이가 있었다.

예전의 날카롭고 반항적이라고 설명해야 하나… 여하튼 그 정도의 반발심이 담겨 있던 표정은 사라지고 대신 사야의 얼굴에 떠오른 것은 성숙한 여인의 부드러운 미소였다.

사야의 이중, 아니, 삼중, 사중의 인격을 익히 봐왔던 서희로서는 믿을 수 없는 변화였지만 믿지 않을 수가 없었다.

"말씀하시는 것이 힘드시면 그냥 눈짓이나 고갯짓으로 대답을 하셔도 괜찮아요. 어디 불편한 곳은 없으신가요?"

서희는 작게 고개를 저었다.

솔직히 고개를 젓는 것도 통증을 수반하는 일이었지만 눈짓을 한다는 것은 조금 꺼림칙한 일이라 여겨졌기 때문이었다.

"좋은 약초들을 많이 쓰고 있는데 상처가 빨리 낫지를 않고 있어요. 유하님의 몸이 많이 약해지신 모양이에요."

서희는 대답없이 사야의 말에 귀를 기울이며 생각에 잠겼다. 대체 얼마나 시간이 지난 걸까.

유하를 꿈속에서 만난 이후로. 아니, 그 상처를 입은 이후로.

그렇게 생각을 하는 동안에도 아픔은 계속 이어지고 있었다. 마치 멈춤없이 심장이 뛰는 것처럼.

"아니면 스스로 상처가 낫는 것을 포기하고 계시는 건 아니겠지요?"

어쩌면 유하는 낫기를 바라지 않는 것인지도 모른다.

유하의 아픈 마음을 느끼고 있는 서희는 그렇게 생각했다. 하지만 쉽게 무너져 버릴 거라면 자신은 유하가 떠나는 것을 만류했을 것이다.

"내가 그 정도밖에 안 된다고 생각하는 건가, 사야?"

나지막한 유하의 음성이 들려오자 사야는 얼굴에 떠오른 놀람의 표정을 지울 생각도 하지 않았다.

그도 그럴 것이 얼마만에 들어보는 유하의 음성인지. 유하가 가끔씩 눈을 뜨는 일은 있었지만 그것은 그저 말 그대로 눈을 뜰 뿐이지, 무언가를 바라보지도 생각하지도 않는 비어 있는 눈동자였다. 오늘처럼 생기가 도는 눈동자를 본 것도, 그리고 유하의 음성을 들은 것도 정말이지 오랜만이었다. 적어도 유하가 상처를 입은 채로 되돌아왔던 날로부터 보름은 지났을 것이다.

"아닙니다."

진정으로 안도한 미소를 떠올린 사야의 얼굴은 여느 때보다 더 아름다워 보였다. 죄는 미워해도 사람은 미워하지 말라는 말처럼 지난날의 과오를 덮어둔다면 지금의 사야는 정말이지 믿을 만한 존재가 될 것이 분명해 보였다. 단지 온화하게 뒤바뀐 표정만으로도.

"노하님께서도 몇 번 다녀가셨는데 기억하고 계세요?"

그 질문에 서희는 기억을 되살려 보았다. 뚜렷하게 기억나지는 않았지만 노하의 얼굴을 본 것 같기도 하다.

그것도 노하라고는 생각할 수 없는 표정을 하고 있는.

몸이 회복되지 않은 상태에서는 시간의 흐름을 느끼는 것도, 현실과 환상을 구분하는 것도 무척이나 모호했다. 그 경계가 사라진 듯한, 느낌 속에서 끝없이 움직이는 듯한, 미로 속에 빠진 듯한 감각.

유하와 대면하고 대화를 나누었던 것이 언제인지도 알 수가 없다. 열흘도 더 전의 일인지, 그렇지 않으면 눈뜨기 바로 전의 일인지도.

"특별한 일이 없는 한 앞으로는 어딘가로 나가라는 명령을 내리지 않으실 거예요."

주체는 생략되어 있었지만 그 말이 누구의 입에서 나온 것인지
는 말하지 않아도 알 수 있었다.

"사야… 그대는 이곳이 편안한가?"

문득 터져 나온 질문에 사야는 부드러운 미소를 내보이는 것으
로 우선 대답을 했다. 그리고 얼마 지나지 않아 온화한 눈빛으로
유하를 바라보며 입술을 움직였다.

"네, 이제 제게 주어졌던 어려움들은 모두 사라졌어요. 장소는
제게 있어 중요치 않으니까요. 그저 마음 편하게 지낼 수 있는 곳
이라면 좋아요. 그리고 절 알아주는 이들이 있다는 것만으로도."

대체 자신이 알지 못하는 사이에 어떤 일이 있었던 것일까.

그 어떤 일 때문에 사야가 이렇게나 변화했다는 것이 정말이지
믿겨지지 않았다. 당장이라도 사야에게 묻고 싶을 정도였다. 설마
지금도 가면을 쓴 채 연극을 하고 있는 것이냐고. 하지만 그 진심
이 담긴 온화한 눈동자를 거짓으로 본다면 자신이야말로 거짓된
시선으로 세상을 바라보는 것을 증명하는 셈이 된다. 그만큼이나
사야의 눈동자는 맑았다.

설마 노하가 사야를 이만큼이나 변화시킨 것일까.

그 극도의 마이너스적 요소들만을 가지고 있던 둘의 만남이 오
히려 중화제의 역할을 한 것일까. 궁금한 점은 무수히 많았지만
해답은 없었다.

"유하님, 한 가지 말씀드릴 것이 있어요."

여전히 시선을 옮기지 않은 채 사야는 말을 꺼냈다.

"상처에 관계된 일입니다."

그 말을 듣자 잠깐 동안이지만 잊고 있던 상처의 통증이 다시

되살아났다. 끊임없이 욱신거리고 뜨거운 열을 동반한 통증.

스스로는 그 상처가 얼마나 깊은지 보지 못했기 때문에 알 수는 없었지만, 지금의 통증만으로도 결코 얕은 상처가 아니라는 사실은 알 수 있었다.

"육체 겉의 상처이기 때문에, 더군다나 너무 깊어서 다 나은 후에도 흉터가 남을 겁니다."

생각했던 것만큼 그렇게 심각한 말은 아니었다.

그런데도 불구하고 가슴 한구석에 씁쓸함이 남는 것은 무엇 때문인지.

시류가 일부러 이런 행동을 한 것일까, 흔적이 남을 것을 알고서?

상처를 볼 때마다 자신을 떠올리라는 이야기인지, 그렇지 않으면 오래된 친구에게 주는 마지막 무거운 선물인지.

양쪽 팔의 팔꿈치 위와 가슴에서 복부에 이르는 길게 찢긴 듯한 상처 자국은 지워지지 않은 채 육체 위에 머물 것이다.

시류의 뿔이 지금 눈에 보이지 않는 것처럼.

하지만 얼마 지나지 않아 시류의 뿔은 예전처럼 되살아날 것이다. 단 몇 년의 시간만 지난다면 뿔이 없었다는 것이 거짓말로 느껴질 만큼 과거와 같은 모양으로 자라날 것이다.

미처 전하지는 못했지만 시류도 알게 되리라.

하지만 서희는 말하지 않은 것이 오히려 잘된 일이라고 생각했다. 그 말까지 전했다면 더 마음이 아팠을 것이다.

유하는 최고의 선물과 최악의 선물을 교환한 것이기 때문에.

'괜찮아. 상처 따위로 기력을 잃어버린다면 그건 유하가 아니야. 그리고 이서희도 아니지.'

스스로의 마음을 독려하며 서희는 마음으로 웃었다.

"어느 누구도 유하님의 시간을 방해하지 않을 겁니다. 이곳에 들어설 수 있는 것은 약사 몇 명과 노하님, 그리고 저뿐입니다."

서희는 고개만을 가만히 끄덕여 보였다.

상처에서 피어 오른 열이 더욱 뜨거워진 것 같았지만 서희는 그것을 무시하고 조금씩 빛이 새어 들어오는 창문으로 고개를 돌렸다.

어떤 일이 있어도 시간은 변함없이 흘러간다.

변함없이 해가 뜨고, 바람이 불고, 달이 뜨고, 새벽이 온다.

이제 자신의 시간도 그렇게 움직여야 할 때인지도 모른다. 유하의 불안이, 주어진 시간에 대한 불안이 서희에게도 전해져 오고 있었기 때문에.

"아……."

낮은 신음 소리를 내뱉는 바사기에게 걱정스러운 목소리가 들려왔다.

괜찮아요, 바사기?

바사기는 겉으로 드러내지 않고 마음속으로 답했다.

'아… 견딜 만해……'

그냥 형한테 한대 맞았다고 생각해요.

저절로 쓴웃음이 입가에 피어 올랐다.

원래성격대로 했으면 반은 죽었을 거아니에요?

확실히 은선의 말이 맞는 것 같기도 했다.
과거에 노하의 힘에 직격당했을 때는 일어서지도 못할 만큼 고통스러웠다. 그 고통을 기억하고 있기 때문에 지금은 별것 아니라는 것도 느끼고 있다. 그리고 노하가 예전보다는 많이 나아졌다는 것도. 확실히 시간의 변화라는 것이 개인에게 미치는 영향도 무시할 수는 없다. 결코 변하지 않으리라 여겼던 노하의 냉혹함이 조금이나마 감소된 것을 보았기 때문에.

한 며칠 쉬면 금방 나을 거예요.

바사기는 고개를 끄덕였다.
가슴 부분에서 답답하고 묵직한 통증이 느껴졌지만 신경 쓰지 않기로 했다. 이 고통의 대가로 이제는 유하를 만날 수 있기 때문이었다.

유하님이 정신을 차리셨다니 정말 다행이죠? 그리고 이제는 계속 만날 수 있잖아요.

은선의 말대로였다.
노하는 예고없이 힘을 발휘해 바사기에게 격통을 안겨주고 나서 이렇게 말했던 것이다.
앞으로는 항상 유하를 옆에서 보좌하라고. 그리고 필요한 사비를 고르는 권한도 주겠다고. 정말이지 의외의 발언이었다. 다시는 유하의 곁에 다가가지도 못하게 할 줄 알았는데 노하는 유하의 곁에 있을 수 있도록 해주었다. 그리고 그것은 다시 두 자매와도 함께 있을 수 있다는 것을 뜻했다.

이렇게 되었으니까 다시 처음부터 시작해 봐요. 완전히 처음부터 시작한 다고 생각하구요.

"그래."

제대로 움직이는 것이 가능해지면 바로 시라와 미르를 만나러 가요. 그리 고 나서 함께 유하님께 가는 거예요.

그렇게 은선과 이야기를 나누는 동안 몸은 어떻든 간에 마음은 훨씬 가벼워졌다.
눈앞에 희망이라는 것이 보이기 시작했으니까.

유하님과 함께 이야기를 나눈다면 해결점은 분명 보일 거예요. 그리고 유 하님의 기분도 밝게 해드려야죠.

제삼자의 입장에서 사태를 바라보고 있기 때문인지 은선은 냉 정하게 모든 것을 바라보고 있는 것 같았다. 그 덕분에 바사기도 자신의 감정에 휩쓸리지 않을 수 있었다.
처음에 자신의 마음속에 타인이 존재한다는 것을 알았을 때 느 꼈던 당혹감은 이미 사라진 지 오래고 지금은 마음속으로 나누는,

타인이 보기에는 혼잣말처럼 보이는 은선과의 대화에 무척이나
익숙해졌다.

언제나 위안이 되는 존재와 함께 있다는 사실은 정말이지 행복
한 일이었다. 과거였다면 무너져 버렸을, 절망했을 마음을 추스르
고 있을 수 있기 때문에.

"고맙다."

하하, 뭘요.

이미 바사기의 감정을 읽어버린 은선은 쑥스러워하는 것 같았다.

앞으로 여자 대하는 법에 관해서도 가르쳐 줄 테니까 잘 해봐요.

이번에는 바사기가 쑥스러워질 차례였다.

묽은 죽을 삼키며 서희는 나지막하게 한숨을 내뱉었다.

몸이 나아가는 속도가 더디기 때문에 움직이지 못하고 있는 것
이지만 한자리에 너무 오랫동안 있는 것은 힘이 드는 일이었다.
아무리 가만히 누워 있기만 해야 하는 일이라고 해도.

그동안 사야는 몇 번인가 더 찾아와서 말을 건넸지만 긴장하며
기다리고 있던 노하는 나타나지 않았다.

방 안을 떠도는 진한 약초의 향기에 취한 채 몽롱한 듯한 정신
으로 가만히 생각에 잠기는 것이 서희가 보내는 대부분의 하루
일과였다.

처음 사야의 변화를 목격한 그날로부터 사흘 정도의 시간이 흐

른 것 같았다. 단 사흘 만에 금방 일어설 수 있을 만큼 상처가 호
전되리라고는 생각하지 않았지만 여전히 상처는 아물 기미를 보
이지 않고 있었다. 자신이 보기에도 무척이나 끔찍해 보이는 붉은
상처 자국들.

분명 혈관도 몇 개인가 끊어진 것 같고, 아직 손을 움직이는 것
도 불가능한 것으로 보아 팔 쪽도 심각하게 다친 것 같았다.

남이 떠먹여 주지 않으면 죽조차 먹지 못할 정도라니. 왠지 자
신이 한심하게 느껴졌다.

그리고 가슴속에서 분노가 치밀어 오른다. 시류에 대한.

'대체 뭘 어떻게 할 생각이었던 거야!'

일부러 유하의 마음을 상처 입히기 위해서 사전에 리가와 행동
을 맞춰놓은 것일까? 그렇지 않다면 말도 없이 그렇게 움직임이
잘 맞을 리가 없으니까.

'차라리 죽이지 그랬어.'

상처를 되살릴 때마다 그런 생각이 든다.

이렇게 비참한 기분을 느끼게 할 바에는 차라리 죽는 편이 나
았을지도 모른다. 유하는 마음의 슬픔을 겉으로 드러내지 않았지
만 서희인 자신은 다르다. 믿었던 자의 반대되는 행동이기에 더
더욱 분노의 깊이는 잴 수 없을 만큼 깊어진다.

혼자서 생각할 수 있는 시간이 많기 때문에 더욱 시류에 대한
미움의 깊이도 커져만 갔다. 분명 그때 유하가 건넸던 정신의 언
어도 들었음이 분명하지만 시류는 듣지 못했다는 말을 하며 유하
가 다가서는 것을 거부했다. 자신과 유하가 얼마나 시류를 생각했
는지는 이해하지 못한 채.

어떻게 그렇게 금방 뒤바뀔 수 있었는지는 아직도 이해가 안

간다. 아니, 죽어도 이해하지 못할 것이다. 유하는 이해하려고 노력하는 모양이었지만 자신은 죽어도 이해하지 않을 것이다.

'그게 유하와 나의 차이니까.'

죽을 받아먹으면서 마음속으로 분노를 터뜨리고 있는 서희를 아는지 모르는지 얌전한 사비는 반 정도 죽을 비운 유하의 입술을 흰 천으로 조심스레 닦아주고 나서 허리를 숙여 인사를 건네고는 그릇을 챙겨 자리에서 일어났다.

'아… 한심해.'

사비가 방 안에서 모습을 감추고 나자 서희는 큰 한숨을 내뱉었다.

언제까지 이러고 있어야 할까.

출구없는 분노의 감정을 터뜨리면서 있을 수밖에 없는 자신이 너무나 한심하다. 아무것도 하지 않은 채 말만 하고 있는 자와 다를 게 뭐란 말인가.

이런 분노의 감정은 자신에게 마이너스의 요소가 될 뿐이다.

어떻게든 빨리 몸이 회복되어 거동할 수 있게 된다면 무엇이라도 할 텐데, 지금은 일어나서 앉는 것조차 스스로의 힘으로는 하지 못한다.

'젠장, 이런 건 싫어.'

서희는 또다시 치밀어 오르는 분노의 감정을 속에서 억지로 삭였다.

그리고는 통증을 참아내며 몸을 일으키려고 애썼다. 팔에 힘을 넣자마자 무지막지한 통증이 느껴져서 금방 포기해 버리고 싶을 정도였지만 이를 악물고 애써 고통을 참아내며 계속 몸을 일으키기 위해 노력했다. 완전히 서는 것도 아니고 그저 벽에 등을 기대고 앉기 위해서인데 이렇게까지 힘을 들이며 고통을 참아내지 않으면 안 된다니 정말이지 괴로웠다.

이마와 등에 저절로 식은땀이 흘렀다. 현기증이 일어날 정도로 눈앞이 새하얘지는 통증은 계속해서 상처를 치료받고 있다는 사실이 거짓이라고 외치는 것 같았다.

'힘을 좀 내란 말이야!'

서희는 마음속으로 외쳤다.

그리고 눈을 감은 채 손에 힘을 주어 침상의 바닥을 짚고 허리를 들어 올려 서희는 간신히 벽에 등을 기댄 자세로 앉을 수가 있었다.

악전고투도 이런 악전고투가 없을 정도로 힘겨웠다.

'나는 이렇게 허무하게 죽고 싶지는 않아요, 유하.'

잠들어 있을 유하에게 말을 건네듯 중얼거림을 마음속으로 던지며 서희는 쓴웃음을 지었다. 유하의 가장 큰 걱정이 무엇인지는 알고 있다.

사제이기 때문에 가질 수 없는 주어진 수명에 대한 것. 왜 이런 종류의 힘을 쓰는 자가 있어야만 하는 것인지, 스스로의 생명을 깎아내지 않으면 힘을 발휘할 수 없는 존재가 생겨난 것인지. 이런 건 정말이지 불공평하지 않은가.

아무리 고대로부터 예언자들이 그런 종류의 일을 많이 겪는다고는 하지만 너무한 건 너무한 것이다. 바라지도 않은 이런 힘 때문에 쓸데없이 어린 나이에 누구보다도 강한 마음을 가지지 않으면 안 되었을 유하는 얼마나 힘들었을까.

죽음이라는 것은 직접 옆에서 목도한다고 해서 알 수 있는 것이 아니다. 그 어둡고 깊은 그림자는 예고없이 찾아오고 소중한 이들을 데려간다. 소중한 이를 잃었을 때의 슬픔을 기억하고 있다면 죽음이 어떤 것인지 조금은 이해할 수 있을지 모른다. 살아 있던 때 그 존재가 보여주었던 표정 하나하나, 말 하나하나가 떠올라 몇 날 며칠을 눈물로 지새우게 하고 마음속에 남아 계속 추억하게 만드는.

하지만 바로 자신에게 그 그림자가 점점 짙게 드리워지고 있다는 사실을 알고 살아가는 것이 더욱 힘들고 고통스러운 일이 아닐까. 언제 죽을지는 알 수 없지만 언제 죽어도 이상하지 않은 운명이라는 말 자체가.

정말이지 가혹하고 잔혹한 일이 아닐 수 없었다.

'처음에 겁 많고 고통스러운 마음 때문에 괴로워하던 내가 여기까지 오게 된 게 누구 때문인데… 눈을 떴을 때 다시 이서희인 채로 되돌아가서 아무것도 기억하지 못하고, 그냥 슬픈 감정만 느끼게 된다면 난 유하를 저주할 거예요.'

이렇게라도 말해 두지 않으면 안 될 것 같았다.

지금의 잠들어 버린 유하는 들을 수 없겠지만 기억에 새겨놓으면 분명 전해질 테니까.

'운명에 이기는 게 진정한 승자잖아요.'

그렇게 스스로에게 다짐을 하는 동안 억지로 몸을 움직이며 생겼던 통증은 많이 가라앉아 있었다. 함부로 일어나면 상처가 터져버릴지도 몰랐기 때문에 침상에서 바닥으로 내려서는 일까지는 시도하지 못하고 있었다. 하지만 지금은 이렇게 앉은 것으로 만족하기로 했다.

분명 이 광경을 사야가 보았다면 눈을 크게 뜨로 놀란 얼굴로 달려와서 만류했을 것이다. 지금의 사야는 분명 그렇게 하고도 남왔다. 온몸 가득 쌓여 있던 독기는 다 어디로 가버린 것인지, 아니면 본래의 사야가 이런 모습이었던 것인지 사야는 무척 상냥한 느낌의 여인이 되어 있었다. 마치 차분한 시라처럼.

'개과천선한 건지도……'

풀리지 않는 의문을 억지로 짜 맞추며 서희는 실없는 웃음을 터뜨렸다.

'그런데 은선이는 어떻게 된 거지? 바사기가 제정신을 차렸다는 건 은선이가 어떻게 되었다는 말인데… 설마 예전의 나처럼 그냥 바사기의 몸속에서 가만히 지켜보고만 있는 상황이 된 것은 아니겠지?'

문득 은선을 떠올리자 갑자기 걱정이 되었다.

여러 가지 일들이 산발적으로 터지는 바람에 은선과는 그 래운이 있는 숲으로 가기 이전에밖에 이야기를 나누지 못했다. 그 이후로는 일이 어떻게 되어 바사기가 본래 기억을 되찾게 되었는지 들을 시간적 여유도 없었다.

지금에 와서야 깨닫게 된 것이지만 몸을 움직이는 생각의 주체를 결정하는 것은 강한 의지력이었다. 다른 이들이라면 모르지만 유하와 자신의 경우에는 유하의 의지력이 워낙 강했기 때문에 유하가 자신을 완전하게 인정하기 이전에는 유하의 의지가 더욱 강하게 작용했다. 그렇지만 완전하게 서로의 존재를 이해하고 받아들인 다음부터는 둘이 하나인 것처럼 자연스럽게 움직일 수 있게 되었던 것이다. 인간으로서의 이서희의 감정과 사제 유하의 감정이 하나가 되고, 기억과 능력 또한 하나가 되어 움직여 가는 그런 존재로 제3의 자신으로 태어났다. 지금은 다른 모든 것은 그대로 갖추고 있지만 유하의 의지만이 빠져 있는 그런 상태가 되었지만.

'이제는 나도 많이 자라서 그렇게 혼자서 아등바등하려고 하지 않으니까.'

서희는 스스로에게 그렇게 타이르는 말을 건넸다.

사람에게 있어 가장 중요한 것은 마음의 여유다. 그게 없으면 어떤 일도 제대로 할 수 없고 상황을 판단하는 것조차 힘들어진다. 과거에는 알지 못했던 그런 요소를 깨닫고 있는 것만으로도 이미 자신은 크게 성장한 것이다. 실행에 옮기는 것이 물론 가장 중요하지만.

'잘하고 있어야 할 텐데… 어떻게든 만날 수 있다면 이번에는 반드시 내가 서희라는 것을 말할 거니까.'

그렇게 머리 속의 생각은 끊임없이 돌아가고 있었다. 그러나 그것만으로도 몸은 피곤했는지 자신도 모르는 사이에 눈꺼풀이 커다란 무게감으로 눈을 내리누르기 시작했다. 그리고 얼마 지나지 않아 서희는 앉은 자세 그대로 눈을 감은 채 잠들고 말았다.

*　　　*　　　*

밤하늘을 수놓은 노랗고 푸른 별 무리를 응시하는 눈동자에는 작은 떨림조차 담겨 있지 않았다.

헤아리는 것조차 잊을 정도로 오래된 시간 속에서 그 별의 움직임을 바라보며 시간을 읽고, 미래를 읽어내는 것이 자신의 유일한 일과였다. 많은 것을 알고 있지만 결코 이 자리에서 벗어날 수 없다는 것 또한 알고 있기 때문에 인연이 닿은 자들을 이끌어내는 것만이 자신이 할 수 있는 유일한 일이었다.

그리고 그렇게 해서 이끌어낸 몇 개인가의 인연이 지금 움직이고 있었다.

"마지막 약속은 기억하고 있습니다. 그리고 지킬 것입니다."

나지막한 목소리가 무거운 밤 공기를 타고 울려 퍼졌다.

자신이 범한 과오로 인한 결과는 이렇듯 걷잡을 수 없는 방향으로 흘러가고 있다. 그리고 그 잘못된 길을 바로잡을 수 있는 것은 같은 길을 걷는 둘이 다시 만나는 수밖에는.

편안히 눈을 감는 것은 바라지 않는다. 하지만 자신이 겪은 기나긴 시간을 보상받고 싶은 것은 사실이었다.

한 번의 선택만이 주어진다는 것은 너무한 일이라고, 그렇게 생각했기 때문에 이번에는 많은 갈림길을 만들어두었다. 아니, 갈림길로 인도했다.

이제 선택을 하는 것은 각자의 몫이다. 결과는 자신이 예상한 방향대로 흘러갈 것이기 때문에 그 과정을 여러 개로 만들고 싶은 것뿐.

"자……."

손을 내밀며 그 속에 담겨 있던 흰색의 가루들을 바람에 흩뜨렸다.

금세 밤 공기 속에 녹아버린 그것은 어디론가 사라져 버린 듯 아련한 흰 잔영만을 잠시 시야에 머물게 만들고는 지워져 버렸다.

사비가 차를 따르는 것을 가만히 지켜보고 있던 노하는 한참의 시간이 지나서야 긴장한 채 자신을 바라보고 있는 늙은 약사에게 시선을 돌렸다. 그와는 대조적으로 차를 입에 가져가고 있는 사야의 얼굴은 무척이나 평온해 보였다. 다시 약사 쪽으로 시선을 돌리자 얼굴에 몇 개의 주름이 패여 있는 남자의 눈에 감도는 불안감을 읽어낼 수가 있었다.

"왜 이렇게 치료가 더디지?"

노하가 말을 꺼내자 남자는 고개를 숙인 채 대답을 하기 시작했다. 긴장하고 있는 것 같았지만 노하가 어떤 질문을 할 것인지는 미리 예상하고 있었던 모양이다. 하지만 생각해 보면 금의 일족 중에서 노하를 눈앞에 두고 긴장하지 않을 자는 몇 되지 않기 때문에 당연한 일이기도 했다.

"몸이 무척 약해져 있습니다. 아무래도 사제의 힘을 사용한 결과가 지금 나타나고 있는 것이 아닌가 싶습니다. 과하게 능력을 사용하면 그 반동으로 생명력이 줄어들기 마련입니다. 다른 힘도 아닌 사제의 힘은 더욱 그렇습니다."

늙은 약사의 음성에 노하는 귀를 기울이고 있었다. 벌써 꽤 많은 시간이 지났는데도 유하의 상처가 아물 기미를 보이지 않는다는 사실은 분명 신경 쓰이는 일이었다.

"죽음이 다가와도 이상하지 않을 만큼 몸의 상태가 경각에 달해 있기 때문에 오히려 지금처럼 이런 상태가 지속되는 것이 더 안심이 될 정도입니다. 그동안 몸을 너무 혹사시켜 온 것 같습니다. 요행히 상처가 아물고 거동할 수 있게 된다고 해도 예전처럼 자유롭게 팔을 움직이지는 못할 것 같습니다. 상처가 너무 오래 치유되지 않은 채 방치되었기 때문에 몸이 많이 상하셨습니다."

찻잔을 들고 있던 사야의 움직임이 순간적으로 정지되었다.

"그래서 방법이 없다는 말을 하려는 것은 아니겠지? 그대들 약사의 소임이 무엇인지는 가장 잘 알고 있을 테니."

남자는 노하의 입에서 그 말이 나올 것도 알고 있었던 모양이었다.

"상처를 치유하는 약을 사용하는 것도 중요하지만 지금은 몸의 상태를 조금이라도 나아지게 하기 위해 많은 노력을 기울여야 합니다. 상처가 완전히 아물고 체력이 돌아올 때까지는 각별히 주변에서 신경을 써야 합니다. 무리하게 움직이지 않도록 잘 살펴봐 주시고, 절대 밖에 나가거나 하는 일이 없도록 하셔야 합니다."

사제라는 이름을 너무 안일하게 생각해 왔는지도 모른다.

자신의 수명을 대가로 힘을 쓰는 존재가 어떤 것인지 노하는 이제야 안 듯한 기분이 들었다. 그저 어리석은 존재들이 만들어낸 허울뿐인 지위라고 여겼던 사제가 어떤 것인지 지금 눈앞에서 보고 있었기 때문에.

죽음이라는 말이 어쩌면 현실로 다가올지도 모른다.

그렇게 생각하자 마음속에서 자신조차 이해할 수 없는 감정이 피어 오르는 것 같았다. 금의 수인 노하의 마음을 이만큼이나 흔들었던 존재는 예전에도 없었고, 그리고 앞으로도 없을 것이다. 처음에는 사제라는 특이한 존재이기 때문에 관심을 가졌지만 지금은 유하라는 존재 자체에 관심을 느낀다.

행동 하나하나, 말투 하나하나, 그리고 지금의 상태까지 전부.

주변을 스쳐 지나가는 단순한 존재에 불과했을지도 모르는 유하와의 관계가 이렇게나 예상치 못한 방향으로 흘러가리라고는 짐작도 하지 못했다.

"지금은 무엇을 동원해서라도 치료에 전념하도록 해라."

"네, 알겠습니다."

약사는 깊이 고개를 숙이며 답했다.

"또 다른 필요한 것이나 말해야 할 것이 있나?"

"약의 성분에 뿔이 들어가야 합니다."

무슨 뿔인지는 자세히 말하지 않아도 알 수 있었다. 노하는 희미하게 미소 지으며 입술을 움직였다.

"그건 내가 마련해서 보내주겠다."

노하의 대답에 남자는 다시 한 번 깊이 고개를 숙였다.

"그럼, 돌아가 보도록."

말은 흔들림없이 잘 이어나갔지만 약사의 얼굴은 처음부터 끝까지 굳어 있었다. 아마 노하의 방에서 완전히 빠져나간 후에야 제대로 숨을 쉴 수 있으리라.

"그렇게 심각한 상태이리라고는 생각지 못했습니다."

찻잔을 탁자 위에 내려놓으며 사야는 입을 열었다.

"사제라는 자리를 만들어내다니 은의 일족이야말로 일방적이지 않나?"

"네, 저도 제가 아는 유일한 사제는 유하님이기 때문에 이제야 처음으로 사제가 무엇인지 알게 되었습니다. 예전에도 사제가 어떤 자리인지 들어오기는 했지만 이 정도이리라고는……."

뒷말을 더 잇지는 않았지만 사야는 마음속으로 생각하고 있었다.

유하가 가진 특별함이 이런 식으로 위험한 바탕 위에 서 있다는 것을 알았다면 더 빨리 유하를 그 속에서 꺼내기 위해 노력했을 것이라고. 무슨 수를 써서라도 그렇게 했다면 유하가 이렇게까지 되지는 않았을 것이다.

그리고 마음속에서 후회의 감정이 밀려 들어왔다. 자신이 했던 행동들이 유하의 이런 결말을 더욱 부채질한 것은 아닌지.

"아직 확실하게 무언가가 결정된 것은 아니다."

노하는 마치 사야의 마음을 읽기라도 한 것처럼 단호한 어조로 말했다.

"쉽게 끝나 버릴 존재에게 흥미를 느끼지는 않는다."

노하의 그 말에 사야는 희망을 가졌다. 노하라면 분명 어떻게든 할 것이라고.

순전히 자기 자신의 힘만으로 이 자리에 올라선 노하라면 없던 것도 만들어낼 수 있을 만큼의 힘이 있다고 사야는 그렇게 생각했다. 생각이 지나치다고 해도 어쩔 수 없다.

"오늘부터는 제가 항상 유하님의 곁에 있겠습니다."

사야의 말에 노하는 무언으로 긍정의 뜻을 내보였다.

언제부터인가 미묘한 변화를 보이는 노하의 표정을 읽어낼 수 있게 된 사야는 극단적인 모습만 아니라면 그가 대하기 편한 존재라는 것을 깨닫게 되었다. 누구나 대하기를 꺼려하는 노하에게서 그런 감정을 느낀 것이 이상하다고 느껴졌지만 감정에 솔직한 사야는 그것을 그대로 받아들였다.

답답하다. 너무나 답답하다.

서희는 이제는 더 이상 견딜 수 없다는 생각이 들었다. 시간은 계속 흘러가는데 상처는 호전될 기미를 보이지 않는다. 아니, 나아가고 있긴 하지만 그 속도가 너무 더디다. 이렇게 마음은 벌써 저 밖으로 달려나가고 있는데 몸이 따라주지 않는다는 것은 너무나 비참한 현실이다.

"산책을 하고 싶은데……."

서희는 참다 못해 옆에서 차를 끓이고 있는 사야에게 말을 건넸다. 거동은 불편하지만 말하는 것에는 지장이 없어지자 사야는 곁에서 떠나지 않고 계속 유하의 시중을 들었다. 다른 사비들에게 일을 맡기면서도 그것을 조용히 지켜보고 있었다. 처음에는 그것이 부담스러웠지만 지금은 어느 정도 익숙해져 있었다.

"아직은 무리입니다, 유하님."

온화한 말투와 표정과는 달리 대답은 단호했다. 마치 투정부리는 어린아이를 타이르듯이.

"지금 몸조리를 잘못하면 나중에 어떤 일이 생길지는 아무도 모릅니다. 답답하시다는 것은 알지만 지금은 몸이 가장 중요합니다."

사야는 조금도 뜻을 굽히지 않을 것처럼 보였다.

바람이라도 쏘이면 마음의 답답함이 조금이나마 사라질 것 같은데 스스로의 힘으로는 그렇게 할 수가 없기 때문에 사야의 대답을 기다리는 수밖에는 없었다. 왜 자신이 이런 신세가 되었는지 생각하면 한심하지만 지금은 어쩔 수 없는 상황이 아닌가.

서희는 답답함을 풀 길이 없어 그냥 크게 한숨을 내쉬었다. 사야가 이상한 시선으로 보든지 말든지 그것은 이제 상관이 없었다.

고등학교에 다니던 시절에는 너무 튼튼해서 병원에 입원하고 싶다고 생각한 적도 있었지만 지금은 누가 돈 주고 그렇게 하라고 해도 절대로 하고 싶지 않았다. 움직이지 못하는 것이 이렇게나 큰 고통인 줄은 예전에는 미처 알지 못했다.

몸에서, 그리고 방 안에서 풍겨 나오는 약의 냄새에도 미쳐 버릴 것만 같다. 참을성이 없는 것은 아닌데 이제는 한계에 다다른 것 같았다.

"정 답답하시면 이야기 상대를 데려오겠습니다."

그 말에 서희는 정신이 번쩍 들었다. 이야기 상대라면 설마…

바사기나 시라, 미르를 말하는 것일까?

"잠시만 기다려 주세요, 유하님."

그렇게 말하고 나서 사야는 하던 일을 멈추고는 방에서 빠져나갔다.

요즘 들어 자신에게 너무나 잘 해주는 사야의 모습을 보며, 그리고 배려해 준다는 것이 보이는 노하의 행동을 느끼며 서희는 이상하다는 생각이 자주 떠올랐다.

'설마… 둘 다 죽을 때가 되서 그렇게 변한 건 아닐 테고.'

실없이 피식 웃기는 했지만 둘의 변화가 달갑지 않은 것은 아니다. 하지만 사야라면 몰라도 노하의 변화는 어딘지 미심쩍은 곳이 있다. 아니면 노하도 연기를 하고 있는지도 모른다. 세상이 두 쪽이 난다고 해도 노하의 본성이 변하리라는 생각은 들지 않기 때문에 더 더욱.

그렇게 생각을 하고 있는 동안 사야는 벌써 어딘가에 다녀왔는지 문을 열고 방 안으로 들어오고 있었다. 그리고 그 뒤를 따라 조금 전에 떠올렸던 세 명이 나란히 들어오는 것을 보고 서희는 예상하고 있긴 했지만 놀라움이 떠오르는 것을 감출 수가 없었다. 얼마 지나지 않아 그 감정은 기쁨으로 바뀌었지만.

"저는 밖에 있겠습니다."

사야는 예의 바르게도 그들 셋이 방 안에 완전히 들어서자 자신은 자리를 피해주었다. 예전의 사야라면 죽어도 그렇게 하지 않았을 테지만 지금의 그녀는 달랐다.

"유하님……."

"유하님."

"유하님."

누가 먼저랄 것도 없이 세 명의 입에서 거의 동시에 유하의 이름을 부르는 소리가 터져 나왔다.

'나… 안 죽었어.'

서희는 장난스럽게 속으로 그렇게 답하며 그들을 향해 옅은 미소를 지어 보였다.

거의 한 달여 만에 유하의 모습을 보게 된 셋은 무엇을 어떻게 말해야 할지 모르는 것처럼 아무 말도 하지 못한 채 유하의 모습을 살피고만 있었다. 그리고 여전히 창백함이 사라지지 않은 유하의 얼굴과 방 안에 떠도는 약의 향으로 유하의 상처가 아직 호전되지 않았음을 알아차렸다.

"몸은… 괜찮으세요, 유하님……?"

먼저 말을 꺼낸 것은 시라였다.

"좋지도 않지만 나쁘지도 않아."

그렇게 대답하는 유하의 표정이 너무나도 밝아서 셋은 이상하다는 생각이 들었다. 그 짧은 시간 동안에 이겨낼 수 있는 상처가 아니라고 생각했었는데, 자신들이 걱정한 것이 오히려 이상할 정도로 유하의 표정은 밝았다.

유하님이 너무 슬픈 나머지 이상해진 건 아니겠죠?

"이상한 말하지 마."

바사기는 버릇대로 마음속의 말에 답을 하다가 흠칫하고 놀랐다. 주위가 워낙 조용했기 때문에 자신의 목소리가 다른 이들의 귀에 들어간 것이다. 그 증거로 묘하게 일그러진 미르의 얼굴과 약간의 당혹감을 띤 시라의 얼굴, 그리고 재미있다는 듯이 미소 짓는 유하의 얼굴이 동시에 자신에게로 향해 있었다.

"하아……"

이게 대체 무슨 짓인가.

정말 오랜만에 유하님을 만나 이야기를 나누는 이런 자리에서 말도 안 되는 일이 생겨 버리다니.

"그렇게 서 있지들 말고 의자라도 가져다 앉도록 하지."

"네, 유하님."

모두들 아무렇지 않게 대답하느라 노력하면서 의자를 옮겨 유하의 주위에 모여 앉았다.

침상에 등을 기댄 자세로 앉아 있던 유하는 가만히 고개를 돌려가며 모두의 얼굴을 하나하나 확인하듯 바라보았다.

"시간이 꽤 지난 것 같은데 그동안 다들 별일 없이 잘 지냈는지 모르겠군. 난 보다시피 이렇게 누워서 시간을 보냈지만."

"아직 상처가 다 낫지 않으신 건가요?"

조심스럽게 묻는 미르에게 유하는 안심하라는 듯이 부드럽게 웃어 보였다.

"외상이라서 그런지 아직 다 낫지 않았지만 금방 나을 거야. 시간도 지났고 하니. 그리고 약이라면 질릴 정도로 먹고 있으니까."

유하의 대답은 너무나 허물없이 자연스러웠다. 마치 친구를 대하는 듯한 친숙한 말투. 갑작스러운 유하의 변화를 어떻게 받아들여야 할지 몰라 미르는 갈팡질팡하고 있었다.

"다들 얼굴빛이 좋은 걸 보니 나쁜 대우를 받지는 않은 모양이야. 그런가?"

약간의 쓴웃음을 짓는 바사기와 몇 번 고개를 끄덕이는 미르.

그것이 대답 대신이었다.

바사기를 제외하고는 갇혀 지낸 것을 제외하면 아무런 일도 없었다. 바로 유하를 만나기 전인 조금 전까지 밖에 나가는 것이 금지되어 있었지만 사야를 통해 전해 들은 말은 무척 희망적인 것이었다.

유하를 보좌하는 일을 바사기가 맡고 그 사비를 두 자매에게 맡긴다는 것. 물론 바사기와 사전에 이야기는 한 상태였지만 사전에 이야기하지 않았어도 바사기는 당연히 그렇게 선택했을 것이었다.

"이제부터는 자유롭게 이곳에 올 수 있습니다."

"잘됐군."

정말 다행스러운 일임에는 틀림없었다. 낯선 이에게 자신의 몸을 내맡기는 것과 마음이 편한 이에게 내맡기는 것 중 어떤 것이 더 좋은가 라고 묻는다면 누구나 주저없이 후자를 택할 것이다.

"뭔가 내게 하고 싶은 말이 있다면 하도록 해. 그렇게 안도하는 듯한 표정만 짓지 말고."

유하가 어딘가 이상하다는 것은 세 명 모두 공통적으로 느끼고 있는 사실이었지만 지금은 아무래도 좋았다. 슬픔에 빠져 허우적거리는 것보다는 지금이 훨씬 나아 보였기 때문에.

"유하님, 언제쯤이면 움직일 수 있습니까?"

"글쎄… 그건 나도 잘 모르겠다. 사야는 내가 조금이라도 움직이려 하면 옆에서 계속 말리고 있으니까."

아무렇지 않게 말하려는 바사기의 표정은 예전의 그로 되돌아간 것처럼 조금 우스워 보였다. 그도 그럴 것이 바사기 자신만이 들을 수 있는 목소리가 아까부터 계속 말을 걸어오고 있었기 때문이었다.

잘못해서 처음과 같은 실수를 하지 않으려고 노력하다 보니 표정에까지 신경을 쓰지 못하는 것이 사실이다. 하지만 어떻게 할 수도 없는 노릇이었다. 좀 이상하게 보인다고 해도 지금으로써는 방법이 없다. 마음만 먹으면 은선이 바사기의 행동을 조절할 수 있는 것도 사실이기 때문에.

그저 지금만은 참아달라는 것이 바사기의 심정이었다.

하지만 나도 유하님이 반갑단 말이에요.

그러나 은선은 결코 참아주지 않았다. 어떨 때는 정말이지 고마울 정도로 마음의 위안이 되어주는 존재가 되지만, 어떤 때는 자신의 마음을 원하는 대로 움직이지 못하게 만드는 은선 때문에 곤란함을 겪기도 한다. 그리고 그 순간이 바로 지금이었다.

"유하님, 정신을 차리셔서 다행이에요. 그동안 얼마나 걱정했는지… 만나고 싶었어요."

정말이지 바사기의 얼굴과 목소리와는 전혀 어울리지 않는 말투였다.

기이하게 일그러진 바사기의 얼굴을 보며 세 명은 굳어진 듯 행동을 멈췄다.

아니, 유하만은 입가에 알 수 없는 의미가 담긴 미소를 띠고 있었다. 시라와 미르는 조금 전보다 훨씬 더 짙은 당혹감을 떠올린 채로 바사기를 응시했다.

서희는 상처를 입은 후로 얼마 만인지 모르지만 마음속에서 피어 오르는 즐거움을 느끼며 미소 지었다.

처음 바사기의 이상한 말투를 듣고 설마설마했었는데 지금의 것으로 확인이 되었다. 바사기의 안에 분명히 은선은 존재한다.

'재미있는데. 나와는 또 다르잖아?'

확실히 자신의 경우에는 유하의 의지력이 강했기 때문에 유하에 의해 많은 것들이 움직여졌었다. 서로의 존재를, 존재의 의미를 깨닫기 전까지는.

하지만 은선과 바사기의 경우에는 반 정도의 비율로 서로의 의지가 작용하는 모양이었다.

자신만이 이런 이상한 경험을 하고 있다고 생각했었는데 은선의 존재를 확인한 것으로 그 생각은 바뀌었다. 그리고 다른 누구도 아닌 은선이 자신과 함께 이 세상에 있다는 사실 자체가 묘한 인연이 아닌가 하는 생각도 든다.

넓고 넓은 세상에서 친구가 된 것만도 인연이 아니면 힘든 만남이었을 텐데, 이런 말로는 설명할 수 없는 장소에서까지 만나게 되다니.

'장난이라도 쳐볼까.'

예전에는 반가웠어도 자신이 처한 입장 때문에 스스로의 존재를 밝히지 못했었지만 지금은 다르다. 주변 환경 자체가 유하를 예전의 유하가 아닌 자리에 있게 만들었고, 또 변화하지 않으면 안 될 상황에 처한 이상은 철저하게 자신의 식대로 모든 것을 바꾸어주겠다는 생각이 자리 잡았다.

'나 스스로를 움직이게 하는 것도 나고, 삶을 걸어가는 것도 나니까.'

서희는 그렇게 생각하며 오랜만에 대면한 친구에게 말을 건네기 위한 준비를 했다. 한동안 사용하지 않았던 인간의 말을 떠올리면서 그 발음을 되새겼다.

[은선이 맞는 모양이지? 맞으면 이 말로 대답해.]

유하의 입에서 새어 나온 생소한 언어는 일순간 모두의 움직임을 굳어지게 만들었다. 시라와 미르가 놀란 것과는 다른 의미로 바사기는 한동안 말을 잃고 있었다. 아니, 바사기와 함께 몸을 공유하고 있는 은선이 더 놀랐다고 하는 편이 옳을 것이다.

과거에 바사기의 몸에서 깨어났던 은선을 위해서 유하가 정신의 언어로 말을 걸기는 했었지만, 그래서 말이 통했다고 생각했었지만 지금은 확실하게 두 귀로 들었다. 유하의 입에서 인간의 말이 나오는 것을.

[어떻게… 알고 있지요?]

바사기의 입에서도 유하와 같은 언어가 흘러나왔다. 조금은 망설임이 담긴 듯한.

[같은 비밀을 공유하고 있으니까 그렇지.]

담담하게 이어진 유하의 말을 한동안 은선은 이해하지 못하고 있었다.

유하와 알 수 없는 말을 나누고 있는 바사기를 뒤로하고 방에서 빠져나온 시라와 미르는 서로의 얼굴을 마주 보며 한숨을 내쉬었다. 지금은 뭐가 뭔지 알 수가 없었다.

그리고 그런 정리되지 않은 감정 때문에 곤란해하는 자매의 앞에 사야가 나타났다. 서로 익히 얼굴은 알고 있었지만 제대로 된 대화를 나눈 적은 없었기 때문에 자매는 사야의 앞에 서는 것이 거북했다. 그 이유뿐만이 아니더라도 사야가 유하에게 어떤 행동을 했었는지 알기 때문에 더욱 그랬다.

"아까 잊고 하지 못한 말이 있다."

형식적으로 이어가는 듯한 어조였지만 사야의 표정에 기분 나쁘다거나, 혹은 반대로 즐겁다거나 하는 감정이 떠올라 있지는 않았다.

"다른 부탁이라면 몰라도 유하님이 밖에 나가고 싶다거나 움직이는 것을 도와달라는 말을 하면 절대 들어드려서는 안 된다."

이유를 물으려는 미르가 입을 열 사이도 없이 사야는 말을 이었다.

"유하님은 아직 모르고 계시지만, 상처가 다 낫는다고 해도 유하님이 과거와 같이 움직일 수 있는 것이 아니기 때문에 지금은 안정이 가장 중요하다. 유하님의 몸을 생각한다면 무엇이 최선인지는 잘 알 거라 믿는다."

사야의 말은 충격이었다. 거짓으로 들리지 않았기 때문에 더욱더.

물론 정신을 차린 것만으로도 다행이라고 생각하지만 저렇게나 밝아진 유하님의 얼굴이 그 사실을 알게 되었을 때 어떤 색으로 물들지를 떠올리면 마음이 무거워졌다.

"너희들의 태도가 가장 중요하다. 지금 유하님이 마음을 여는 것은 그대들뿐이니까."

"알겠습니다."

시라와 미르는 공손히 답하고 나서 고개를 돌려 서로의 얼굴을 마주 보았다.

그리고 말로 하지 않고도 자매는 사야에게서 떨어져 말소리가 들리지 않을 정도의 거리까지 가서 걸음을 멈췄다. 등 뒤로 넓은 공터와 띄엄띄엄 자리 잡은 건물들이 보이는 장소였다.

"너무해……."

미르는 금방이라도 울 것만 같은 얼굴이었다.

가뜩이나 몸이 많이 약해져 있었는데 이제는 회복되는 것까지 힘들 지경이 되었다니. 자신이 아무것도 할 수 없다는 것이 슬프고, 밝아진 유하님의 모습을 떠올리니 더욱 슬펐다.

옷에 감싸여 보이지는 않았지만 낫지 않은 상처 때문에 분명 유하도 괴로울 것이다.

"어떻게 하면 좋아… 응?"

시라가 대답을 할 수 있을 리가 없었다.

꿈이라면 좋으련만.

유하를 기다리고 있는 것은 점점 더 심해지는 안개 속이었다.

"유하님… 어떻게 하면 좋아……."

점점 눈물이 섞여가는 미르의 중얼거림을 들으며 시라는 한숨을 내쉬었다.

*　　　　*　　　　*

밤의 숲을 바라볼 때면 떠오르는 생각이지만, 모든 색채를 검은 색으로 감싼 채 모습을 드러내고 있는 숲은 왠지 모르게 그 기억을 떠오르게 만든다.

지금과 같은 확고한 마음을 가지게 되기 전, 혼란스럽고 괴로운 마음을 가득 안은 채 그저 앞을 바라볼 수밖에 없었던 때의 기억을. 그리고 그 어둠 속을.

혼자라는 것.

아무것도 남아 있지 않다는 것.

기댈 장소를 잃었다는 것.

자신에 대한 믿음을 잃는다는 것.

그 모든 것들이 거칠게 마음을 휘저어놓는 바람이 되어 가슴속을 떠돈다.

어쩌면 처음부터 철저하게 혼자였던 것은 자신이었는지도 모른다는 생각이 머리 속을 지배했다. 과거에는 느끼지 못했던 그런 감정들이 거침없이 일어나는 것은 견디기 힘든 고통의 순간이 길었기 때문인지도 모른다.

자존심을 굽히지 않으면 살아갈 수 없을 만큼의 상처.

아니, 그렇게 해서라도 살아남아야 한다는 생각을 했던 자신에 대한 회상의 기억이 마음을 휘저어놓았다.

어쩌면 너무 하나만을 바라보며 달렸었는지도 모른다.

안일한 하나의 세상에 갇혀 밖을 내다보지 못했는지도 모른다.

그 때문에 그것을 깨달아 버린 지금은 과거의 모든 것을 버렸어도 아무렇지 않은지도. 과거는 그저 과거로 남아 있을 뿐인지도 모른다.

"시류님."

담담한 리가의 음성이 시류를 생각에서 벗어나게 만들었다. 조용히 고개를 돌리자 일각수의 고삐를 손에 쥔 채 자신의 쪽으로 걸어오고 있는 리가의 모습이 눈에 들어왔다.

새로 모든 것을 시작하는 시류의 곁에 있는 것은 바로 그녀였다.

새로운 만남이라는 것은, 새로운 인연이 생긴다는 것은 무척 신선한 일이다. 더군다나 그 출발이 과거를 끊어버리고 일어선 것이었기에 더 더욱 그런 생각이 드는.

"이제 며칠만 더 가면 청의 영토에 다다르게 될 것이다."

시류는 나직한 음성으로 말을 건넸다.

뿔의 힘을 되찾은 후로 잠시 길을 가는 것을 중단하고 금의 일족들의 눈에 띄지 않는 은밀한 장소에 머물면서 시류는 예전의 감각을 되찾기 위해 노력했다. 힘이 되돌아왔다고는 하지만 뿔을 잃고 지냈던 시간 동안 과거의 감각을 많이 잃어버린 것이 사실이었다. 장님이던 자가 갑자기 눈을 뜨면 세상을 제대로 바라보지 못하는 것처럼 한동안 무기력해져 있던 자신의 몸을 추스르는 데는 어느 정도의 시간이 필요했다.

"이제 완전히 힘을 되찾으신 것 같아 다행입니다."

시류는 고개를 끄덕여 보이며 담담하게 미소 지었다.

여전히 외모만으로 보자면 뿔도 가지지 못한 약해 보이는 존재에 지나지 않았지만, 시류에게는 과거의 모든 힘이 되돌아와 있었고 그에 못지 않은 자신감 역시 가득 차 올라 있었다.

확실히 일족에게 있어 뿔이 얼마나 큰 상징이며 생명력의 원천인지 깊이 깨닫게 된 지난 나날들이었다. 경험하지 못했다면 결코 알지 못했을 무수한 일들.

리가는 끌고 왔던 일각수의 고삐를 풀고는 등을 몇 번 토닥여 주고 나서 자유롭게 돌아다닐 수 있도록 일각수를 보냈다. 잠시 어딘가에 다녀온다며 자리를 떠난 지 얼마 되지 않아 돌아온 리가는 조금의 흐트러진 모습도 보이지 않은 채 소리없이 시류의 곁으로 다가온 것이었다. 그 조용한 움직임을 깨달을 때면 시류는 가끔씩 과거의 잔영이 머리 속에서 떠올랐다가 사라지는 것을 느낀다.

차갑지만 언제나 시선을 떼지 못하게 만들었던 누군가의 모습이.

자신이 처음으로 손을 내밀게 만들었던 흐트러진 듯한 멍한 시선도. 고요한 숲에 잠겨 있는 것이 너무나도 잘 어울렸던 하얀 그림자도.

그 차분한 음성이 귓가에 맴도는 것이 너무나 좋아서 자신은 손을 내밀었던 것이다. 그리고 점점 그 멍해 보이던 시선에 빛이 차오르고 이지적으로 뒤바뀌며, 결국에는 굳어진 푸른빛으로 잠겨 버렸던 시간들이 떠올랐다.

과거의 잔영.

그것은 말 그대로 과거의 잔영이었다.

지금의 자신에게는 추억 이상의 것이 되지 못하는.

확실히 언제부터인지는 깨닫지 못했지만 유하에게서 거리감을 느끼게 되었던 그때 이후로.

아니, 더 이상 유하가 자신의 곁에 있어야 한다는 필요성을 느끼지 못하게 된 이후라고 하는 편이 옳을 것이다.

그동안 유하의 빛에 잠겨서 헤어나지 못했던 자신이 이상하게 느껴질 정도로 깨달음, 혹은 변화는 한순간에 찾아왔다.

거짓말처럼 유하에 대한 감정이 지워지고 나서는 유하가 상처를 입거나 괴로운 표정을 보여도 전혀 영향을 받지 않았다. 오히려 그 과거의 끈을 없애 버리기 위해서는 확실하게 무언가를 보여줄 필요가 있었다.

"제가 감히 한마디해도 될까요?"

리가는 예전에도 그랬지만 타인의 마음을 읽는 것 같았다. 거의 표정의 변화를 보이지 않는 담담한 얼굴을 볼 때면 그런 생각이 더욱 확실해진다.

시류가 고개를 끄덕이자 리가는 다시 입술을 떼었다.

"되돌려 받은 힘은 그동안의 시간들에 대한 보상이라고 생각하세요. 시류님이 행했던 일들에 대한 보답이라고."

시류는 대답없이 리가의 말을 되새겨 보았다.

아무리 과거에 굵은 인연의 틀 속에 함께 있었다고 해도 언제까지나 계속되는 만남이란, 그리고 믿음이란 존재하지 않는 법이다.

주어진 상황이 그렇다면 그에 맞춰 변화하는 것이 가장 현명한 처사다.

바로 그것이 살아가기 위한 지혜가 아닌가.

"알고 있다."

시류는 그렇게 답하고는 몇 걸음을 옮겼다.

겹게 잠긴 숲은 여전히 고요하게 바람을 품은 채 밤 속에 안겨 있었다. 바람이 멎는다면 분명 마음의 잔 바람도 지워질 것이다.

아직은 시간이 더 필요한지도 모른다.

[거짓말……]

망연하게까지 들리는 음성은 누가 듣기에도 텅 빈 듯한 느낌을 전해줄 정도였다.

[그럼, 지금까지 내가 봐왔던 건 대체… 이거 정말 꿈 아니야? 어떻게… 어떻게 이런 일이 있을 수가 있지?]

은선, 아니, 바사기의 음성은 혼란스러움을 가득 담고 있었다.

[네가 지금까지 내 말을 믿지 않았던 것에 대한 벌인지도 모르지.]

[그래도……]

제대로 말을 잇지 못하는 바사기를 보며 유하는 계속 웃었다.

그것은 무척이나 이상해 보이는 광경이었다.

침상에 등을 기댄 자세로 창백한 얼굴에 싱글거리는 미소를 떠올리고 있는 유하와 망연자실하게 풀려버린 표정을 하고 있는 바사기의 대화라는 것은. 대화라고 보기에도 무리가 있는 광경이었지만 둘이 계속 이야기를 나누고 있다는 사실에는 변함이 없었다.

"처음부터 다 설명한다는 것도 무리겠지만 시간은 충분히 있으니까 괜찮을 거야."

이번에는 은의 일족들의 언어였다.

바사기도 뭔가 큰 충격이었는지 은선과 마찬가지로 패닉 상태인 것 같았다. 아니, 그는 아직 전부를 다 이해하지 못하고 있는 것이 틀림없겠지만.

"대체 언제부터 여기에 와 있었던 거야?"

힘 빠진 듯한 음성에 서희는 웃음 섞인 말로 대답했다.

"이곳 시간으로 몇 년은 지났어. 유하로 사는 것에 이제는 익숙해졌으니까."

모습은 여전히 고고해 보이는 유하였지만 말투는 영락없는 서희다. 일순간 유하의 얼굴에 서희가 덧씌워진 듯이 보여서 은선은 자신도 모르게 세차게 고개를 흔들었다.

은선이 사태를 제대로 이해하고 난 후에는 바사기가 잠잠해져 버렸다. 은선도 이렇게나 놀라고 있는데 지금까지 자신이 봐왔던 유하가 유하가 아닌지도 모른다는 사실을 듣고 난 후 그가 이런 반응을 보이지 않는다면 그것이 더 이상한 일이 될 것이다.

"그런데… 왜 처음에는 말해 주지 않았어? 진작 알았더라면 덜 복잡했을 텐데……"

한숨 섞인 말을 넘겨들으며 서희는 또다시 미소 지었다. 이번에는 무척 장난스럽게.

"나만 고생하면 억울하잖아."

기가 막혀 대답을 하지 못하는 은선을 향해 시선을 던지던 서희는 금방 다시 웃음을 참지 못하고 고개를 숙였다. 그리고는 움직이기 힘든 손을 억지로 들어 올려 입을 가렸다.

"아… 아니야. 실은 그때 상황이 그럴 상황이 아니어서 일부러 그랬던 거야. 몰랐겠지만 심각했으니까. 금의 영토에서 빨리 벗어나야 한다는 생각을 하고 있던 때였으니까."

은선은 뾰로통해져서 대답을 아예 하지 않았다.

꿈인지 현실인지 믿어지지 않는 상황 속에서 친한 친구와 만났다는 사실이 무척 반갑기도 했지만 그동안 알고 있었으면서도 가르쳐 주지 않은 서희가 얄밉기도 했다. 그와 동시에 몇 년이라는 시간 동안 혼자 이곳에서 아등바등하며 지냈을 서희를 떠올리며 얼마나 힘들었을까 하는 생각도 들었다.

말로만 아무렇지 않게 몇 년이라고 하지만 다른 모든 이들에게 모범이 되어야 하고, 시선이 집중되는 위치에 있고, 또 실제로 무언가를 해야만 하는 자리에 아무것도 모른 채 놓여지게 되었을 때 느낄 당황이 어떤 것인지는 짐작조차 할 수 없을 정도이리라.

자신이 아무렇지 않게 하루하루를 보내고 있을 때 서희는 혼자서 고민을 짊어진 채 시간을 보내고 있었다는 것을 알자 기분이 정말 묘해졌다.

바사기의 속에서 함께 지낸 그리 길지 않은 시간 동안에도 은선은 유하가 어떤 존재인지를 직접 두 눈으로 보고 들었기 때문에 더욱 그 놀람의 감정은 사라지지 않았다.

"미안해. 진작 말했어야 하는 건데……."

손을 내저으며 서희는 말을 꺼냈다. 하지만 그 손을 내젓는 동작 자체가 무척 힘겨워 보여서 갑자기 걱정이 되었다. 어쨌거나 지금 서희는 다친 몸이다. 그것도 무척 심각하게.

그 다치는 장면을 보았기 때문에 더욱더 실감하고 있는.

"괜찮은 거야, 몸은?"

결국 염려의 말이 먼저 튀어나오고 말았다.

"아… 견딜 만해. 처음에도 이 정도로 다친 적이 있었거든."

그 말에 은선은 또 한 번 놀랐다.

자신이 생각하던 서희는 책 속에 파묻혀 공상 속의 이야기만 하는, 하지만 마음은 깊은 친구였는데 지금은 자신과 더 큰 차이를 가지고 있는 것 같았다.

혼자서 겪은 많은 일들이 모르는 사이에 친구를 성숙하게 만들어 버린 것일까.

언제나 감추는 것 없이 많은 것을 공유하고 나누어왔던 친구와의 거리가 어느새 이만큼이나 벌어지게 된 걸까 하는 생각을 하자 저절로 한숨이 터져 나왔다.

"왜 한숨을 쉬고 그래? 서로의 원래 얼굴은 볼 수 없지만 그래도 이렇게 만나게 된 게 어디야. 모르는 게 있으면 언제든지 물어봐. 알았지?"

장난스러워 보이는 말투에 표정이었지만 다른 남자의 얼굴을 하고 있는 친구는 무척이나 달라져 있었다.

앞으로 얼마나 많이 이야기를 해야 지난 일들을 다 들을 수 있을까.

그리고 서희는 유하와 완전한 별개의 존재가 된 것은 아니라는 느낌이 들었다. 그렇다고 생각하기에는 자신이 아는 서희와 지금의 서희는 많이 달랐다.

'정말… 꿈이 아닌 거야?'

은선은 마음속으로 그렇게 질문을 던졌다.

"유하님, 약 드실 시간입니다."

혼란스러워하던 은선은 문이 열리며 들려온 목소리에 퍼뜩 정신을 차렸다.

얼마나 시간이 지났는지도 알지 못한 채 이야기에 열중하고 있었던 것 같다. 여전히 바사기는 아무 말이 없는 것으로 보아 쇼크로 기절이라도 한 모양이었다.

은선은 잠시 자리에서 일어나 옆으로 비켜섰다. 그사이 처음 보는 여자 사비가 넓은 도자기 그릇에 희뿌연 것 같기도 하고 누르스름한 것 같기도 한 액체를 담아 유하에게 가져갔다. 약이라는 것은 무슨 이유라도 먹기 싫은 음식임에 틀림없다.

더군다나 한약 종류는 아무리 색깔이 밝다고 해도 의심이 간다.

한순간이었지만 은선은 그 약을 먹는 것이 자신이 아니라는 사실에 안도하고 있었다.

유하는 손을 뻗어 그릇을 잡고 약을 조금씩 삼키기 시작했다. 하지만 얼마 지나지 않아 손의 떨림이 눈에 띄게 커졌다. 상처가 얼마나 심했으면 시간이 한 달 가까이 지났는데도 제대로 손을 움직이지도 못하는 걸까.

보다 못한 은선은 옆으로 다가가 유하 대신 그릇을 잡고 먹는 것을 도와주었다. 잠시 눈빛이 마주치자 왠지 쓸쓸해 보이는 푸른 눈이 자신에게 말을 건네는 것 같은 기분이 들었다.

'그래도 서희 넌 운이 좋은 줄 알아. 미남과 하나의 몸이 된 것

도 영광이야.'

서희가 직접 그 말을 들었다면 혀를 끌끌하고 차면서 이렇게 말했을 것이다. 누가 너 아니랄까 봐 그런 말만 하느냐고. 하지만 은선의 가장 큰 생활 신조는 '멋진 남자를 사귀자'였기 때문에 입버릇처럼 그 말이 배어 있었다.

은선이 그런 생각을 하며 그릇을 기울이는 동안 어느새 약은 다 비워졌다. 약을 다 마시고 나자 유하는 나지막하게 숨을 내뱉으며 자신을 올려다보았다.

그 눈동자에는 옅은 감정이 담겨 있었다. 아마도 슬픔이라고 부르는 것이 옳을 듯한.

속이 분명히 서희라는 것을 알고 있는데도 서희라고 부를 마음이 생기지 않는 것은 분명 외모 탓일 것이다. 아니면 서희가 서희 특유의 분위기를 완전하게 내보이지 못하고 있기 때문인지도.

[너도 분명히 유하님의 감정을 알고 있겠지?]

나갈 준비를 하고 있는 사비는 신경 쓰지 않고 은선은 말을 꺼냈다.

자신이 바사기의 감정을 느끼고 그에게 동조하듯이 분명 서희도 그랬을 것이다. 자신보다 훨씬 더 오랫동안 유하와 같이 있었을 테니까 더 더욱.

그런데 지금은 자신이 유하라고 생각했을 때 느껴졌던 유하의 느낌도 없어져 있을 뿐더러 서희라고 확신할 수 있는 분위기도 없다. 어떻게든 설명하자면 그 중간쯤 되는 모호함이라고 해야 옳을까. 분명 기억이나 말투 같은 것을 보면 서희가 틀림없지만. 여자의 느낌이라는 것은 말로는 표현하기 힘든 미묘함을 잡아내곤 하는 법이다.

[잘 알아… 너무나.]

작게 가라앉은 목소리가 답을 실은 채 울려 퍼졌다.

사비가 완전히 방에서 빠져나간 것을 확인하고 서희는 다시 말을 바꾸었다.

"지금 유하님은 잠들어 있어. 하지만 그렇다고 해도 내게도 유하라는 이름을 짊어질 만한 능력은 있으니까."

유하의 얼굴을 한 서희는 조금 씁쓸한 듯한 웃음을 지었다.

"지금은 아무것도 생각하지 않고 말을 할 수 있는 상대가 있다는 게 너무나 행복해. 그래서 더 더욱 친구가 소중하다는 것을 알겠어."

은선은 차가운 기색이 감도는 유하의 손을 잡았다. 자신의 손도, 그리고 친구의 손도 본래의 모습은 아니었지만 그래도 마음만은 평소와 같은 온기가 감도는 것 같은 느낌이 든다.

새벽의 약간은 쌀쌀하게 느껴지는 공기 속에서 유원은 어떤 기색을 느끼고 몸을 뒤척였다.

그것은 아주 미묘하게 달라진 듯한 감각이어서 처음에는 그냥 아무렇지 않게 넘겨 버리려 했을 만큼 작은 느낌이었다. 그러나 얼마 지나지 않아 그 느낌 때문에 유원은 잠의 바닥에서 끌려 나오고 말았다.

금의 일족에게 점령당한 이후로는 언제고 편안하게 잠을 이룬 적이 없었다. 항상 신경이 곤두선 채로 하루를 보냈고 말을 꺼내는 것조차 불편한 매일이었다.

그들은 뚜렷하게 모습을 드러내고 위해를 가해오지는 않았지만, 자신들의 뜻을 거스르는 자가 생겨나면 가차없이 금빛을 뿌리며 힘을 발휘했다.

처음에는 반항적인, 적의에 찬 시선을 보내던 자들도 그런 일들이 몇 번 반복되자 잠잠해졌다. 하지만 그렇다고 해서 금의 일족에게 수긍하고 살아가는 것은 아니었다. 은의 일족들은 기회를 노리고 숨어 있는 것이다. 어떤 계기가 생겨날 때까지.

유원은 천천히 눈꺼풀을 들어 올렸다.

회뿌연 어둠 속에서 짙은 갈색의 나무 천정이 보이고, 시선을 조금 옆으로 옮기자 짙은 색의 긴 머리카락이 눈에 들어왔다.

'청색… 머리카락?'

문득 머리카락의 색에 신경이 미치자 유원은 순간적으로 정신이 번쩍 드는 것 같았다. 그러나 그것은 생각뿐이고 몸은 아직 잠에 취해 제 기능을 발휘하지 못하고 있었다.

가만히 생각을 굴려가던 유원은 자신이 알고 있는 이들 가운데 짙은 청색의 머리카락을 가지고 있는 것이 누구인지를 생각해 냈다.

"설마… 시류님?"

유원은 아직 잠이 덜 깬 상태여서 멍한 기색이 담긴 목소리로 물었다.

꿈이 아닌가 하는 생각 때문에 눈앞에 보이는 시류의 얼굴이 자신의 착각처럼 느껴졌다. 그도 그럴 것이 금의 일족들이 다른 수들은 모두 죽었고 시류는 살아 있기는 하지만 죽은 것이 차라리 나을 정도의 상태라고 이야기했기 때문이었다.

물론 유하의 입을 통해 시류가 안전한 곳으로 피신했다는 이야기를 듣기는 했지만 눈으로 직접 확인하지 않는 이상 불안은 사라지지 않았다. 더군다나 그 사실을 이야기해 주었던 유하는 노하에게, 금의 일족에게 붙잡혀 있는 몸이지 않았던가.

그렇게 생각이 흘러가는 동안 정신은 조금씩 명확해지기 시작했다. 그리고 그제야 유원은 시류에게 일어난 가장 큰 변화를 알아차렸다.

일족이라면 누구나 당연히 머리 위에 존재해야 할 뿔이 그의 머리 위에는 없었던 것이다. 그리고 시류의 옆에 있는 것은 단 한 번도 본 적이 없는 금의 일족의 여인이었다. 금의 일족이라면 대면하는 것조차 좋아하지 않던 시류가 어째서 금의 일족과 함께 있는 것인지.

유하를 따라온 금의 일족을 사비로 인정한 것은 예외의 경우가 아니었었나. 유하였기 때문에 그의 곁에 있는 자는 아무렇지 않게 인정해 버렸던 시류였다.

"오랜만이다, 유원."

"어떻게 여길… 그리고 제가 여기에 있다는 것은 어떻게……."

유원은 생각이 정리가 되질 않아 자신이 무슨 말을 하는지도 알지 못한 채 입을 뻐끔거렸다.

"힘을 되찾았기 때문에 움직이고 있는 것이지. 그리고 네가 이곳에 있다는 것은 그리 어렵지 않게 느낄 수 있었다. 예전에는 없었던 감각이라는 것이 생겼기 때문이지."

그리 길지 않은 몇 마디의 말을 듣고서 유원은 시류가 어딘지 모르게 달라졌다는 것을 느꼈다. 물론 가장 큰 변화는 머리 위의 뿔이 존재하지 않는다는 것이겠지만 그것뿐만이 아니었다. 자신이 잠에서 깨어나기 전에 느꼈던 미묘한 감각의 차이는 바로 시류의 몸에서 풍겨 나오는 어떤 느낌 때문이었던 것 같다.

오랫동안 알고 지냈던 만큼, 같은 피가 흐르는 만큼 더욱 친밀하게 느껴졌던 시류였는데 어떤 이유 때문인지 그런 감각이 많이 엷어진 것이다.

유원은 낮은 침상에서 몸을 일으켜 자리에 앉았다. 그리고 시류에게도 앉을 것을 권했다. 너무 정신이 없어서 자신이 누워 있다는 사실조차 잊고 있었던 것이다.

시류는 유원의 말에 따라 나란히 유원의 옆자리에 앉았다. 보통 때라면 시류는 이렇게 나란히 앉는 일은 하지 않았을 것이다. 아무리 혈연이라고 해도 엄연히 수는 일족의 지도자다. 처음부터 너무 다른 것이다. 그런 시류가 지금 아무렇지 않게 행동하는 것에 유원은 진심으로 놀라고 있었다. 유원은 애써 그런 기색을 감추며 물었다.

"금의 일족 감시자들에게는……."

"그들에게 눈치 채이지 않을 정도로 움직이지 못했다면 이 안에는 들어올 생각도 하지 않았을 것이다."

시류는 유원이 채 말을 잇기도 전에 대답했다.

그 모습을 보고 나서 유원은 더욱 확신하게 되었다. 시류는 확실히 예전과는 다르다고. 어쩌면 당연한 것이겠지만 충격이 아니라고는 말할 수 없었다. 지금은 모든 것이 예전과는 다르다. 자신이 처한 현실 역시 언제 어디서 어떤 일이 일어날지 모르는 불안 속의 매일이 아니었던가.

더군다나 시류는 가장 위에서 모든 것을 내려다보며 움직이던 존재. 가장 큰 여파가 미쳤을 것이 분명한 지위이다. 그런 만큼 시류의 변화는 당연한 것이지만 이상하다는 것을 부정할 수는 없었다.

자신이 아는 시류는 전신에서 피어 오르는 자연스러운 위엄을 가지고 있으면서도 일족들에게 신뢰받는 현명하고 강한 존재였다.

지금도 그런 느낌이 남아 있지만 과거와는 성질이 달랐다. 어딘지 모르게 위험스러워 보이기도 하는 그런 느낌. 멀리서밖에 보지 못했지만 마치 노하와도 닮은 듯한.

그 생각을 떠올리자마자 유원은 세차게 고개를 저었다.

자신이 지금 대체 무슨 생각을 한 것인지. 그럴 리가 없다.

아무리 어떤 큰일이 일어났다고 해도 시류가 그렇게 변할 리는 없다.

자신의 믿음을 배반하는 생각 따위는 하지 않는 것이 좋다.

조금 시간이 지나자 유원은 마음을 진정시켰다. 그리고 여전히 자리에 선 채 말없이 시선을 던지고 있던 금의 일족 여인과 시선을 마주쳤다가 재빨리 돌렸다. 아직 소개도 받지 않은 이상 어떤 존재인지 알지도 못하고 거부감이 피어 오르는 것을 부정할 수도 없었다.

그리고 고개를 젓거나 갑자기 심각한 표정이 되는 등 의외의 행동을 하는 유원을 시류는 말없이 지그시 바라보고 있을 뿐이었다.

분명 유원의 시선이 리가에게 닿았다는 것을 알 텐데도 시류는 먼저 나서서 그녀를 소개하려는 생각은 하지 않았다.

유원은 먼저 묻지는 못한 채 다른 화제로 말머리를 돌렸다.

"유하님은 만나 보셨습니까? 예전에 이곳에 오셨을 때의 유하님은 몹시 몸이 좋지 않아 보였습니다."

유원이 꺼낸 말은 당연히 그러리라고 예상하고 있던 내용이었다.

언제나, 누구를 막론하고 시류 자신과 유하를 묶어서 생각하는 것이 보통이었으니까. 아니, 바로 얼마 전까지만 해도 자신 역시 그렇게 생각하고 있지 않았던가.

하지만 단단하다고 생각했던 만큼 그것이 깨어지고 나자 더욱 아무런 흔적도 남지 않았다.

이상할 만큼이나.

"유하는 지금 금의 일족의 영토에 있다. 아니, 정확하게 말하자면 노하와 함께 있겠지. 어쩌면 죽었을지도 모르지만……."

덧붙여진 시류의 말에 유원은 되묻는 것조차 잊을 정도로 놀랐다.

분명 얼굴 표정 역시 놀라서 굳어진 채일 것이다.

"유하님이… 죽다니요……? 그게 대체……."

그리고 유원은 얼마간의 시간이 흐르고 나서야 겨우 더듬거리며 입을 떼었다.

시류의 말보다 더 유원을 놀라게 만든 것은 놀랍도록 담담한 시류의 얼굴이었다. 금의 일족이 모든 것을 앗아가기 바로 전만 하더라도 시류는 유하를 찾기 위해 자리를 떴을 만큼 유하를 모든 것의 최우선으로 생각했다. 유일한 사제이기 때문이기도 했겠지만 둘 사이에 흐르는 기이한 유대 관계는 옆에서 보는 이들조차 느낄 만큼 강하고도 미묘한 것이었다.

그랬는데 불과 몇 달 만에 이렇게나 달라진 시류를 보게 되다니.

정말이지 직접 보지 않았다면 믿기 어려운 현실이었다.

"바로 얼마 전, 이곳에 오기 전에 보았던 유하는 심각한 상처를 입고 있었다. 치료를 제대로 하지 않았다면 분명 죽음에 이를 만큼의 상처였지."

"그런데 어떻게……."

그런데 어떻게 그런 유하를 내버려두었느냐고. 아니, 그 사실을 알면서도 이곳에서 이렇게 아무렇지 않은 얼굴로 있을 수 있느냐고 물으려던 유원은 질문을 삼켰다.

아무래도 무언가가 이상하다. 자신이 아는 시류와는 너무나도 다르다.

뿔을 잃었음에도 불구하고 전혀 아무런 위축도 하지 않고 있는 시류. 더군다나 뿔을 잃었다고는 여겨지지 않는 당당한 태도. 움직임 역시 더욱 가볍고 조용해졌으면 조용해졌지 힘들어 보이지는 않았다.

"유대 관계라는 것은 타인에게 단단하게 여겨지는 관계일수록 더욱 깨지기 쉬운 것이지. 그리고 일시에 관심이 사라지면 그 전의 것은 아무것도 아니게 되어버린다. 나는 그걸 너무나 늦게 깨달았어."

확실하게 이름까지 꺼내면서 말한 것은 아니지만 유원은 시류의 말이 무엇을 뜻하는지 알고 있었다.

"나는 그것을 깨닫고 나서 유하에게 마지막으로 인사를 건넨 것뿐이다. 그동안의 기억을 새겨준 것뿐이야."

자신도 모르게 몸이 굳어진다.

이런 시류는, 이런 얼굴의 시류는… 시류가 아니다.

절대로 시류가 될 수 없다!

그런 유원의 충격을 아는지 모르는지 시류의 말은 이어지고 있었다.

"더 이상 약하기 때문에 이런 대접을 받을 필요는 없다. 그들이 힘이 있다면 우리는 그들에 비해 월등한 숫자가 있다. 나는 이런 식으로 무너져 내리는 것은 바라지 않아. 그리고 더 이상은 사제의 힘도 필요하지 않다. 미래를 내다보는 힘이 있어도 그걸 막아 낼 힘이 없으면 아무런 일도 이루어지지 않을 테니까."

어떻게 이렇게나 시류가 변해 버린 것일까.

항상 따스한 존재라고 여겼던 시류가. 일족들이 어느 누구도 반감을 가지지 않고 시류를 따랐던 것은 그의 마음이 모두에게 전해질 만큼 진실했기 때문이었다. 그리고 그것을 증명할 만큼의 힘을 가지고 있었기 때문이다. 그러나 이런 식이라면… 이렇게 달라져 버린 생각을 가진 시류라면 두려움만을 느낄 뿐이다. 적어도 유원은 그렇게 느꼈다.

그리고 유하를 그렇게 버릴 수 있는 시류는 이미 시류가 아닌지도 모른다. 다른 모든 현실이 뒤바뀐 것처럼 변하지 않을 것이라 여겼던 사실에도 당연하게 변화는 찾아온다.

그것도 예상하지 못한 최악의 방향으로.

"리가, 이쪽으로 와라."

시류의 입에서 금의 일족 여인을 부르는 말이 나오자, 그녀는 가볍게 고개를 까딱해 보이고 나서 걸음을 옮겨 시류의 앞으로 다가왔다.

외모만을 보자면 무척이나 단정한 느낌을 주는 모습이었지만 그녀는 결코 자신의 속을 조금도 내보이지 않을 것 같은 껍질 안에 모든 것을 감추고 있는 것 같았다.

"리가다. 지금까지 많은 도움을 받았지. 그리고 지금은 날 보좌하는 역할을 하고 있다. 누구보다 유능하지."

시류의 소개는 간단하게 끝났지만 유원은 더 이상 놀랄 수 없을 만큼 놀랐다. 그랬기 때문에 나지막한 한숨을 내뱉었다.

시류가 누군가를 이렇게 평가한 것은 처음이었다.

"시류님과 혈연이라고 들었습니다. 그렇기 때문에 더 더욱 시류님의 뜻을 잘 이해하리라 생각합니다. 앞으로 잘해 나갈 수 있도록 하지요."

외모만큼이나 담담한 음성으로 말을 꺼낸 리가라는 여인을 바라보며 유원은 힘없이 고개를 끄덕였다.

어느덧 날은 이른 새벽에서 아침을 향해 달려나가며 변화해 가고 있었다. 그 증거로 어둑어둑하던 방 안에 아침의 희미한 햇살이 새어 들어오기 시작했다.

"유원, 너는 이제부터 리가를 통해 내게 연락을 취하는 일을 하도록 해라. 적어도 리가의 얼굴을 모르는 상태에서라면 금의 일족인 그녀를 의심할 자는 없을 테니까."

유원은 대답을 해야 할지 그렇지 않으면 거절해야 할지 망설였다. 그러나 결국은 대답은 마음과는 반대로 흘러나왔다.

"알겠습니다."

달라져 버린 시류는 절대적이었다.

거부해서는 안 될 것 같은 강함을 지니고 있는.

"그러면 시류님은 어디에 계실 생각이십니까?"

유원의 질문에 시류는 당연하다는 듯이 답했다.

"내가 어디에 있을 거냐고 묻다니 많이 무뎌졌군, 유원. 당연히 나는 수가 있어야 할 곳으로 간다. 청의 수는 아니지만 나는 이제 은의 일족 전체를 이끌어야 할 은의 수니까."

유원은 온몸이 뻣뻣이 굳는 듯한 감각에 아무것도 할 수가 없었다.

그저 시류의 입에서 새어 나온 은의 수라는 말만이 메아리처럼 머리 속을 맴돌았다.

시류와 리가를 보내고 나서도 몇 시간이 지나서야 유원은 자리에서 일어나 식사를 하기 위한 준비를 시작할 수 있었다.

믿을 수 없었다.

두 눈으로 확인하고 두 귀로 그 말들을 들은 지금도 여전히 믿어지지 않아서 조금 전의 말들을 뚜렷하게 되살리는 것이 불가능했다. 그저 지나간 꿈이었을 거라고 치부해 버렸을 만큼.

그야말로 꿈처럼 나타난 시류는 일방적으로 말을 건네고 나서 이제는 아무도 살 수 없게 되어버린 과거의 처소로 떠나갔다. 금의 일족들이 지키고 있지 않다고는 하지만 위험이 도사리고 있을 그곳으로.

대충 손에 집히는 과일 몇 개를 소반에 올려놓은 채 탁자 위에 내려놓으며 유원은 다시 한 번 한숨을 내뱉었다. 처음 시류가 되돌아왔다는 것을 깨달았을 때의 기쁨과 놀라움은 이미 사라진 지 오래고 지금은 망연함만이 가슴을 누르고 있다.

곁에 있지 않았던 자신은 시류가 이렇게나 달라져 버린 원인을 알지 못하기 때문에 그를 탓할 수만은 없다. 하지만 일전에 만났던 유하의 쓸쓸해 보이는 눈동자가 떠올라서 가슴이 답답했다.

그보다 죽음에 이를 정도의 상처를 입었다는 유하가, 그것도 시류의 손에 입었을 것이 분명한 그 상처를 지닌 채 유하가 일어설 수 있을지가 문제였다.

금의 일족들에게 점령당하기 전의 시류의 거처에 있던 유하는 무척이나 밝았었는데, 지금은 모든 것이 틀어져 버린 지 오래다. 시류가 이렇게나 변했는데 유하도 변하지 않았을 가능성이 없는 것은 아니다.

하지만 어쩌면 지금은 변해 버린 시류가 일족들을 이끌 수 있을지도 모른다.

그 정도로 강하게 마음을 먹지 않는다면 금의 일족들의 틈에서 살아남을 수 없을 테니까. 변해 버린 시류를 탓하기보다는 그를 그렇게까지 만들어 버린 시간의 잔혹함을 탓하는 수밖에는.

유원은 그렇게 생각하며 과일 하나를 집어 들고 입가에 가져갔다.

달콤한 즙이 목을 타고 넘어간다. 그러나 평소만큼 그 맛이 느껴지지 않는 것은 자신의 마음이 너무나 복잡하기 때문일 것이다.

'유하님, 부디 살아계셔 주십시오. 다른 것은 바라지 않습니다.'

유원은 속으로 기원했다.

예전에 시류가 살아 있기를 기도했듯이 그렇게.

폐허가 되어버린 듯한 과거의 장소는 인적이 없기 때문인지 몰라도 무척이나 을씨년스러웠다. 아침의 햇살이 내리비치고 있었음에도 불구하고 회색으로 가라앉은 듯이 보여 시류는 마음이 쓸쓸해졌다.

정말 얼마 되지 않은 과거만 해도 자신은 이곳에 있었다.

당당하게 아래를 내려다보면서 청의 수 시류로서 이곳에 서 있었다. 그러나 지금은 자신과 리가 이외에는 어떤 인적도 보이지 않는 한적하다 못해 고요한 이곳에 발을 디딘 채 과거를 회상하고 있었다.

건물의 파손은 거의 없었다. 단지 바닥에 두꺼운 먼지가 쌓여 있어 그때로부터 시간이 흘렀음을 알려주고 있을 뿐.

"금의 수의 거처와 다를 바가 없군요. 조금 한적하고 평화로운 느낌의 장소라고 말하는 편이 옳겠지만……."

리가의 말에 시류는 가볍게 고개를 끄덕여 보였다.

"이곳에 많은 이들이 있었다는 것이 거짓처럼 느껴질 만큼 고요하군."

"저희에게는 오히려 잘된 일입니다. 금의 일족들은 명령받지 않은 곳을 함부로 살피거나 하는 이들이 없으니까요. 조용히 지내기만 하면 노하에게 발각되는 일은 없을 겁니다."

"그렇겠지."

짧게 답하고 나서 시류는 계속 걸음을 옮겨 예전에 자신이 거닐었던 곳들을 차례로 둘러보았다. 변한 것은 거의 없었다. 단지 그것을 바라보는 자신의 변화를 제외하면.

이제 모든 것을 새로 시작해야 한다. 바로 이곳에서.

"비전서의 방은 어떤 곳입니까?"

조용히 시류의 뒤를 따르던 리가가 물어왔다.

"잠시 기다리면 비전서의 방을 볼 수 있을 거다."

"네."

리가는 얌전히 답하고는 시류의 뒤를 따랐다.

속으로 깊이 들어갈수록 건물은 섬세하고 화려한 면모를 드러냈다.

금박이 입혀진 벽과 아름답게 조각된 난간이나 문들을 보며 리가는 소리없이 감탄했다. 알지 못하고 있던 은의 일족들의 면모를 이런 쪽으로 발견하게 되다니. 조금은 의외였지만 그녀는 순수한 감탄을 감출 생각은 하지 않았다.

시류는 멈춤없이 굽어진 복도를 지나고 문을 열고 앞으로 나아가 다른 장소와는 느낌부터가 다른 어떤 곳으로 들어섰다. 무채색의 느낌이라고 설명하는 것이 옳을까.

다른 곳과는 달리 별다른 장식 없이 단순하고 무겁게 꾸며진 복도로 들어선 시류는 가만히 멈춰 선 채 손을 들어 올려 어느 한 지점을 가리켰다.

"저곳이 바로 비전서의 방으로 들어서는 입구다."

리가는 시류의 손을 따라 시선을 옮겼다.

자세히 보지 않으면 문이라는 것을 알아보기 힘들 정도로 벽과 비슷한 색채로 만들어진 문에는 돌로 된 손잡이가 달려 있었다.

"궁금하면 문을 열어보아도 좋다."

시류의 말을 듣고 나서 리가는 가만히 자신을 바라보고 있는 시류의 시선을 느끼며 천천히 걸음을 옮겨 손을 내밀었다.

차갑게 식은 돌의 감촉이 손끝으로 전해져 온다.

은의 일족들에게 무엇보다 중요하게 여겨졌던 비전서. 지금은 그것을 읽어낼 사제조차도 이곳에는 존재하지 않는데 자신이 그 곳에 들어서게 된 것이다.

말로 들어왔을 때에는 그리 궁금하지 않았지만 막상 그 앞에 서게 되자 저절로 손이 움직이는 것 같았다.

리가는 손에 힘을 주었다.

돌로 만들어져 있어서 여는 것이 힘들 거라 생각했던 것과는 달리 문은 쉽게 열렸다. 그리고 시선을 안으로 옮기자 안쪽은 어둠에 감싸여 있었다. 마치 밖과는 별개의 장소인 것처럼 조금의 빛도 미치지 않는 어둠.

이런 곳에서 과연 미래를 읽어내고 모든 것을 볼 수 있었을까, 라는 의심이 떠오를 만큼 의외의 장소.

"안으로 들어가지."

어디서 가져왔는지 시류의 손에는 푸른색의 빛을 발하는 등이 들려 있었다.

그 등의 불빛에 인도되기라도 한 것처럼 리가는 비전서의 방 안으로 한걸음을 들여놓았다.

리가의 뒤를 따라 시류가 안으로 들어서자 주위는 푸르스름한 빛으로 온통 감싸인 것처럼 보였다.

시류가 들고 있는 불빛이 미치는 범위 내에서 주위를 둘러보자 비전서의 방이 어떤 구조인지 알 수 있었다. 지금 들어선 문 이외에는 어떤 빛을 투과시킬 만한 틈조차 없는 비전서의 방. 그리고 벽과 바닥에는 온통 무언가로 채워져 있다. 아니, 파여 있었다.

"이미 손을 댔군……."

시류의 나지막한 중얼거림의 의미를 리가는 얼마 지나지 않아 알 수 있었다.

주변은 온통 긁힌 듯한 자국으로 가득했던 것이다. 분명 뿔의 힘일 것이 분명한.

예전에는 무언가로 가득 채워져 있었을 사방의 돌 벽은 가득 패인 자국만을 남긴 채 자리를 지키고 있었다.

제40장

조각

　"왜 너희들까지 그런 소리를 하지? 날 생각해 주는 것은 알지만 더 이상 답답한 장소에 있고 싶지는 않다."

　유하가 그답지 않게 언성을 높이고 있는 것을 보면서 시라와 미르는 마음속으로 한숨을 내쉬고 있었다.

　사실을 말하기에는 마음이 너무 아프고, 그렇다고 말하지 않고 유하의 뜻을 거스르는 것 역시 힘든 일이기 때문에.

　그러나 그런 속사정을 알지 못하는 유하는 진심으로 화를 내고 있는 것처럼 보였다.

　단순하게 움직이게 하지 못해서가 아니라 자신이 마음을 열고 있는 이들이 자신의 뜻을 거스른다는 이유 때문에.

　"유하님, 완전히 나으실 때까지는 움직이지 않는 것이 좋습니다. 유하님도 잘 알고 계시지 않습니까. 가장 중요한 것은 건강 상태입니다."

"내가 죽기라도 할 것 같나? 그래서 그렇게 말하는 건가?"

신경질적인 유하의 말에 자매는 어떻게 대처해야 좋을지 알 수 없었다. 아무리 움직이지 못하는 상태가, 그것도 침상을 벗어나는 것조차 불가능한 상태가 오래 지속되었다고는 하지만 유하가 이런 식으로 화를 낸다는 것은 상상외의 일이었다.

자신들이 지금까지 모셔온 유하는 어떤 일이 있어도 언성을 높이지 않고 참고 인내하는 모습만을 보여왔다.

"유하님, 제발 조금만 더 참아주세요. 다 유하님을 위한 일입니다."

결국은 미르가 눈물 섞인 목소리로 애원을 했다.

"답답하신 것은 잘 알고 있지만 유하님이 잘못되는 것을 보는 건 죽기보다 싫은 일이에요, 유하님……."

결국은 눈물을 떨구는 미르를 보며 유하는 한숨을 내쉬었다.

"알았다."

겉으로는 계속 울고 있었지만 미르는 마음속으로 자신의 눈물 작전이 유효한 것을 알고 안도했다.

"유하님, 그럼 쉬십시오. 주위에 있겠습니다."

그렇게 말하고 나서 자매는 유하의 시야에 들어오지 않는 곳으로 자리를 피했다.

자매들의 모습이 사라지고 나자 유하는, 아니, 서희는 깊게 한숨을 내뱉었다.

정말이지 이렇게 답답한 건 질색인데 아무도 자신을 도와주지 않는다. 어디로 멀리 가겠다는 것도 아니고 그냥 잠시 밖에 나가서 바람을 쐬고 싶다는데, 그것도 들어주지 않다니 정말 해도해도 너무한 게 아닌가. 이제는 처음처럼 많이 아프지도 않고 상처도 많이 아물었는데.

여전히 움직이지 못하게 하는 것은 마음에 들지 않는다.

물론 아직까지 혼자 힘으로 걷는 것에는 무리가 있지만 그 정도라면 부축을 받고 움직일 수 있을 텐데.

'아니야, 참아야지. 이 정도로 화를 내면 유하님의 이름이 울 거야.'

서희는 그렇게 스스로를 달래며 억지로 웃으려 노력했다.

정말이지 이렇게 가만히 있는 것은 성미에 맞지 않는다. 몸만 혼자 힘으로 움직일 수 있었다면 진작에 도망쳤을 것이다.

"하아……"

버릇처럼 입에 달라붙어 버린 한숨이 또다시 새어 나온다.

'시류가 제일 나빠.'

결국 원인으로 돌아가 보면 그곳에는 시류가 있다.

유하의 마음을 알아주지 않은 채 자신의 길로 혼자 떠나 버린 시류가.

친구라는 이름이 그것밖에 되지 않는다는 것이, 이백여 년의 우정이 그 정도밖에 되지 않는다는 것이.

아무리 영혼이 닮아 있어도 그 둘 사이의 유대감만은 이해하지 못할 거라고 여겼었는데, 이제는 이해할 가치도 없는 것이라 여겨진다.

그렇게 쉽게 부숴 버릴 정도라면 아예 생각을 떠올릴 필요조차 없다고.

'됐어. 지난 일을 생각해 봤자 득이 될 건 하나도 없잖아.'

서희는 고개를 저으며 시류에 대한 생각을 떨쳐 버렸다.

'그나저나 은선이는 어딜 가서 이렇게 안 오는 거야. 설마… 바

사기는 아직도 쇼크에서 깨어나지 못한 건가.'

놀라서 자신의 마음속으로 도피해 버린 바사기를 생각하면 웃음이 나온다.

놀라기도 했겠지. 유하를 거의 신 정도로 떠받들고 있던 바사기였으니.

'아니, 신은 너무한가? 그러면 이상 정도로 낮추지 뭐.'

어쨌거나 충격이 크기는 큰 모양이다. 며칠이 지나도 계속 은선인 채로 대화가 가능한 것을 보면.

바사기가 이 정도인데 다른 이들이 사실을 알았을 때 어떤 반응을 보일지는…….

하지만 오히려 믿지 않을지도 모른다. 바사기야 자신의 안에 타인이 있다는 것을 경험하고 있기에 수긍할 수 있었겠지만 다른 이들은 다르지 않은가.

"대체 언제까지 이렇게 있어야 하는 거야."

서희는 중얼거리며 밖으로 시선을 돌렸다.

반쯤 열린 창문 사이로 녹색의 잎을 가진 나무가 보였다. 사시사철 변함이 없는 색 중 하나가 바로 저 녹색이다. 겨울이 되어도 지지 않는 잎의 색과 같은 빛깔이자 푸르름의 상징.

몇 번이고 그렇게 계절이 움직이는 것을 보아왔다. 이서희로서 살아왔던 시간들 동안, 그리고 유하의 시간들 동안 그 무수한 계절을 바라봐 왔다.

'벌써 그렇게 되었나.'

어느덧 자신이 이곳에서 지낸 지도 몇 년이 흘렀다는 생각이 들자 서희는 뭔가 말로는 확실하게 표현할 수 없는 느낌이 가슴에 퍼져 가는 것을 느꼈다.

많은 일이 있었고, 지금 역시 여러 가지 일들을 겪고 있는 중이다.

처음에는 두렵고 낯설기만 했던 이곳에 적응하고 이제는 왜 자신이 이곳에 오게 되었는지도 알게 된. 그랬기 때문에 존재 자체의 불안을 느끼지는 않는다. 그저 자신에게 다가온 상황들에 대처해 나갈 뿐.

그러나 그것들이 예상을 벗어난 것들뿐이라는 것이 문제라면 문제이긴 하지만.

유하의 마음이 상처를 딛고 되돌아올 때까지는 자신이 모든 것을 어떻게든 움직여 가야 한다. 하지만 유하가 원하던 일족이 원래의 상태로 되돌아가는 것을 자신이 어떻게 할 수 있을까에 대한 질문에는 확신이 서질 않는다.

아니, 오히려 자신에게 그런 생각이 없다고 말하는 편이 옳은지도 모른다.

유하와 함께 모든 것을 공유할 때의 자신은 은의 일족을 향한 마음이 더욱 강해지지만 서희 혼자만으로 모든 것을 움직여갈 때는 그런 마음이 많이 반감된다. 그냥 눈앞의 상황을 어떻게든 타개해 가는 것만을 생각할 뿐 먼 미래의 일까지 내다보지는 않는 것이다.

이것이야말로 자신과 유하의 차이인 거라고 서희는 생각했다.

'그래, 몸이 다 나은 후에는 뭘 할 건데? 그걸 먼저 생각해야지, 이서희.'

서희는 스스로의 마음에 물었다.

지금이야 몸이 제 상태가 아니니 이렇게 침상에 눕거나 앉아서 밖을 내다보고 있거나, 답답함 때문에 화를 내거나 하고 있지만 몸이 완전히 다 나아서 원래대로 돌아간다면 무엇을 어떻게 할 것인지. 그것에 대한 생각은 처음부터 조금도 하고 있지 않았다.

마냥 유하가 돌아오면 어떻게든 되겠지, 라는 생각을 하고 있을 수만은 없지 않은가. 그런 불확실한 기대만을 건 채 기다릴 순 없다.

'그냥 이대로 금의 일족인 채로 지내는 것도 나쁘지는 않을 거라 생각하지만……'

정말 그렇게 해버릴까, 라는 생각도 들었다.

자신이 할 수 있는 것은 아무것도 없고, 시류도 떠나 버렸는데 그렇게까지 은의 일족이라는 이름에, 사제라는 이름에 얽매일 필요가 있는지. 오히려 그 모든 것을 벗어버릴 수 있어서 좋은 게 아닌지. 하지만 마음 한구석에서 일어나는 불안은 그것만이 진실은 아니라고 말해 주고 있었다.

"이렇게 답답할 때는 비전서를 보는 게 제일인데……"

서희는 혼잣말로 중얼거렸다.

버릇이 되어버렸는지도 모른다. 해결되지 않는 의문점에 맞닥뜨렸을 때 언제나 비전서가 길을 비춰주었기 때문에.

하지만 지금은 그 비전서도 파괴되지 않았던가. 물론 파괴되었더라도 그것을 읽지 못하는 것은 아니지만 지금은 그곳에 갈 수조차 없다.

'그러면 할 수 없지… 억지로라도 사제의 힘을 써보는 수밖에는……'

서희는 답답함과 미래에 대한 불안을 풀기 위한 해결책으로 사제의 힘을 사용하는 것을 선택했다.

그렇게라도 하지 않으면 마음이 너무나 답답해서 미쳐 버릴 것 같았기 때문에.

'자, 그럼 미래를 한번 내다보는 거야. 가능할지 어떨지는 잘 모르겠지만.'

서희는 생각을 정리하면서 앉은 자세 그대로 눈을 감았다.

"유하가 언성을 높이며 화를 냈다고?"

"네, 그렇습니다. 저도 직접 듣지 않았으면 믿지 못했겠지만 사실입니다."

노하는 무척 흥미롭다는 얼굴을 한 채 웃었다.

약의 힘 덕분인지 유하의 상처는 조금씩 아물어가고 있었다. 통증은 많이 사그라든 것 같았지만 여전히 스스로의 힘으로는 움직이는 것이 힘들 정도로 상처가 호전되는 속도는 더뎠다.

잘못 움직이면 그만큼이라도 아문 상처가 금방 덧날 것이기 때문에 유하가 말하는 다른 모든 것들은 다 들어주고 있지만 움직이는 것만은 주위에서 만류하게 하고 있었다. 그런데 유하가 그것을 견디지 못하고 화를 냈다?

정말 믿어지지 않는 일이다.

어쩌면 시류의 배신 때문에 유하의 마음속에서 지금까지 그의 감정을 잠그고 있던 고리가 풀어져 버린 것인지도 모른다.

노하는 그동안은 되도록 유하에게 가지 않았지만 오늘만큼은 그의 얼굴을 봐야겠다는 생각이 들었다. 감정의 고리를 풀어버린 유하는 어떤 얼굴로, 어떤 눈으로 자신을 볼지 자못 궁금하다.

유하에게서 느낀 흥미 때문에 노하는 조금 전 자신이 읽고 있던 문서의 내용을 아무렇지 않게 넘겨 버렸다. 시류의 뒤를 쫓고 있던 감시자들이 그의 종적을 놓쳤다는 내용을.

하지만 아무렇지 않게 넘겨 버릴 만큼 노하에게는 자신감이 있었다. 아무리 시류가 깊이 숨는다고 해도 결국은 찾아낼 수 있게 마련이다. 발길이 닿는 모든 곳은 바로 노하, 자신의 영토였기 때문에.

"유하의 처소에 잠깐 들러보기로 하지."

"네, 노하님."

노하는 의자에서 몸을 일으키고는 살펴보던 문서들을 접어두었다. 지금은 마음의 흥미를 만족시켜 주는 것이 가장 중요하다.

"역시 풍경 하나는 끝내주게 멋있다. 데이트 코스로 정말 좋겠어."

은선은 진심으로 만족한 채 중얼거렸다.

원래 자신이 살고 있는 세상에도 이만한 경치가 있다면 정말 행복할 것 같았다. 어디를 둘러보아도 답답하게 막혀 있는 공간 따위는 없다.

건물 하나하나가 다 문화재 수준이고 풍경은 예술 사진이나 오래된 멋진 그림을 방불케 한다. 그리고 그 속에서 살고 있는 이들 한 명 한 명이 또 다 전설의 존재인 도깨비들이 아닌가.

빌딩으로 따지자면 5층 정도 높이의 건물 복도에서, 정확하게 말하자면 나무로 만들어진 난간이 세워져 있는 테라스 정도로 보이는 장소에서 은선은 바람을 맞으며 여러 가지에 감탄을 하고 또 감탄을 하고 있었다. 이곳에 온 이후로 이 정도로 여유있게 주변을 둘러본 것은 오늘이 처음인 것 같았다.

그렇게 위험해 보이는 난간에 팔꿈치를 기댄 채 밖을 바라보고 있던 은선은 디귿 자 모양으로 휘어진 복도 건너편에서 누군가가 걸어오는 것을 발견하고는 시선을 움직였다. 얼마 지나지 않아 검은색의 자락이 긴 옷을 입고 있는 자가 노하라는 것을 알아채고는 인사를 해야겠다는 생각이 들었다.

난간에서 몸을 떼고 반대편으로 돌아선 은선은 노하가 다가올 때까지 기다렸다. 노하의 뒤에서는 사야만이 조용히 움직이고 있었다.

그렇게 노하가 막 앞을 스쳐 지나려는 순간이었다.

"아… 노하님, 안녕하세요."

갑자기 노하의 표정이 기이하게 일그러졌다.

밝고 명랑한 목소리로 인사를 건넸던 은선은 그의 표정을 보고 나서야 자신이 어떤 실수를 범했는지 깨닫고 굳어졌다.

'대체 무슨 소릴 한 거야……'

식은땀이 흐를 것 같았다. 명랑한 목소리로 인사라니. 게다가 말투도 장난이 아니었다. 자신이 듣기에도 놀랄 정도인데 노하는 어땠을까.

하필이면 노하에게 이런 실수를 하다니, 다른 누구도 아닌 노하에게.

잔뜩 긴장한 채 노하의 말을 기다리고 있던 은선은 노하가 한동안 시선만을 자신에게 향한 채 아무 말도 건네지 않자 이상하다는 생각이 들었다.

물끄러미 노하를 응시하자 그는 피식하고 한번 웃더니 다시 걸음을 옮기기 시작했다. 은선은 노하가 왜 그렇게 웃었는지 이해할 수 없어서 멍하니 선 채 길을 가는 노하의 뒷모습을 바라보았다.

'뭐지?'

노하답지 않은 반응이다.

자신도 이렇게나 놀랐는데 노하가 아무 반응도 없이 그냥 웃기만 했다는 것은.

십년감수한 기분이기는 하지만 이렇게 얼렁뚱땅 넘어가 버리자 더욱 이상하다는 생각이 들었다.

'아, 빨리 서희한테 가봐야 하는데… 안 온다고 화낼지도 몰라.'

하지만 가만히 생각해 보자 방금 노하가 움직인 방향이 바로 서희가, 아니, 유하가 있는 방 쪽이다. 지금 가면 마주칠 것이 분명했기 때문에 은선은 잠시 시간을 뒤로 미뤄두기로 결심했다.

'조금쯤은 이해해 주겠지.'

그렇게 스스로를 위안하면서.

유하의 방문 앞에 다다르자마자 노하는 이상한 기색을 느꼈다.

방 안에서 뭔가 이상한 느낌이 전해져 온다.

방 밖의 사비들은 그 기색을 알아차리지 못했는지, 아니면 알면서도 어떻게 해야 하는지 알지 못해 그런 것인지 아무런 움직임도 보이지 않고 있었다. 그저 노하의 모습이 나타나자 고개를 숙이기에 정신이 없는 것인지도 몰랐지만.

'설마……'

설마 유하가 힘을 사용하고 있는 것은 아닌가, 라는 생각이 들자 노하는 서둘러 방 안으로 들어섰다.

문이 열리자마자 노하는 방 안이 온통 희뿌연 안개에 잠겨 있는 듯한 느낌을 받았다. 어쩌면 실제로 안개가 방 안을 메우고 있었는지도 모른다. 하지만 그 안개는 무척이나 온화한 느낌의 안개였다. 마치 아련한 환상처럼.

노하는 그 안개 속을 걸어 유하의 침상이 있다고 여겨지는 쪽으로 나아갔다. 분명 뿔의 힘을 사용하고 있다면 눈에 보여야 할 은빛은 없었고 오직 안개만이 주위에 넘실거리고 있었기 때문에 더욱 이상하다는 느낌이 강하게 들기 시작했다.

"사야, 주위를 잘 살펴라."

"네."

사야의 목소리 역시 평소보다 훨씬 더 조심스러웠다.

말하지 않아도 이미 준비를 끝마친 모양이었다. 노하는 더 이상 사야에게 신경을 쓰지 않은 채 앞으로 나아가는 것에만 전념했다.

방 자체가 기이한 공간으로 변모한 것처럼 단지 몇 걸음을 나아가는 것에 불과했음에도 불구하고 무척이나 먼 거리로 느껴졌다.

걸음을 옮길 때마다 주위의 광경들이 달라졌다. 방 안에 존재해야 할 가구들은 보이지 않고 점점 더 깊어지는 듯한, 그리고 넓어지는 듯한 느낌만을 풍겨내며 길은 변화하고 있었다.

한참을 걸어도 유하가 누워 있는 침상에 다다르지 않자 노하는 언제든 뿔의 힘을 발휘할 수 있도록 힘을 한곳으로 모았다.

그렇게 얼마나 더 걸었을까.

귓가에 소리가 들려오기 시작했다.

숲을 휩쓸고 지나가는 바람 소리 같은.

노하는 여전히 긴장을 풀지 않은 채 주변을 둘러보았다.

귓가에 바람 소리를 타고 새소리가 들려오는 것 같았다. 일각수의 발굽 소리도 함께.

'대체 이곳은……'

노하는 지워지지 않는 놀라움 때문에 현재의 상황을 제대로 판단할 수가 없었다.

그리고 얼마 지나지 않아 노하를 놀리기라도 하듯 믿겨지지 않는 광경이 눈앞에 펼쳐지기 시작했다.

결코 방 안에 이런 공간이 있으리라고는 상상할 수 없을 만큼의 넓이를 가진 초원이 들어서 있었다. 옅게 가라앉은 안개에 잠긴 초원은 옅은 푸른빛으로 물든 채 이따금씩 불어오는 바람에 몸을 내맡긴 채 흔들렸다. 그리고 그 중앙에는 천 년은 살았을 법한 거대한 나무 한 그루와 나무뿌리를 감싸듯 흐르는 얕은 시내가 있었다.

그리고 시야를 채우는 은청색의 빛깔.

거대한 나무에서 튀어나온 뿌리에 몸을 비스듬히 기댄 채 누워 있는 유하의 모습이 그곳에 있었다. 평소보다 몇 배는 더 긴 듯이 보이는 은청색 머리카락의 반은 시내에 잠긴 채 물살에 따라 흔들렸다. 마치 머리카락 자체가 물이 되기라도 한 것처럼.

"유하……?"

노하는 간신히 입을 떼어 유하의 이름을 불렀다.

그러나 잠든 것처럼 눈을 감은 채 유하는 미동조차 보이지 않았다.

"…피……?"

기이한 광경에 휘말려 미처 보지 못했던 또 하나를 찾아내고 노하는 소리내어 말했다. 왠지 모르게 망연함이 담긴 듯한 음성으로.

하지만 노하가 놀란 것도 당연했다. 나무뿌리에 기댄 채 잠들어 있는 유하의 상체는 붉은색이었다. 분명 아물었어야 할 상처에서 피가 흘러나와 하얀 청의를 물들이고 있었던 것이다. 마치 처음 상처를 입은 채 이곳으로 되돌아왔던 그날처럼.

노하는 지금의 이 광경이 현실인지 아닌지를 증명하기 위해 주변에 있을 사야를 부르려고 했다. 그러나 고개를 돌린 순간 이 공간 안에 존재하는 것은 자신과 유하뿐임을 깨달았다. 분명 자신의 뒤를 따라오고 있어야 할 사야의 모습은 어느새 온데간데없이 사라져 있었다.

지금까지 노하를 이렇게나 당황하게 만든 일은 없었다. 그 자신의 힘으로도 어떻게 할 수 없을 만큼 기이한 현실에 그는 어떻게 움직여야 할지 망설이고 또 망설였다.

그러나 결국은 걸음을 옮겨 유하의 곁으로 다가서는 쪽으로 마음을 굳혔다. 이것이 현실이든, 혹은 환상이든 간에 분명 유하와 관계가 있을 것이 틀림없었기에.

몇 걸음을 내딛는 동안에도 주변의 풍경은 계속 변화했다. 초원이라고 생각했던 푸른 초지는 어느새 깊은 계곡 속의 험난한 땅으로 변모했다. 야트막한 언덕이 생겨나고, 거대한 나무에 점차로 잎이 무성해졌다.

바닥에는 나무에서 떨어졌을 것이 분명한 빛 바랜 나뭇잎들이 가득 쌓여 본래 땅의 색을 알아볼 수 없게 만들었다.

그런 와중에도 유하가 누워 있는 곳만은 변화가 없었다. 피가 배어 있는 상처 부위에 시선을 던진 노하는 곧 이어 유하의 얼굴로 눈길을 옮겼다. 그리고 그의 얼굴이 너무도 평온함을 알고 놀랄 수밖에 없었다.

정말 깊은 잠에 빠져 있는 것처럼 유하의 얼굴은 너무나도 평온하고 고요해 보였던 것이다.

"유하."

노하는 다시 한 번 유하를 불렀다. 그러나 여전히 돌아오는 대답은 없었다.

시야에 잡히는 깃과 달리 유하가 있는 곳까지의 거리는 상당히 멀었다.

처음 유하의 모습을 발견하고 나서도 한참의 시간이 더 지나서야 노하는 겨우 유하가 있는 곳에 다다를 수 있었다. 약간의 빛만이 새어 들어오는 울창한 숲 속. 그중에서도 오래된 고목의 뿌리에 몸을 기댄 채 잠든 유하의 얼굴을 내려다보며 노하는 작은 한숨을 내쉬었다.

그리고는 천천히 허리를 숙이고 자리에 앉았다. 손을 내밀어 유하의 얼굴에 가져가자 희미한 온기가 느껴졌다.

여전히 피를 흘리고 있는 유하의 모습을 대했지만 이상하게도 그것이 위험해 보이지는 않았다.

물에 잠긴 유하의 머리카락은 여전히 물살에 따라 아래로 아래로 흘러내렸다. 머리 위에 자리 잡은 흰색의 뿔에서는 가까이에서만 알아볼 수 있을 정도로 미미한 빛이 새어 나오고 있었다. 잠든 상태에서도 힘을 사용하고 있는 것일까.

평안해 보이는 유하의 얼굴을 보자 노하 역시 마음 한구석이 풀리는 듯한 느낌이었다. 지금까지 단 한 번도 타인에게 내보인 적이 없는 단단한 마음이 부드럽게 열리는 듯한.

마치 세상에 태어나 처음으로 공기를 들이마신 그 순간으로 되돌아간 듯한. 그런 순수함이 전신을 휘감기 시작했다.

"노하님?"

조금은 놀란 듯한 기색이 담긴 유하의 음성을 듣고 노하는 문득 정신을 차렸다.

눈을 뜨자 조금 전까지 주변을 감싸고 있던 기이한 광경은 모두 사라지고 자신은 유하의 앞에 가만히 선 채 그를 내려다보고 있었다.

단 한 순간에 기나긴 꿈을 꾼 것처럼, 혹은 환상 속에 내던져진 것처럼 노하는 망연함을 느끼고 있었다.

그리고 서희는 서희대로 망연함을 느끼고 있던 중이었다.

미래를 내다보기 위해 힘을 사용했는데 자신이 불러낸 것은 잠든 유하가 쉬고 있는 깊은 마음속의 장소였던 것이다.

유하만의 금역.

언제나 유하가 가장 편안함을 느끼는 고요하고도 깊은 숲 속. 인적이 닿지 않은 깊고 한적한 숲 속에서 잠들어 있는 유하를 발견하자 그의 휴식을 방해할지도 모른다는 생각 때문에 서희는 재빨리 그 자리를 벗어났다. 그리고 발견한 것이 자신의 앞에 선 채 어울리지 않는 멍한 시선을 던지고 있는 노하였다.

"무슨 생각이라도 하고 계셨습니까?"

나지막한 질문에 노하는 대답없이 가만히 시선만을 움직였다. 그리고 이어지는 관찰하는 듯한 시선. 마치, 단 한 번도 보지 못했던 타인을 대하는 듯한 집요한 시선이었다.

'뭐야… 대체……'

서희는 그 기이한 감각 때문에 이렇게도 저렇게도 하지 못한 채 노하의 행동을 주시할 뿐이었다.

'앗!'

그리고 갑작스레 손을 뻗어 자신의 뺨에 가져가는 노하의 행동에 서희는 흠칫하고 몸을 떨었다.

"온기가 느껴지는군……"

입에서 새어 나온 노하의 중얼거림을 듣고 서희는 속으로 대답했다.

'살아 있으니 당연한 거 아닌가요.'

결코 겉으로는 꺼낼 수 없는 투덜거림이었다. 노하를 아무렇지 않게 대한다는 것은 그동안의 경험상 정말 무리라고밖에는 설명할 수 없기 때문에.

"유하, 결코 그대가 죽게는 내버려두지 않겠다."

갑작스러운 노하의 말에 서희는 정신이 멍해지는 듯한 느낌을 받았다.

노하의 태도가 너무나도 진지했기 때문에 뭐라고 반박조차 할 수 없는 상황.

"원하는 것은 무엇이든 들어주지. 그대가 누군가의 생명을 원한다고 해도 말이야."

거짓말 같았다.

노하가 이런 말을 하다니.

대체 무슨 심경의 변화가 일었을까. 이런 말을 노하가 꺼내도록 만들 만큼 놀라운 일이 있었던 걸까?

서희의 머리 속에서 의문은 꼬리에 꼬리를 물고 피어 올랐다. 그러나 대답은 단 하나도 돌아오지 않았다.

'어지러워……'

조금 전 뿔의 힘을 사용한 탓인지 조금씩 숨이 가빠오는 것 같기도 하다. 현기증이 일어날 것만 같다.

서희는 숨을 천천히 내쉬며 눈을 감았다.

'지금은 그냥… 잠시 쉴래……'

*　　　　*　　　　*

분명 그 기이한 환상의 영향이 분명하다.

갑자기 과거의 영상이 떠오른 까닭은.

유하의 생각 속으로 휘말려 든 것일까. 그것이 진실이라면 자신은 유하의 깊은 내면을 들여다본 셈이 된다.

스스로는 의식하지 못하고 있는 것 같았지만.

자신이 본 것이 사실이라면 유하는 깊이 상처받아 스스로를 가두고 있는지도 모른다는 생각이 들었다.

먼 과거의, 아니, 지금의 자신처럼.

피식거리는 웃음이 새어 나왔다.

자신은 결코 감상적이지 않다. 감정이라는 것은 어떤 일을 하는 데 있어서 가장 큰 방해물이 되는 것이라는 사실을 오랜 과거로부터 깨닫고 있었기 때문에 그것을 없애는 방법 역시 알고 있었다.

감정을 죽이면 모든 일이 너무나도 쉬워진다. 단지 입가에 옅은 미소만을, 아무런 의미도 담기지 않은 미소만을 떠올린 채 모든 것을 부숴 버릴 수가 있다.

그랬다. 처음부터 필요한 것은 단지 그것뿐이었다.

*   *   *

아버지의 얼굴에는, 어머니의 얼굴에는 언제나 미소가 담겨 있었다. 어린 시절에는 그것이 진심에서 우러나온 행복한 미소라고 생각했었다. 그러나 시간이 지나고 세상을 보는 눈이 트이고 나서는 그것이 지독할 정도로 차가운 가식에 지나지 않는다는 것을 알게 되었다.

어머니의 미소가 텅 빈 공허라는 것을 깨닫게 되기까지는, 아버지의 미소가 집착의 표현이라는 것을 알게 되기까지는 그리 오랜 시간이 걸리지 않았다.

그리고 그 속에서 사야는 두 개의 가면을 만드는 법을 배웠다. 아니, 본래의 자신을 타인에게 내보이지 않는 방법을 배웠다.

손바닥을 타고 흐르는 선홍색의 피는 코끝을 자극하며 향기롭게 바닥으로 떨어져 내렸다. 그와 동시에 피에 물든 붉은색의 깃털 역시 허공을 맴돌았다.

마치 춤을 추듯이 부드럽게.

아무리 날개를 가지고 자유롭게 하늘을 날아다니는 존재라고 해도 사야에게 있어 그 존재의 자유를 빼앗는 것은 무척이나 쉬운 일이었다. 새 따위가 그녀의 힘을 거스를 수 있는 힘을 지녔을 리가 없기 때문이었다.

"사야님."

멀리서 자신을 부르는 목소리가 들려온다.

사야는 재빨리 손에 쥐고 있던 새의 시체를 바닥에 내던지고는 몇 번의 작은 동작으로 흙을 덮었다. 그러자 마치 본래 아무것도 없었던 것처럼 바닥에 흩어져 있던 붉은색의 잔해는 금세 지워져 버렸다.

사야는 피에 물든 손을 아무렇지 않게 연못에 담가 닦아내고서는 입가에 부드러운 미소를 떠올렸다. 마치 어머니의 얼굴에 언제나 걸려 있는 그것처럼.

"식사 시간입니다. 늦지 않도록 서두르시는 편이 좋겠습니다."

"알겠다."

정중한 사비의 음성에 답을 하며 사야는 정원에서 몸을 드러냈다. 언제나와 같이 단정한 몸차림의 사야를 보고 줄곧 그녀를 모셔왔던 사비는 얼굴에 만족감을 떠올렸다.

수의 핏줄다운 당당함을 언제나 잃지 않고 있는 사야를 보면 자기 자신이 자랑스러워지는 것을 감출 수가 없었다. 신분은 너무나 달랐지만 그녀에게는 사야를 어린 시절부터 보살펴 왔다는 데서 나온 자긍심이 있었다.

사야는 사비의 뒤를 따라 어머니가 기다리고 있을 그곳을 떠올렸다. 언제나 그곳에서 한 발자국도 걸음을 옮기지 않는 어머니는 창밖을 바라보며 환하게 미소 짓고 있을 터였다.

하루에 한 번 사야와 함께하는 식사 시간이 그녀에게는 유일하게 방의 문을 여는 시간이기도 했다.

"사야님이 들어가십니다."

화려하게 장식된 문이 열리고 사야는 온통 붉은 천으로 뒤덮인 어머니의 방 안으로 들어섰다. 가장 바깥에 있는 문을 제외하고 어머니가 머무는 곳의 모든 문과 창은 붉은색의 천을 한 번 더 들춰야 들어설 수 있도록 만들어져 있었다.

몇 개의 붉은 천을 들추고 나서야 사야는 창가에 비스듬히 기댄 채 앉아 있는 어머니의 모습을 볼 수가 있었다.

별다른 장식 없이 길게 풀고 있는 검은색의 머리카락이 흔들리며 어머니의 얼굴이 자신에게로 향하는 광경은, 그리고 입가에 피어 오른 미소가 더욱 짙어지는 광경은 언제 보아도 사야의 마음에 통증을 안겨주는 모습이었다.

그런 어머니의 미소가 인사말 대신이라는 것을 알고 있는 까닭이었다.

사야와 무척이나 닮은 갸름한 얼굴과 섬세한 이목구비, 그리고 연한 갈색의 눈동자.

방 안을 차지하고 있는 붉은 천들로도 모자랐는지 어머니가 걸치고 있는 화의의 빛깔 역시도 붉은색이었다. 언제나와 같았지만 볼 때마다 사야는 그것을 마음속에 되새겼다.

"오늘은 늦지 않았어요."

사야는 인사말 대신 그렇게 말을 건넸다.

지금부터 두 시간은 어느 누구의 방해도 받지 않는 자신과 어머니만의 시간이다.

불과 몇 년 전부터 시작된 일과였지만 이 시간이 어머니에게 있어 얼마나 소중한 시간인지 사야는 잘 알고 있었다. 그 때문에 일부러 사비에게 당부해서 시간을 일깨우도록 한 것이다. 자신을 기다리는 어머니에게 늦지 않게 갈 수 있도록.

"식사를 내오도록 할게요."

사야는 둘이 앉기에는 큰 듯한 탁자 앞에 앉았다. 그러자 어머니 역시 조용히 창가에서 자리를 옮겨 사야와 마주 보는 자세로 자리에 앉았다.

"이제 며칠 후면 저도 백 세가 돼요. 기다리셨죠?"

사야가 묻자 어머니는 고개를 몇 번 끄덕여 보였다.

어머니의 목소리를 들어본 것이 언제인지 기억할 수도 없다. 아마도 사야가 오십 세가 되기 전이 마지막 기억이었던 것 같다. 처음에는 자의로, 그 후에는 타의로 결코 소리를 낼 수 없게 되었기 때문에.

얼마 지나지 않아 김이 피어 오르는 묽은 녹색 빛의 차와 함께 음식이 날려져 오기 시작했다. 그다지 양이 많은 것은 아니었지만 종류는 상당히 많았다.

"드세요."

사야는 어머니에게 식사를 권했다.

평소에도 어머니는 별로 많이 먹지 않기 때문에 자신이 옆에서 함께 식사를 하며 권하지 않으면 음식을 입에 대지 않을지도 모른다.

사야의 권유에 고개를 끄덕인 어머니는 젓가락을 집어 들고 야채의 작은 조각 하나를 집어 들었다.

그리고 작게 입을 벌려 그것을 삼키는 동안 사야는 또다시 보고 싶지 않은 것을 봐야만 했다. 붉게 잘려진 혀의 단면을.

그리고 그것을 볼 때마다 떠오르는 소름 끼치는 기억을.

아버지 백의 수 유현.

일족들이 생각하는 그는 후덕한 인상의 마음 넓은 수였다. 하지만 사야의 마음속에서는 혈연이라는 관계로 묶이고 싶지 않은 증오의 대상에 불과했다.

평소라면 거의 사용할 일이 없는 칼을 손에 든 아버지를 보며 사야는 그저 의아함만을 떠올렸었다. 아직 어렸던 때여서 더욱 그 이유를, 의미를 알지 못한 채 가만히 지켜보기만 했었다. 다른 가족 관계와 달리 인연이라는 이름에 강하게 매여 있다고 생각할 만큼 화목한 가족이라는 이름은 그때 이후로 사야의 뇌리에서 완전히 지워졌다.

뿔의 힘을 사용해 어머니의 동작을 묶은 채 칼을 휘두른 아버지 유현의 얼굴은 무척이나 평온해 보였다. 아니, 그 눈만큼은 지독할 정도로 냉정하게 가라앉아 있었다.

그리고 얼마 지나지 않아 어머니의 몸을 감싼 흰색의 화의가 붉게 물들어갔다. 그리고도 모자라 어머니는 계속 입가에서 피를 토해냈다.

억지로 삼키는 듯한 비명을 토해내며.

사야는 눈을 감았다가 떴다.

잠시 붉은색의 영향으로 너무 깊이 생각에 잠겼던 것 같다. 그렇지 않았다면 일부러라도 기억 저편에 잠가둔 과거의 영상이 떠오를 리가 없었으니까.

눈앞에는 잠든 유하의 얼굴이 있다.

자신의 앞에서는 그다지 많은 말을 하지 않는 유하였지만 이제 그가 어디로든 떠날 리가 없다는 것을 알기에 안심할 수 있는, 그러나 유하가 자신도 막을 수 없는 먼 길로 떠나는 것만큼은 보고 싶지 않았기 때문에 사야는 될 수 있는 한 유하의 곁을 떠나지 않았다.

언제고 눈을 뜨는 유하를 지켜보고 싶은 것이 사야의 심정이었다. 맑게 개인 푸른 눈동자가 자신을 응시하는 것을 보는 것이 무척이나 기분이 좋았기 때문에.

침상 위에 흩어져 내린 유하의 은청색 머리카락을 응시하며 사야는 마음을 가라앉혔다.

"유하님……."

그리고 나지막한 목소리로 유하의 이름을 불렀다.

그만을 위해 준비된 이름. 유하에게 너무나 잘 어울리는 이름.

유하를 알게 된 것은 너무나도 큰 행운이다. 지금 이렇게 곁에 있을 수 있는 것 역시.

자신의 마음을 괴롭히던 모든 것들은 이제 자취를 감추었고, 이제는 즐거움만이 남았을 뿐이다.

바로 유하의 곁에서 언제나 함께 있을 수 있다는 즐거움만이.

자신이 아버지의 딸이라는 증거로 그의 집착을 그대로 이어받았다고 해도 지금은 별 상관이 없었다. 지금 이렇게 자신의 눈앞에 있는 유하를 영원히 잃지 않으리라는 확신만 있다면.

예전의 자신은 혼자였지만 지금은 다르다.

노하의 이해와 더불어 유하와 함께 있을 수 있기 때문에 다른 이들이 유하와 함께 있는 것을 보아도, 이야기를 나누는 것을 보아도 아무렇지 않게 있을 수 있는 것이다.

아버지가 집착을 벗어던지지 못한 채 그것을 최악의 방향으로 이끌었다면 자신은 그것을 답습하지 않았다고 확신한다.

그러니까 진정으로 부드럽게 미소 지을 수 있다.

누군가의 시선이 따갑다.

하지만 눈을 떠서 그것을 확인하고 싶지는 않았다. 그 스토커 같은 시선은 분명 예전부터 변하지 않은 사야의 것임이 분명하다.

태도는 확실하게 부드러워졌을지 몰라도 사야의 시선만큼은 언제나 스토커의 그것이 분명했다. 그것도 보이지 않는 곳에서만 날카롭게 발휘되는.

'그래도 예전 같지는 않으니 다행이야.'

최악의 스토커는 뭐니 뭐니 해도 바라보는 것에 그치지 않고 손을 내미는 것이다.

예전의 사야가 그랬던 것처럼.

그때는 시류와 사야를 비교해 가면서 아무렇지 않게 웃었던 그 때는 멀지 않은 미래에 이런 일이 기다리고 있다는 것을 모른 채 그냥 웃었다.

모르는 게 약이라는 말이 있지만 이렇게 쓴 약이라면 미리 준비가 필요하지 않았을까. 그랬다면 유하가 그만큼 상처 입지 않아도 되었을 텐데.

마음 한구석이 아파온다.

상처 입은 것은 유하 혼자만이 아닌 모양이었다.

유하와 하나인 자신 역시 마음에 상처를 입은 모양이었다.

갑자기 눈시울이 뜨거워진다.

그러나 눈물이 흐르지는 않았다. 더 이상 약해지는 것은 스스로가 용납할 수 없다. 차라리 화를 내고 욕을 했으면 했지 약해지는 것은 싫다.

'유하도 그렇게 생각하죠?'

서희는 그렇게 물으며 다시 잠에 빠져들기 위해 노력했다.

약한 마음 따위는 모두 지워 버릴 수 있도록.

이른 새벽에 눈을 뜬 탓인지 주위에서는 어떤 작은 소리도 들려오지 않았다. 유하의 휴식을 방해하면 안 된다고 생각했기 때문인지 방 안에는 사비 한 명 남아 있지 않았다. 항상 옆에서 떠나지 않는 사야도 밤에 잠자는 시간만큼은 자리를 비켜주었다.

아직 어둑어둑한 방 안에서 서희는 가만히 몸을 일으키고 앉아 주변의 것들을 감지하고 있었다. 어렴풋이 떠도는 희미한 약의 향내가 코끝에 밀려온다. 그리고 닫힌 창문 사이로 조금씩이기는 하지만 빛이 새어 들어오려 하고 있었다. 이제 머지 않아 태양이 떠오르면 방 안은 금세 밝은 빛으로 가득 찰 것이다.

방 안으로 조금씩 스며드는 아스라한 새벽 공기와 새벽의 빛

속에서 서희는 얼마 전의 기억을 되살리고 있었다. 분명 이런 느낌이었다는 생각이 든다.

미래를 내다보고 싶다고 생각했던 자신은 본의 아니게 잠든 유하와 조우하게 되었다. 의도하지 않았다고는 해도 사제의 힘이라는 것은 마음속에서 가장 바라는 것을 찾아내어 보여주는 힘이다. 그 때문에 미래를 아는 것과 유하에 대한 궁금증의 두 가지를 놓고 저울질한다면 당연히 유하 쪽으로 기울기 마련이었다. 그 때문에 지난번의 그 영상은 미래를 내다보는 것보다 유하의 안위가 더 궁금했다는 것이 서희의 진심이라는 것을 증명하는 셈이 되었다.

유하가 가장 편안한 곳이라 생각하는 깊고 울창한 숲 안에서 그는 천년수에 몸을 맡긴 채 잠들어 있었다. 아직 마음의 상처는 치유되지 않은 모양이었지만 더 악화되지 않은 것을 확인한 것만으로도 서희는 기뻤다. 분명 그 잠에서 깨어난 후에 유하는 아무렇지 않은 얼굴로 돌아올 테니까.

그런데 조금 걸리는 것이 있었다.

바로 왜 자신이 그 영상을 보고 얼마 지나지 않은 때에 바로 눈앞에 노하가 있었던 것인지. 그것도 평소의 그라고는 연상되지 않을 정도로 멍한 표정을 하고서.

요즘 들어 노하에 대한 인상이 많이 좋아진 것은 사실이지만 그래도 기억하고 있다. 노하가 자신에게 어떤 행동을 했는지, 그리고 속을 알 수 없을 만큼 깊이 감추고 있는 인물들은 상대하기가 꺼려지는 것이 사실이다. 어느 누가 되었든 간에 속이 시커먼 사람과 이야기하고 만나는 것을 즐길 사람이 있을까.

'기댈 사람이 없다면 홀로서기를 하면 되는 거야.'

서희는 마음속으로 그렇게 외쳤다.

인간이었던 이서희가 가장 바라던 것이 바로 그 마음의 홀로서기가 아니었던가. 겉으로 아무리 강해 보이는 사람이라도 그 마음의 굳기가 어느 정도인지는 경험해 보지 않으면 알 수가 없다. 마음의 강함이라는 것은 실로 무척 애매한 기준인 거라서 정신력이 강한 것과 마음이 강한 것에는 큰 상관 관계가 없는 것 같았다.

이곳에 와서 여러 사람을 만나고 많은 일들을 겪으면서 서희는 그것을 깨달았다. 그러나 그런 자신의 깨달음과는 상관없이 처음부터 강한 존재라고 하면 역시 노하였다. 그는 어떤 일이 있어도 무너지지 않을 것이라는 확신이 든다. 그에 대해 많은 것을 아는 것이 아닌데도 그런 생각이 드는 것을 보면 분명 노하는 강한 존재임에 틀림없다. 더군다나 그것은 여자의 감각과 사제의 감각이 어우러져 찾아낸 결과인 것이다.

그 때문일 것이다. 그래서 더욱 노하에게 정이 가지 않는 건지도 모른다.

하지만 지금 자신이 유하로서 살아가기 위해서는 노하의 도움이 필요했다. 작게는 지금처럼 머물 장소와 몸의 치료까지 책임져 주고 있는 점을 비롯해서, 크게는 앞으로 나아가야 할 길에서도 그가 방향성을 제시해 주고 있다는 점이다.

'세상은 불공평해, 정말……'

서희는 투덜거리며 다시 자리에 누웠다.

지금은 이 투명한 새벽 공기를 조금 더 만끽하고 싶다.

그리고 그렇게 잠든 유하는 눈을 뜨지 않고 꼬박 하루를 더 잠들어 있었다.

잠에서 깨어난 순간 이상하게도 기분이 너무 좋았다. 즐거운 꿈을 꾼 것도 아닌데 이상하게 기분이 좋다. 서희는 천천히 자리에서 몸을 일으키며 놀라고 있었다. 통증이 느껴지지 않는다. 그뿐 아니라 그리 힘을 들이지 않고도 몸을 일으킬 수가 있었다.

그랬다. 거짓말처럼 몸이 가뿐했다.

날아갈 듯이 가벼운 기분이란 이런 것을 두고 하는 말일까, 라는 생각이 들 정도였다.

미미하던 상처의 통증도 사라졌고 손을 움직이는 것에도 불편은 없었다. 마음먹은 만큼 동작이 재빠르게 이어지지 않는다는 것만 제외하면.

하지만 그 정도야 시간이 지나면 얼마든지 고칠 수 있을 것이다.

지금은 상처가 낫는 단계니까.

'이제부터는 정말이지 당당한 유하가 될 테니까. 어느 누가 봐도 상처를 딛고 일어선 것으로 보일 만큼.'

서희는 그렇게 다짐하며 그것을 증명이라도 하듯 천천히 침상에서 몸을 일으켰다. 그냥 침상에 앉기 위해 몸을 움직이는 것이 아니라 바닥에 발을 디디고 일어서기 위해서.

요즘 들어 더욱더 멍하니 밖을 바라보고 있는 시간이 길어진 은선은 마음속 깊은 곳에 틀어박힌 채 나오려 하지 않는 바사기를 이따금씩 부르며 망연히 생각에 잠겨 있었다.

위태로워 보이는 난간에 몸을 기댄 채 밖을 내다보고 있노라면 알지 못할 해방감이 느껴진다. 지금까지의 자신은 무척 자유롭게, 원하는 대로 살아왔다고 생각하지만 그것은 스스로가 마음속에 새겨놓은 바램 같은 것이었는지도 모른다.

이곳에서 이렇게 탁 트인 넓은 공간들을 바라보고 있노라면 지금까지의 모든 것들이 너무나도 허무하게 느껴지는 것이다. 그동안 아등바등하며 자신이 하려고 했던 일들이 너무나 하찮은 것이란 사실을 깨달아 버리는 것이다.

"아직 어른이 아니니까……."

은선은 나지막하게 중얼거리며 난간에 체중을 싣고 아래를 내려다보았다. 금방이라도 떨어져 버릴 것처럼 위태로워 보이는 이런 동작이 무척이나 마음을 들뜨게 만든다.

그렇게 시선을 아래로 향한 순간 은선은 눈앞에 비치는 새하얀 옷을 보고는 잠시 어리둥절함에 빠졌다. 그리고 그 흰 옷을 걸친 인물이 조금 위태롭게 비틀거리며 걸음을 걷는 것을 보고, 머리카락 색이 특이한 것을 보고 이상하다는 생각을 했다.

"아……!"

그리고 바로 다음 순간 머리 속으로 생각이 달렸다.

자신이 본 것은 바로 유하가 아닌가. 아니, 유하의 몸을 하고 있는 친구 서희다.

잠시 동안이긴 했지만 바라보는 동안 은선은 위태로워 보이는 서희의 동작을 보고 불안을 떨쳐 버릴 수가 없었다.

그리고 그렇게 생각한 순간 몸은 벌써 움직이기 시작했다.

괜히 꼭대기에 올라와 있었다는 후회를 하면서 은선은 서희가 있는 정원처럼 보이는 공간을 향해갔다.

"아… 뭐 하는 거야? 벌써 움직여도 돼?"

숨이 턱에까지 차오를 정도로 급하게 달려온 은선은 거칠게 숨을 몰아쉬며 조금 창백하지만 여전히 미형인 얼굴을 바라보며 물었다.

"이제 거의 다 나은 것 같아서… 그래도 부축없이 이만큼이나 움직였으니까."

"야, 근데 너무 힘들어 보인다. 내가 도와줄게."

은선은 그렇게 말하고는 서희의 대답도 듣지 않고 어깨와 허리를 잡아 부축했다. 이서희와 최은선일 때도 그랬지만 지금도 여전히 자신과 유하는 키 차이가 난다. 약간이기는 하지만. 언제나 자신보다 아래에서 자신을 바라보고 있던 친구의 얼굴이 또 겹쳐진다. 언제나 작고 보이시한 자신의 외모에 불만을 가지고 있던, 그렇지만 언제나 자신의 눈앞에 주어진 일에 열심이던 작은 친구.

지금은 비록 그 모습은 아니지만 그래도 서희는 어떤 상황에서도 열심히 앞을 보며 나아간다. 자신은 알지 못할 시간들을 가슴속에 품은 채로.

"고마워."

듣기 좋은 맑은 목소리가 답한다.

그 타인 같은 친구의 음성과 표정에 은선은 문득 슬프다는 생각이 들었다.

친구라는 이름 아래 같은 시간을 공유해 왔었는데, 지금은 너무나 많은 차이가 있다. 친구가 이렇게 성숙하고 깊은 눈을 가지게 된 동안 자신은 아무것도 하지 않고 있었다. 각자의 삶의 방식이 다르다는 것은 알지만, 그래도 너무 앞서 나가 버린 친구의 뒷모습을 바라보는 것은 너무나 슬픈 일이다.

"혼자서만 모든 걸 하려고 하지 마. 도움은 주지 못해도 들어줄 수는 있어."

"알아."

조금 슬프게 서희는 웃어 보였다.

의식적으로 서희라는 이름을 부여하고는 있지만 은선은 눈앞의 유하가 완벽하게 서희로는 비치지 않았다. 아마 처음부터 유하에게 많은 도움을 받았고, 그 이름을 절대적으로 여겼기 때문일 것이다.

"그런데 넌 이렇게 일찍 뭘 하고 있었어?"

서희의 물음에 은선은 멋쩍게 웃어 보였다.

"음, 그냥 밖을 보면서 생각하고 있었어. 앞으로 뭘 어떻게 하면 좋을까, 바사기는 대체 어떻게 된 건가… 이런 것들을."

"바사기는 아직인가?"

"응, 충격이 상당한가 봐. 그래도 이 정도이리라고는 생각 못했는데……."

"그렇구나."

서희는 작게 중얼거렸다.

오랫동안 자리에 누워 있었던 탓인지 몸이 무척이나 가벼워져 있었다. 아니면 은선 자신의 몸이 달라졌기 때문에 힘의 차이가 생겨 그렇게 느끼는 것인지도 모르지만. 확실히 유하는 야윈 것 같았다.

"뭘 먹기는 먹는 거야?"

"응, 다들 신경 써주니까."

은선은 자신도 모르게 한숨을 내뱉었다.

조금씩 걸음을 옮기며 서희가 무리를 하지 않도록 걷고 있었지만 이렇게 약해진 친구를 보는 것은 마음이 아프다.

정신은 멀쩡하겠지만 몸이 아픈 것만으로도 마음이 약해지는 것은 당연한 일이니까.

"빨리 나아서 예전처럼 지내야지. 지금은 정말 장난으로라도 장난을 못하겠어. 툭 치면 쓰러질 것 같아서."

"그 정도는 아니니까 걱정 마."

서희는 싱긋 웃어 보였다.

"그런데 요즘에는 왜 자주 안 왔어?"

서희의 질문에 은선은 미안한 표정을 지었다.

"너한테도 미안한데 바사기한테도 미안해서. 계속 너랑 아무렇지 않게 이야기하고 있으면 바사기가 더 충격을 받을 것 같아서 계속 어떻게 할지 생각만 하고 있었어. 누가 뭐래도 이 몸의 주인은 바사기잖아."

"사실… 아니야."

서희는 무언가 말을 하려다가 삼켜 버리고는 시선을 먼 곳으로 돌렸다.

그저 야트막한 산이 몇 개 자리하고 있는 동쪽으로 시선을 돌린 채 가만히 바라보는 서희를 지켜보며 은선은 씁쓸하게 웃고 말았다.

뭔가가 다르다.

무언가를 그리워하는 듯한 저 시선은…….

저런 얼굴을 하는 친구는 자신이 알고 있는 기억 속의 서희와는 조금 다르다.

어쩌면 많은 것이 다른지 모른다. 외모부터 본래와는 다른 것처럼.

친구도, 그리고 자신도.

제41장

현혹

　리가는 파괴되어 버린 비전서의 방을 둘러보며 래운을 떠올렸다.

　오랜 시간을 숲에서 살아온 기이한 존재.

　마치 세상의 모든 것들을 알고 있는 현인처럼 래운은 깊이를 알 수 없는 시선으로 자신을 바라보며, 혹은 어딘가 먼 곳을 응시하며 말을 건네곤 했었다.

　그중에는 바로 이 비전서에 관한 이야기도 있었다.

　시류도 래운에게서 그가 알지 못하고 있던 비전서의 유래에 관한 이야기를 들었지만 비전서라는 것의 존재 자체를 어렴풋한 기억만으로 알고 있던 리가에게는 래운의 말이 더욱더 신비롭게 느껴졌다.

　비전서의 존재 자체가 하나였던 일족을 은의 일족과 금의 일족으로 나누는 계기가 되었다는 사실은 래운에게 들어서 처음으로 알게 된 것이었다.

이렇게 직접 비전서가 있던 자리나마 보게 되었지만 어째서 이 빽빽하게 글씨로 가득 차 있던 방이 중요하게 생각되었는지는 이해할 수가 없었다.

이런 것이 아니라도 살아가는 데는 하등의 지장도 없는데, 어째서 일족이 반으로 나뉘어 적대 관계가 될 정도의 일이 되어버린 것인지.

어쩌면 이 비전서가 노하와 같은 존재를 만들어낸 것인지도 모른다. 일족이 둘로 나뉘지만 않았더라도 노하와 같은 존재가 자리를 차지할 만한 여유가 있었을까.

그냥 은의 일족들의 수처럼 한쪽 지역을 다스리는 수가 되었다면 되었지, 지금과 같이 강력한 힘을 가지고 모든 것을 지배하는 독재자가 되지는 않았을 것이다.

"정말로… 비전서가 미래를 비춰주었습니까?"

리가는 무척 담담한 음성으로 말을 꺼냈다.

그것은 그녀가 느끼는 기분과는 상반되는 말투였지만 본래 자신의 감정을 잘 드러내지 않는 리가였기에 시류는 그것을 알아채지 못한 것 같았다.

"아… 그랬지, 물론. 하지만 바꿀 수 없는 미래 따위를 알아서 어떻게 한다는 건가. 그리고 유하는 언제나 전부를 말해 주지는 않았어."

시류의 말을 듣고 나서야 리가는 유하를 떠올렸다. 현존하는 유일한 사제. 비전서를 읽을 수 있는 존재. 래운의 말에 의하면 비전서의 방에 들어설 수 있는 것은 사제와 각 영토의 수들뿐이라고 했다. 그렇다면 유일한 사제였던 유하는 항상 혼자서 이곳에 들어와 무수한 글자들에 둘러싸인 채 시간을 보냈을 것이다. 미래를 읽는다는 것은 어떤 기분일까.

그리고 어떤 식으로 비전서를 읽어내는 것일까. 궁금했지만 그 것을 아는 것은 오직 사제인 유하뿐일 것이다.

더군다나 사제는 자신의 생명을 깎아 내려가며 비전서를 읽는 다고 하지 않았던가. 그것은 리가로서는 이해할 수 없는 방식이요, 힘이었다.

"어쩌면 유하님은 이미 약해져 있었는지도 모르겠군요."

리가의 질문에 시류는 고개를 끄덕여 보였다.

"유하 스스로 말은 안 했지만 확실히 그랬지. 보통 다른 사제들이 사는 것보다 훨씬 짧은 시간을 살게 될 거라고 모두 입을 모아 말했었다. 그리고 유하는 아직 이백오십 년도 살지 않았지만 과거에도 스스로 무언가를 준비하는 것 같기도 했지. 이제 와서 생각해 보니 알 것도 같군."

시류는 뒤를 이어 나지막하게 중얼거렸다.

그러나 그 중얼거림은 결코 리가의 귀에는 들리지 않는 것이었다.

"사제의 기분이라는 것은 되어 보지 않으면 알 수 없는 것이겠지만 어째서 그런 힘을 가진 자들이 탄생하는가는 의문이지. 게다가 유하는 그 힘을 가진 마지막 존재처럼 보이니까."

"래운님께서 말씀하신 것이 있습니다."

시류가 무언의 시선으로 묻자 리가는 대답을 이었다.

"운명은 되풀이된다는 말씀이셨습니다. 처음의 시간과 미래의 시간이 맞물리는 지점에서 모든 것은 다시 원점으로 되돌아간다구요."

리가는 생각에 잠긴 듯한 시류를 바라보며 말을 덧붙였다.

"아마 사제의 힘 역시 그런 것이 아닐까요? 최초의 발생점으로 되돌아가는……."

"그래, 그럴지도 모르지. 그러고 보니 들은 것도 같군. 최초로 사제의 힘을 지니고 태어난 것은 흑의 수였다고 했지. 그리고 그가 비전서를 만들었다고."

"네, 그것이 모든 것의 시작점이기도 했지요."

시류는 더 이상은 말을 꺼내지 않았다. 가만히 손에 푸른색의 등불을 든 채 무언가를 생각하는 듯했다. 리가는 그의 사색을 방해하지 않기 위해서 입을 다문 채 가만히 주위의 파괴된 돌 벽을 응시했다.

어떤 것이 저 안에 미래를 볼 수 있는 힘을 부여한 것일까.

그리고 최초의 사제는 어떤 의도로 비전서를 남겨둔 것일까.

단지 미래를 예비하기 위해서, 어려움을 풀어가기 위해서라는 말로는 완전한 해답이 되지 않는다.

래운이라면 이 모든 것을 알고 있을지도 모른다.

어느 누구도 알지 못하는 사실을, 사제인 유하조차도 알지 못하는 사실들을 알고 있는 래운이라면.

그리고 리가는 기억하고 있었다.

그가 언제나 검고 깊은 밤하늘을 바라보며 사색에 잠긴다는 것을.

마치 무언가를 기다리기라도 하는 듯한 얼굴로.

"유원, 어디 몸이 안 좋기라도 한 것 아닙니까?"

걱정스러움이 담긴 남자의 목소리에 유원은 애써 웃으며 고개를 저어 보였다.

"아닙니다. 잠을 깊이 자지 못했더니 그렇게 보이는 모양이군요."

유원의 대답에 남자는 몇 마디의 말을 더 건네고 나서 자신의 집으로 되돌아갔다.

멍하니 그 모습을 바라보던 유원은 깊은 한숨을 내쉬며 문을 닫고 집 안으로 들어섰다. 아직까지도 며칠 전의 일 때문에 마음이 복잡하다.

그때 이후로 시류는 아직까지는 어떤 연락도 취해오지 않았지만 유원은 불안했다. 그 불안의 원인은 자신에게 주어진 상황에서 비롯되었다기보다는 시류에게서 느껴지는 불안이라고 이야기하는 편이 옳을지도 모른다.

아직까지는 아무에게도 이야기를 꺼내지 않고 있었다.

일족들에게는 시류의 존재를 알리고 그의 뜻을 전하는 것이 큰 힘이 될 테지만 아직은 유원 자신에게 확신이 서지 않았기 때문에 그것을 망설이고 있는 것이다.

하지만 언젠가는 이야기를 꺼내고 일족들과 시류를 대면시켜야 할 때가 올 것이다. 아직은 그 때가 아닌 것을 알고 있지만.

그러나 과연 자신들의 힘만으로 금의 일족들을 당해낼 수 있을까. 그렇게 압도적인 힘의 차이를 이겨낼 수 있을까. 자신이 생기지 않는다.

이럴 때 곁에 유하가 있다면 분명 해답을 제시해 주었을 것이다.

사제의 존재는 단지 비전서를 읽고 미래를 보는 것만이 아니라 막연한 느낌을 구체화시키고 흔들리는 마음을 붙잡아주는 조언자이기도 했다. 그리고 존재하는 것만으로도 모두를 안심시켜 주는 정신적인 지주이기도 하다. 대다수의 일족들이 사제인 유하에게서 직접적으로 어떤 도움을 받은 적은 없었어도 그를 경외심을 가지고 대하는 것에는 그런 복합적인 이유가 담겨 있었다.

'그때 유하님과 조금 더 많은 이야기를 나눌 수 있었다면 좋았을 텐데……'

유원은 과거에 유하가 이곳에 왔던 때를 떠올리며 그렇게 생각했다.

유하가 지쳐 있지만 않았다면 좀 더 그를 붙잡아두고 여러 가지를 묻고 들었을 것이다. 하지만 그때의 유하는 너무나도 힘들어 보였기 때문에 말을 건네는 것 자체가 죄스럽게 여겨질 정도였다.

'어째서… 이렇게 모든 것이 뒤바뀐 것일까.'

아무것도 생각하지 않은 채 그저 눈앞만을 바라보며 살 수 있었던 시절이 너무나도 먼 과거가 된 것 같아서 유원은 습관처럼 입에 붙어버린 한숨을 내뱉고 있었다.

*　　　*　　　*

"왜 그래?"

은선은 갑작스레 굳어지는 유하의 얼굴을 바라보며 깜짝 놀란 목소리로 물었다.

주위에 다른 이들이 있기 때문에 목소리는 무척 작았지만 그 속에 담긴 놀람은 서희에게도 충분히 전해질 정도였다.

"팔이 위로 안 올라가."

조금 전까지만 해도 오랜만이라며 책을 집어 들던 유하의 얼굴은 무척이나 즐거워 보였다. 얼굴은 유하였지만 그 밝은 미소가 언제나 책을 들고 싱글거리던 서희의 표정과 너무나 흡사해서 은선도 덩달아 기분이 좋아진 판이었다. 그런데 갑자기 서희는 딱딱한 목소리로 그렇게 말을 꺼내며 망연한 듯한 눈을 했다.

"무슨 소리야?"

은선이 다시 묻자 서희는 천천히 시선을 아래로 내리며 팔을 들어 보였다.

오른손이 조금씩 위로 올라가고 있었는데 90도 각도가 되자 그 이상은 올리는 속도가 점점 더뎌지고 있었다.

'설마……'

은선은 겉으로는 말을 꺼내지 못한 채 속으로 삼키고 있었다.

시라와 미르가 말한 것이 이것이었던 모양이다. 절대로 유하가 함부로 움직이게 해서는 안 된다고 신신당부를 하면서 잘못하면 몸이 회복되지 못할지도 모른다고 한 것이 이것이었던 모양이다.

"괜찮아질 거야. 아직 다 나은 게 아니잖아."

스스로가 듣기에도 별로 신뢰감이 가는 위로의 말은 아니었지만 지금의 은선이 할 수 있는 말은 이것이 전부였다.

"어떻게든 해야겠어. 유하님이 돌아오면 이것 때문에 더욱 슬퍼할 거야. 상처가 남은 것도 그럴 텐데……."

서희는 망연함이 담긴 음성으로 중얼거렸다.

은선은 그 말에 담긴 뜻을 다는 이해할 수 없었지만 서희가 느끼고 있을 감정을 어느 정도는 알 수 있을 것 같았다.

"그러니까 건강이 최고지. 지금도 늦지 않았으니까 걱정 마. 앞으로는 주위에서 더 많이 신경 써줄 테니까."

은선은 그렇게 말하며 서희의 등을 토닥였다.

그런 자신의 행동 때문에 방 안을 정리하고 있던 사비 두 명의 시선이 놀람으로 차오르는 것을 보았지만 그것을 신경 쓸 겨를은 없었다. 친구의 마음을 위로해 주는 것이 가장 중요하다는 사실을 알고 있기 때문에.

"괜찮아."

은선이 그렇게 말하자 서희는 말없이 고개를 숙인 채 은선에게 몸을 기대왔다.

혼자서 얼마나 힘들었을까.

유하가 가진 사제라는 이름은, 그리고 유하라는 존재 자체가 가진 무게는 서희 혼자서 짊어질 수 있을 만한 무게가 아니었을 것이다. 그것을 서희는 혼자서 어떻게든 짊어지려 노력하며 지금까지 살아왔던 것이다.

그 경험은 인간으로 살아온 몇 년의 시간과는 비교조차 할 수 없는 것이었다.

'이렇게 이곳에 오게 된 것도 운명이라면……'

운명이나 우연이라는 말을 심각하게 받아들이며 믿은 적은 없었지만 지금은 그 말에 기대지 않으면 안 된다는 생각이 든다.

"앞으로는 무슨 일이 있으면 나한테 꼭 이야기해 줘. 힘이 되진 못하더라도 적어도 마음의 위안은 줄 수 있을 거야. 슬픔은 나누면 줄어든다고 하잖아."

"응……"

서희는 작게 답했다.

'약해지지 마. 약해진 얼굴은 어울리지 않아.'

은선은 속으로 그렇게 중얼거리며 계속 친구의 등을 토닥여 주었다.

대체 그 정도의 힘을 되찾은 것을 가지고 무엇을 할 수 있다고 생각하는 것일까.

흩어져 있는 은의 일족을 다 규합한다고 해도 금의 일족의 상대가 되지 못한다. 아예 처음부터 그들은 상대방을 죽이기 위한 힘이라는 것의 개념을 떠올리지 않고 있었으니까. 힘을 낼 수 있는 가장 큰 요건은 자신의 마음이다.

정확하고 뚜렷한 목적을 가지고 힘을 발휘하면 그 크기는 자신의 예상을 훨씬 초월해서 강하게 성장하는 법이다.

그렇게 금의 일족들은 태어나면서부터 배우며 자랐다.

노하 역시 그랬다.

아버지를 통해 웃는 얼굴을 한 채 타인을 지배하는 법을 배웠고, 힘을 끌어올려 발휘하는 법을 배웠다.

배운 것은 가장 기본적인 것들에 불과했지만 그것을 자신에게 맞게 소화시키고 극대화시킨 것은 노하 스스로의 힘이었다. 노하는 마치 태어났을 때부터 타인의 위에 서기 위해 보내진 존재처럼 보였을 정도니까.

"과연 어떤 식으로 내게 접근해 올 텐가, 시류."

노하는 다시 한 번 감시자들로부터 보내져 온 종이를 펼쳐 놓은 채 시류의 지난 행적을 되짚어보고 있었다.

처음 그가 이곳을 벗어날 때까지만 하더라도 뿌리 잘린 충격에서 헤어나지 못한 상태였다.

그리고 이곳에서 빠져나간 것 역시 유하의 도움이 없었다면 불가능한 일이었다. 유하가 타인을, 그리고 노하 자신까지 속여가면서 시류를 이곳에서 빼낸 것을 보며 노하는 감탄할 수밖에 없었다. 원하는 것이 있을 때 한 존재가 얼마만큼 변화할 수 있는지를 본 것 같아서.

더군다나 타인에게 절대 고개를 숙이지 않았던 유하가 그렇게까지 행동하게 만든 것은 바로 시류가 원인이 아니었던가.

노하로서는 이백 년의 시간 동안 지속된 기이한 유대 관계를 이해할 수가 없었다. 가장 믿기 힘든 것은 타인이 아닌가. 그 관계 속에서 믿을 만한 것이라고는 조금도 없다. 아무리 혈연 관계로 이어져 있다고 해도 그것이 신뢰라는 이름으로 뒤바뀌지는 않는다.

'우정?'

그런 단순한 이름으로 치부될 정도의 관계는 아니다.

유하의 마음 전부를 들은 것은 아니지만 유하는 자신에게 사제라는 무거운 이름을 준 시류를 멀리하면서도 결코 그를 떠나지는 않았다. 가장 처음에 신뢰를 배반했던 것은 시류였다. 그럼에도 불구하고 유하는 항상 곁에 머물렀다.

그리고 지금 두 번째로 같은 신뢰의 배반을 경험하고 나서야 겨우 알아챈 것이다.

믿을 만한 관계의 지속이라는 것은 불가능한 일이라고.

"신뢰라는 건 가장 깨어지기 쉬운 것에 붙이는 이름이지."

그렇게 중얼거리며 노하는 가장 최근에 전달된 시류에 관한 문서를 펼쳐 들었다.

시류의 종적을 놓쳤다는 내용이 담겨 있는.

종적을 놓쳤다고는 해도 그가 가고 있던 방향으로 미루어보면 분명 은의 일족들이 있는 곳 어딘가에 있을 것이 분명하다.

그가 가진 힘을 생각하면 그리 신경 쓸 일은 아니다. 종적이라는 것은 조금만 신경을 쓴다면 발견되기 마련이니까.

하지만 아무렇지 않게 무시해 버리기에는 시류의 행동이 마음에 걸린다.

시류는 가장 예상을 벗어난 방법으로 자신에게 경고를 했다. 바로 유하라는 존재를 버리는 방법을 통해 자신이 어떤 결심을 했는가를 보여준 것이다.

유하라는 존재없이 자신이 무언가를 해보이겠다고.

물론 유하 대신에 자신의 손에서 빠져나간 금의 일족이 그를 지탱해 주고 있기는 하지만 유하가 수백 년 동안 채워주었던 자리를 그렇게 금방 메꿀 수 있을지는 의문이었다.

'조금은 기다려 보는 것도 좋겠지.'

시류가 과연 어떤 식으로 행동을 할 것인지.

얼마나 강한 힘을 키워 자신에게 도전해 올 것인지.

기대가 되지 않는다면 거짓말이다.

더군다나 이제는 입장이 완전히 바뀌어 있었다. 그리고 곁에 있는 존재조차도.

노하는 유하의 힘을 철저하게 이용할 생각이었다.

단지 사제의 힘만이 아니어도 유하가 가진 능력은 상당한 것이다. 그동안 은의 일족의 사제로서 쌓아온 은의 일족으로부터의 신뢰와 존재 자체가 가지는 무게, 그리고 유하의 판단력과 상황 대처 능력은 그의 겉모습만을 보고는 판단할 수 없을 정도이다.

시류는 그것을 보지 못하고 지나쳤는지도 모른다.

유하라는 존재가 단지 살아서 존재하고 있는 것만으로도 얼마나 많은 의미를 가지는지를.

"그건 차차 보여주면 되겠지."

노하의 입가에 짙은 미소가 떠올랐다.

"조금은 기다려 주지. 대신 유하가 변모해 가는 모습도 기대하는 것이 좋을 거야."

유하가 시류를 마주 대하고도 아무렇지 않은 표정을 지을 수 있게 된다면 그들의 대면을 보는 것도 무척 재미있는 일이 될 것이다.

과거의 친우가 나중에는 서로 없애지 않으면 안 될 상대로 변한 것일 테니까.

예측 불허의 미래다.

시간이 흘러 또 어떤 식으로 뒤바뀌는지를 보는 것도 무척이나 재미있을 것이다.

이런 미래를 미리 알아버린다면 흥미는 반감될 것이다.

그래서 노하는 유하의 힘으로 미래를 내다보는 일 따위는 하지 않기로 했다.

기대하지 않은 미래가 다가온다는 것은 얼마나 재미있는 일인가.

유하와 이런 이야기를 함께 나누는 것도 분명 즐거운 시간이 될 것이다.

얼마 지나지 않아 유하의 마음은 단단하게 변할 것이다. 부서졌던 마음이 다시 회복되면 그것이 어떤 방향으로 변할지는 예측할 수가 없다.

자신이 이런 식으로 변모한 것처럼.

작은 계기가 모든 것을 뒤바꿀 수 있는 힘이 된다.

그리고 그것을 아는 자가 모든 것을 움켜쥘 수 있게 되는 것이 세상이다.

"네게 보여주지, 시류. 변화의 힘이라는 것을."

시류가 이 앞에서 자신의 말을 들을 수 있었다면 분명 더욱 일이 재미있게 되었을 것이라고 노하는 생각했다.

"동쪽 별원으로 가겠다. 준비를 해두도록."

노하는 목소리를 조금 크게 해서 말을 꺼냈다.

그러자 문밖에서 대답 소리가 들려왔다. 언제나 노하의 시중을 들기 위해 대기하고 있는 사비들이었다.

생각을 떠올린 김에 노하는 유하와 함께 오랜만에 긴 이야기를 나누는 것도 괜찮을 것이라 여겼다. 이제는 유하도 거동할 수 있을 만큼 많이 회복되었고, 이 기회에 유하의 마음을 떠보는 것도 좋을 것이다.

이제 유하도 현실에 눈을 떴을 테니 진심으로 마음을 여는 것도 시간의 문제다.

사야가 자신의 옆에 있으면서 달라졌듯이 유하도 그렇게 바꿀 수 있을 것이다.

노하는 자신의 힘과 지혜를 믿었다. 지금까지 단 한 번도 실망을 안겨준 적이 없는 가장 믿을 만한 무기는 바로 그것이었다.

과신이 아닌 당당한 자신감이 노하를 움직이는 원동력이었기에.

예전에는 붉은색의 화의를 입는 것이 무척이나 싫었다.

그 옷을 입을 때마다 어머니의 기억을 떠올리게 되기 때문에 자연스럽게 꺼리는 마음이 생기는 것은 어쩔 수 없었다.

그러나 마음의 그림자를 떨쳐 버린 지금은 아무렇지 않게 붉은색의 화의를 입을 수 있었다. 과거는 영원히 자신을 얽매어 버릴 굵은 밧줄이 될 수 없다는 것을 깨달은 지금은.

그 과거에서부터 이어진 줄을 끊은 것이 노하라는 점은 무척 의외였지만 지금은 다행이라고 생각한다.

요즘은 무척이나 한가롭다. 백의 영토에 있을 때보다 훨씬 더.

마음의 짐을 덜어버렸다는 사실이 이렇게나 홀가분한 것인지는 예전에는 미처 알지 못했다.

그동안은 뒤를 돌아보는 것조차 힘겨울 정도로 앞만을 바라보며 하나에만 집착한 채로 살아왔었지만 지금은 아니다. 생각해 보면 과거의 자신이 너무나 무모하고 막무가내였다는 것을 깨닫게 된다. 아무것도 알지 못했기 때문에 무작정 앞으로 나아가기만 했던.

어머니에 대한 충격에서 자신을 빠져나올 수 있게 해주었던 유하를 쫓는 데 급급해서 방법 따위는 생각도 하지 않았었다.

하지만 후회는 하지 않는다. 그렇게라도 해서 유하의 마음에 자신을 기억시킬 수 있었다는 것이 진실이기 때문에.

또다시 과거의 시간으로 되돌아간다면 자신은 또 같은 행동을 했을 것이다.

과거의 철없던 자신을 떠올리자 웃음이 나온다. 그것은 추억을 되새기는 데서 오는 마음속으로부터의 웃음이었다.

유하의 앞에서만 보였던 자신의 모습이 지금에 와서는 너무 먼 과거의 일처럼 느껴진다.

어떻게 그렇게 아무렇지 않게 내보일 수 있었는지. 오히려 지금은 꺼려지는 그 행동을.

사야는 소리없이 피식 하고 웃었다. 그리고는 다시 하던 일에 집중을 하기 위해 고개를 숙였다.

사야는 차에 관한 이야기가 담겨 있는 책을 넘기다가 문득 눈 앞을 스쳐 지나가는 낯익은 얼굴을 발견했다.

운이 좋게도 지금에까지 유하의 시중을 들고 있는 두 명의 사비 중 한 명.

둘 중에 언니 쪽이면 이름이…….

잠시 생각하던 사야는 얼마 지나지 않아 이름을 떠올리고는 입을 열었다.

"시라, 잠깐 이쪽으로 오겠나?"

자신의 말에 약간의 긴장을 떠올린 채 다가서는 시라를 보며 사야는 속으로 피식 하고 웃었다. 자신에게 꺼리는 마음을 가지고 있는 것은 당연하겠지만 실제로 그 기색을 발견하는 것은 기쁜 일이 아니다.

하지만 그 감정을 겉으로 드러낼 만큼 사야는 어리숙하지 않았다.

"앞으로는 유하님뿐만이 아니라 내 시중도 들어야 할 테니까 미리 말해 둘 것이 있다."

시라는 말을 꺼내 묻지는 않았지만 의문이 담긴 시선을 보냈다.

분명 자신이 왜 사야의 시중을 들어야 하냐는 것일 테지만. 그러나 그녀에게 그것을 말할 용기가 있을 리는 없었다.

이곳에서 그녀는 단순한 사비일 뿐이지만 사야는 금의 일족의 장로였으니까. 그것도 노하를 보좌하는.

그리고 또 하나의 차이는 사야가 처음부터 명령하는 쪽에서 살아왔다면 시라는 명령을 받는 쪽이었다는 점이다.

"예전에도 유하님의 시중을 들어와서 다른 점은 특별히 말할 필요가 없겠지만, 앞으로는 무언가를 결정해야 할 때 내게 와서 전하길 바란다. 그리고 내가 부르면 어떤 경우에라도 내 앞에 나타나야 하고, 그것만을 지켜준다면 네 일에 상관하는 일은 없을 것이다."

시라는 잠시 대답을 하지 않았지만 곧 차분한 목소리로 답했다.

"알겠습니다."

사비라면 언제나 지시에 따를 준비가 되어 있어야 한다.

그렇지 않으면 사비라는 이름을 가질 자격이 없다.

유하라는 이름 덕분에 자신이 지금 이 자리에 있을 수 있다는 사실을 그녀는 알고 있을까. 유하는 스스로 의식하지 못하는 사이에 많은 이들을 자신의 삶 속으로 끌어들였다. 저 사비도 그들 중의 한 명이다. 자신이 처음 유하를 본 이후로 지금까지도 계속 그에게서 벗어나지 못하는 것처럼.

유하라는 거대하고 조용한 소용돌이 속에 말려든 이들은 그것에서 벗어나지 못한 채, 혹은 벗어나려는 생각조차 하지 않은 채 살아가게 되는 것이다.

많은 이들과 연결되어 있는 만큼 유하가 느끼는 부담도 크겠지만, 그것은 지금까지 유하가 걸어온 삶이고 앞으로도 걸어갈 삶이었다.

"넌, 내가 눈을 돌리게 만든 유일한 여자다, 사야."

어렴풋이 기억 속을 떠도는 음성.

상황과는 어울리지 않는 부드러운 말투였지만 사야는 그것이 마치 몸에 새겨진 것처럼 생생하게 기억하고 있었다.

가늘게 뜬 눈으로 자신을 응시하던 노하의 시선은 무척이나 날카로웠다.

마치 영혼의 저편까지 꿰뚫어보는 것처럼.

노하는 타인의 약점을 무척이나 잘 꿰뚫어보았다. 그리고 어떻게 해야 상대방이 움직일 것인가도.

그런 능력 역시 타고나는 것인지도 모른다. 그 때문에 노하가 금의 일족 위에 절대적으로 군림할 수 있는 것인지도.

노하가 사야의 깊은 사정을 알고 있지는 않았겠지만 결과적으로 그는 가장 큰 고민의 원인을 해결해 준 셈이 되었다. 사야에게 있어 아버지라는 이름을 가진 증오스러운 존재를.

　무관심이라는 태도로, 그리고 아무렇지 않은 가면을 쓴 채로 그를 아무렇지 않게 대하고 있기는 했지만 마음까지 그런 것은 아니었다.

　억지로 얽혀 버린 관계를 풀어준 노하에게 사야는 반감을 가질 수 없었다. 아니, 처음부터 사야에게 있어 적대해야 할 관계는 마음속에 자리한 몇몇밖에 없었다. 그 이외의 존재는 모두 열외로 접어두고 있었기 때문에.

　노하로 인해 죽음이라는 생각을 떠올릴 만큼의 고통도 겪었고 힘든 경험도 했지만, 지금은 노하와의 만남을 좋은 인연이라고 생각하고 있다. 아직은 알 수 없는 그의 마음도 어느 정도는 이해할 수 있었기에.

　어떤 면에서 보면 노하와 자신은 동류였다.

　그리고 금의 일족이라는 이름을 얻고 나서 지낸 시간이 사야에게 확신을 주었다. 모든 것을 벗어던지고 새롭게 무언가를 시작하라는 용기와 함께.

　노하가 내밀었던 손에는 따스함은 담겨 있지 않았지만 그의 손은 힘있는, 기댈 수 있는 손이었다.

　바사기의 부축을 받으며 천천히 걸음을 옮겨 모습을 드러낸 유하를 맞이한 것은 5층 정도 높이의 전각에서 등을 돌린 채 아래를 내려다보고 있는 노하와 사야였다.

　키 차이가 상당히 나는 둘의 뒷모습을 바라보며 서희는 혼잣말로 참 잘 어울린다는 말을 중얼거렸다. 그리고 그말을 들은 은선 역시 맞장구를 치며 둘은 서로를 마주 보고 의미심장한 미소를 교환했다.

언제 봐도 머리 위에 뿔이 솟아나 있는 인간이라는 것은 신기하게만 비춰지는 광경이었다. 자신들에게도 존재하고 있는 신체의 일부라는 것은 알고 있지만 인간의 마음이라는 것은, 기억이라는 것은 그렇게 쉽게 지워지는 것이 아닌 모양이다.

그렇지만 지금에 와서는 이상하다는 느낌보다는 자연스럽게 느껴지는 부분이 더 많았지만. 가끔가다 그것에 이질감을 느낄 때면 자신의 마음 안에 아직 인간의 부분이 잔존해 있음을 느낀다.

"저렇게 보니까 되게 이상하다… 그치?"

은선이 작은 목소리로 속삭였다. 서희는 가만히 고개를 끄덕이며 손을 들어 올려 사야를 가리켰다.

"옛날 이야긴데 말이야. 사야가 품안에 달려들어 안긴 적이 있었는데, 저 뿔이 눈앞에 아른거려서 찔릴까 봐 걱정도 했었어."

서희의 말에 은선은 필사적으로 웃음을 참으며 킥킥거렸다.

"그래, 그렇기도 하겠다."

계단을 하나씩 올라가며 노하와 사야의 모습이 가까이 비칠 만큼 다다르자 그들은 유하의 등장을 알아차리고 고개를 돌렸다. 멀리서 보기에는 무척이나 사이 좋아 보일 만큼 부드러운 동작으로.

"몸이 많이 회복되어 다행이로군."

노하가 건넨 첫인사였다.

서희는 대답 대신 고개를 약간 숙여 보였다. 그리고 은선 역시 조금 어색해 보이는 얼굴로 노하에게 인사를 건넸다. 지난번에 한 실수도 있고 해서 되도록 말을 꺼내는 것을 삼가야겠다고 생각하면서.

"자리에 앉지."

노하는 자리를 권하고 먼저 자리에 앉았다. 사방이 환하게 탁

트인 전각 안은 수십 명이 올라와도 비좁지 않을 정도로 넓었다. 하지만 그 안을 차지하고 있는 것은 가운데 부근에 놓여진 탁자 하나와 의자 몇 개뿐이었다.

등받이가 참 고급스러워 보이는 조각으로 장식된 의자를 끌어 당겨 앉으며 서희는 속으로 한숨을 삼켰다. 풍경도 좋고 공기도 좋은 곳이지만, 노하가 또 무슨 말을 하려고 일부러 밖에서 만나자고 한 것인지.

모두 자리에 앉고 나자 어색한 공기가 감도는 듯한 느낌이 들었다. 노하는 언제나처럼 입가에 의미를 알 수 없는 차가운 미소를 떠올린 채였고, 사야는 부드럽지만 무표정한 얼굴을 한 채, 그리고 은선은 상당히 어색해하는 듯한 얼굴을 하고 있었다. 그리고 유하인 자신은 그야말로 아무렇지 않은 얼굴을 하고 있을 것이었다.

표정을 관리하는 것만큼은 어느 정도 자신이 있었으니까.

사야는 침묵을 깨려는 의도로 움직인 것인지 탁자 중앙에 놓여 있던 찻잔에 온기가 남아 있는 차를 조금씩 따라서 각자의 앞에 내밀었다. 그 동작이 이어지고 있는 와중에도 소리는 나지 않았다. 마치 침묵의 진공 속에 내던져진 것처럼 어느 누구도 먼저 말을 꺼내려고는 하지 않았다.

노하는 찻잔을 손에 들고서 그 향을 음미하듯 얼굴 가까이에 가져간 채 동작을 멈추고 있었다. 그리고 사야는 조용히 입가에 찻잔을 가져간 채 차를 마셨다.

그렇지만 서희는 일부러 찻잔에 손을 대지 않았다.

찻잔을 잡아 들어 올리는 동작을 하는 것조차 의도대로 자연스럽게 되지 않을 것을 알기 때문에. 일부러 기분이 씁쓸해지게 만들 필요는 없는 것이다.

"그동안 답답했을 테니 오늘 원없이 바깥 공기를 마시는 것도 좋겠지."

노하는 손에 든 찻잔을 천천히 탁자 위에 내려놓으며 입을 열었다. 사야를 통해서 유하가 혼자서 밖으로 나갔었다는 사실을 알고 있을 것이 분명한데도 노하는 그것에 대해서는 어떤 언급도 하지 않았다.

'아마 그런 사소한 일까지는 신경 쓸 필요가 없다는 것이겠지.'

서희는 그렇게 생각하며 노하의 얼굴을 응시했다.

"저는 돌려서 말하는 것은 좋아하지 않습니다."

단호하게 말을 꺼내자 노하는 피식하고 웃었다.

"마치 내가 무슨 이야기를 하려는지 아는 것처럼 이야기하는군. 아… 그렇지, 유하. 그대는 사제의 힘을 가지고 있으니까 그걸 짐작하는 것이 어렵진 않겠지."

지금 막 깨달았다는 듯이 말하는 노하는 능청맞은 태도를 취하던 시류와 조금 닮아 있었다.

갑자기 시류에 대한 생각을 떠올리자 기분이 조금 가라앉는 것 같았다.

이제는 지워 버려야 하는데도 마음처럼은 잘되지 않는다. 기억이라는 것은; 더구나 오래된 기억이라는 것은 지우는 것이 정말 힘들다.

"우선 그대가 앞으로 해 나가야 할 일에 대해 이야기하도록 하지."

노하는 유하의 대답은 기대도 하지 않은 것처럼 한번 시선을 던지고 나서 말을 이어갔다.

"사야는 얼마 전부터 내 보좌 역을 하고 있지. 그렇지만 내가 하고 있는 일에 관한 보좌는 아니다. 앞으로 유하, 그대는 내 옆에서 여러 가지 일들을 해야 할 거야. 밖으로 나가서 무언가를 하는 일은 아니니까 걱정하지 않아도 좋다."

서희는 대체 무슨 소리를 하는 거야, 라는 질문을 가슴속에 품은 채 노하의 말에 귀를 기울였다.

"앞으로는 하루에 잠깐씩만 내 집무실에 와서 이야기를 듣도록 하고, 몸이 완전히 나으면 내가 부재중일 때도 그대가 일을 처리할 수 있도록 여러 가지를 익히도록 하고. 그대의 보좌는 바사기에게 맡기도록 하겠다. 그게 더 마음 편하겠지?"

고개를 돌려 은선을 바라보자 정말이지 무슨 소리 하냐는 듯한 얼굴을 한 채 도움을 구하듯 서희와 시선을 마주쳐 왔다.

"지금도 잘하고 있는 것을 보니 내 말을 잘 알아들은 모양이군."

이번의 말은 바사기를 향한 것이었다.

"아… 네."

그리고 은선은 긴장한 듯한 음성으로 얼떨결에 대답했다.

"제게서 무엇을 바라시는 겁니까?"

서희는 단도직입적으로 물었다.

솔직히 이제는 노하가 자신에게 어떤 기대도 하지 않을 것이라 여겼는데 그것은 자신의 착각에 지나지 않았던 모양이다. 그의 말을 잘 정리해 보면 앞으로 자신을 후계자 비슷한 것으로 키우겠다는 말인 것 같은데, 이해가 잘 가지를 않는다.

더군다나 갑작스레 이유도 없이 자신에게 그런 말을 하는지도 알 수가 없다.

"유하, 그대는 시류에 대한 대비책이다."

노하의 입에서 의외의 말이 튀어나왔다. 그 말에는 사야도 놀라고 말았다. 흐트러짐없던 그녀의 얼굴에 이상한 기색이 떠오른 것을 보면.

"시류가 그대를 배반했듯이 그대도 시류를 저버리면 되는 것이 아닌가? 그냥 이대로 지워 버리는 것은 그대가 너무 큰 손해를 보는 것이니까. 그렇게 생각하지 않나? 유하, 그대가 아무리 마음이 넓다고 해도 이번만은 그냥 넘겨서는 안 되는 일이다. 스스로도 알고 있을 텐데?"

정말이지 의외였다.

노하의 입에서 저런 말이 나오리라고는.

하지만 어째서 자신을 그렇게 신뢰할 수가 있는 것인지, 아니, 신뢰가 아니라 받아들이는 것인지 알 수가 없다.

"제 수명은 언제 끝이 날지 알 수 없습니다. 당장 내일이라도 제가 눈을 뜨지 않을 수 있다는 사실을 모르십니까?"

자신에 대한 이야기를 하는 것이 아닌가 싶을 정도로 냉정한 어투였다.

"알고 있다."

그러나 그에 대한 대답 역시 무척이나 담담하게 되돌아왔다.

"하지만 나는 정해진 운명 같은 것은 믿지 않는다. 시류가 그대에게 사제라는 이름을 강요해 왔다면, 나는 그대가 지닌 그런 힘을 바라지는 않는다. 내가 바라는 것은 그대의 머리야. 그리고 존재 자체지. 스스로가 얼마만큼의 존재인지 단 한 번이라도 생각해 보았다면 무슨 뜻인지 알 수 있을 거다."

노하가 이렇게나 순순히 대답을 해주다니라는 감탄이 마음속에서 피어 오르고 있었다. 그리고 솔직히 조금은 좋은 느낌이 생겼다. 유하가 직접 이 말을 들었더라면 시류로 인한 상처가 조금은 메꿔지지 않았을까 라는 생각이 들 정도로.

'조금은 괜찮은 사람이잖아. 유하가 깨어나면 꼭 전해줘야지.'

서희는 진심으로 그렇게 생각했다.

"쉽게 죽게는 내버려두지 않아."

마치 고백과도 같은 그 말에 서희와 은선은 누가 먼저랄 것도 없이 마주 보며 시선을 교환했다. 은선의 눈은 이렇게 말하고 있는 것 같았다.

이곳에 와서 인기가 좋아진 것 같구나, 라고.

"부담스럽군요."

반사적으로 답하는 서희에게 노하는 입꼬리를 틀어 올리는 미소를 보여주었다. 이제는 그의 입버릇이라는 것을 알 만큼 익숙해진 미소.

"곧 익숙해지겠지. 하지만 철저하게 금의 일족이 되는 것이 우선이다. 나는 두 번 다시 같은 행동을 하는 것은 용납하지 않아. 알고 있겠지, 유하? 그대에게 하는 마지막 경고이니 잊지 않도록 하는 것이 좋아."

속 좁게도 노하는 다 기억하고 있었던 모양이다.

서희가 연극을 하면서 노하를 속였던 것을. 시류를 빼내기 위한 것이었지만 지금에 와서는 다 소용없는 일이 되어버렸다.

그때는 정말이지 노하에게 들키지 않기 위해서, 사야에게 발각되지 않기 위해서 갖은 노력을 다했었다. 일이 이렇게 될 것이라는 사실은 전혀 예측하지 못한 채.

래운이라는 신비하고 괴이한 인물과 만나고 난 이후로는 더욱더 자신에게 주어진 운에 감탄했을 뿐이었다.

그라면… 유하도 알지 못하는 많은 것을 알고 있는 그라면 궁금증을 풀어줄 수 있을지도 모른다. 그러나 마음 한구석에는 래운이라는 존재에 대한 불안감이 떠돌고 있었다.

어쩌면 그가 모든 것을 쥐고 있는 것이 아닌가 하는.

그렇지만 지금은 그를 만나러 갈 수가 없다. 시류가 그 숲에서 지내는 동안 어떤 일이 있었는지도 은선에게서 대략적인 것을 전해 듣기는 했지만 시류에게 일어난 내면의 변화나 개인에게 있었던 일까지는 알 수가 없었다.

시류와 직접 만나서 이야기를 듣지 않는 한은 그 원인도, 과정도, 그 어떤 것도 알 수가 없는 것이다.

"긴 시간이라는 것이, 약속이라는 것이 얼마나 무의미한 것인지 깨닫게 해주지."

그 말에 서희는 아무런 대답도 할 수가 없었다.

지금으로써는 그 말에 반박을 할 수가 없다.

직접 경험한 일이기 때문에…….

"시류라는 이름을 들어도 아무렇지 않은 모양이군. 그리 쉽게 잊혀질 이름은 아니라 생각했는데."

"마음만 먹는다면 지워 버릴 수 있는 이름입니다."

재미있다는 듯이 웃는 노하에게 서희는 담담하게 대답했다. 그러나 노하는 그렇게 받아들이지 않는 모양이었다.

"제 마음은 제가 가장 잘 알고 있습니다. 타인에게 읽혀진다면 그것은 아무것도 아닌 것이 되어버리겠지요."

"진심을 숨기고 있군."

"무슨 말씀이십니까?"

"그건 자신이 가장 잘 알고 있을 텐데, 유하. 그렇지 않은가?"

노하는 의미심장하게 웃으며 살며시 몸을 일으켜 유하의 귓가에 입술을 가까이 가져갔다. 그리고 숨결이 닿을 정도의 거리가 되자 웃음 섞인 목소리로 속삭였다.

"그대의 마음은 아직도 깊은 바닥에서 잠들어 있는 모양이더군. 겉으로는 아무렇지 않게 이야기하지만 그대가 치유되지 않은 상처를 안은 채로 잠들어 있다는 것을 나는 알고 있다. 하루빨리 그 상처를 치유하고 일어서는 것이 좋을 거야, 유하. 나는 그렇게 오랫동안 기다려 주지 않으니까."

노하의 머리카락이 피부에 닿아 간질거리는 느낌을 전했지만 서희는 충격에 빠져 그 감각을 느끼지 못했다.

어째서 노하가… 어떻게 그것을 알고 있는지. 자신 역시 힘을 사용해서야 볼 수 있었던 유하의 내면을…….

머리 속이 너무나 복잡하게 얽혀 들어가 아무것도 생각할 수가 없다.

꿈은 자신도 의식하지 못하는 사이에 현실과 이어진다.

뇌리 속으로 그런 말이 흘러 들어오는 것 같다. 아니면 먼 기억 속에 잠겨 있는 말이거나.

낮의 충격 때문인지 잠이 들고 나서 얼마 지나지 않아 서희는 유하의 오래된 기억 속을 떠도는 자신을 발견할 수 있었다. 어쩌면 잠이 든 유하도 그것을 듣고 기억을 열어 과거의 영상을 끄집어냈는지도 모른다.

마치 거짓말처럼 주위의 모든 것들이 뒤바뀌며 과거의 어느 한 시점을 만들어내고 있었다.

흐릿하게 흩어져 있던 영상들이 선명한 색으로 물들며 무수하게 빛나는 별이 박혀 있는 하늘이 되고, 그 아래 펼쳐진 등불이 걸린 웅장하고 아름다운 건물로 변모했다.

언제나 변함없이 오랜 세월을 서 있던 청의 수의 거처.

높이 솟아 있는 건물들과 낮게 자리한 정원 속의 작은 건물들. 그 속을 거니는 익숙한, 혹은 낯선 얼굴들.

그리고 그 속에서 발견한 차분한 누군가의 뒷모습.

목소리를 듣지 않아도, 그저 그 실루엣을 보는 것만으로도 누구인지 알 수 있는 익숙한 등.

밤하늘과 같은 색의 짙은 청색 머리카락과 새하얀 빛깔로 빛나는 뿔 하나.

늘씬하고 큰 키를 가진 당당한 자세의 시류는 무언가를 생각하듯이 등을 보인 채 하늘을 올려다보고 있었다.

끝없이 펼쳐진 하늘과 그 하늘을 채우고 있는 별무리를 바라보며 시류는 어떤 생각을 하고 있을까.

먼 과거의 시류라면 분명 자신을 바라보고 있는 일족들에 관한 생각을 하고 있을 것이다. 청의 수인 자신이 무엇을 하면 좋은지.

돌이켜 보면 오랜 세월 동안 함께 있었는데도 자신은 시류의 생각까지 깊이 알려고는 하지 않았다. 아무리 함께 있는 시간이 길다고 해도 상대방의 전부를 이해한다는 것이 불가능한 것처럼.

아니면 시류가 모든 것을 내보이지 않은 것인지도 모른다.

모르겠다. 아무것도 모르겠다.

마음이라는 것은.

대체 어떻게 움직이며 돌아가는 것인지.

시간이라는 것도, 이어진 인연이라는 것도, 만남이라는 것도 알 수가 없다.

가만히 보고 있으면 생각까지, 감정까지 이해할 수 있을 만큼 깊이 안다고 생각했었는데, 마음의 작은 틈새는, 깊고도 깊은 곳에 자리 잡은 감정은 읽을 수 없었던 모양이다.

처음부터 그랬는지도 모른다.

자신이 알아채지 못했을 뿐 처음부터 그랬는지도 모른다.

"시류."

이름을 불러도 시류는 뒤를 돌아보지 않는다.

의식적으로 무시하는 것인지, 그렇지 않으면 아예 들리지 않는 것인지.

"시류!"

다시 한 번 시류의 이름을 불렀다.

자신에게 들리는 목소리는 평소와 조금도 다름이 없는데, 시류에게는 들리지 않는 것일까.

목이 메어오는 듯한 느낌이 든다.

이것은 내가 아니다.

서희는, 혹은 유하는 중얼거렸다.

과거라는 것은 너무나도 끊기 어려운 것이다.

마음으로는 아무렇지 않다고, 기억 속에 묻어두면 된다고, 다 지나간 일이라고 그렇게 생각을 정리하고 또 하지만 진실은 그렇지 않다.

과거는 너무나도 깊고 깊어서 헤어나올 수 없는 강과도 같이 자신의 몸을 끌어당긴다.

이렇게나 깊은 강을 시류는 헤엄쳐서 건너가 버린 것일까.

시류의 등이 멀어져 간다.

뒤를 돌아보는 것이 무엇인지 모르는 것처럼 아무렇지 않게.

자신이 아는 시류는, 지금까지 알아왔던 시류는 언제나 뒤를 돌아보며 자신을 기다려 주었고, 언제나 곁에 있었다.

스스로의 의식에서 그것을 너무나 당연하게 받아들였을 정도로.

'정말 이걸로 끝인 건가······.'

허무함과 함께 그런 생각이 들었다.

스스로만이 얽매인 채 헤어나지 못할 깊은 강을 만들고 있었던 것일까.

마음이 너무나도 무겁다.

원망보다 더 깊은 것은 어째서 자신이 시류의 진심을 보지 못했었는가 하는 생각.

어째서 마음을 감추고만 있었는가 하는 생각.

단지 한마디만. 먼저 이름을 부르기만 했으면 되었을 텐데.

아무것도 하지 않았다.

후회는 아무리 빨라도 늦는 법이라지만······.

그것을 미리 깨달을 수 있는 사람이 있을 리가 없다.

정말 버려야 한다면, 지워야 한다면.

기억 저편에조차 남아 있지 않기를.

모두 다 깊은 곳에, 찾을 수 없을 만큼 깊은 곳에 가라앉아 버리기를.

마음이 이렇게나 무거운 것은 분명 유하의 마음이 고민을 하고 있기 때문이 분명하다.

아무리 아무렇지 않게 현실을 바라보며 살아가려 해도 유하와 자신은 뗄 수 없는 하나로 묶여 있지 않은가. 유하가 마음을 다잡고 되돌아오기 전까지는 이렇게 지내야 할지 모른다.

유하의 우울함이 가슴 깊숙한 곳에서 전해져 온다.

*　　　　*　　　　*

"유하님……."

바사기의 입가에서 새어 나오는 망연함이 가득한 목소리에 놀라 미르는 눈을 동그랗게 뜬 채 그를 바라보았다.

멀쩡하게 의자에 앉아 밖을 내다보고 있던 바사기가 갑자기 그런 소리를 하니 이상하다는 생각이 드는 것은 당연했다.

바로 얼마 전에 유하님을 만나고 오지 않았던가. 그런데 저렇게 오랜만에 유하님을 보고 놀란 듯한 목소리를 내뱉다니 이상하게 생각하지 않는 것이 더 이상할 정도였다.

"무슨 일이 있어요, 바사기?"

미르의 질문에도 바사기는 반응을 보이지 않았다.

어떻게 보면 아예 목소리를 듣지 못한 것 같기도 했다.

"믿을 수가 없어."

또다시 바사기는 혼잣말처럼 중얼거렸다.

"아니야."

마치 혼자 대화를 하는 것처럼 끊임없이 중얼거리는 바사기를 바라보며 미르는 한숨을 내쉬었다. 지난번에 상처를 입었다가 깨어난 이후로는 가끔씩 이해할 수 없는 행동을 하는 바사기를 보게 된다.

대체 무슨 생각을 하고 있는 것인지 알 수 없을 만큼 낯선 바사기를 보면 확실히 다친다는 것이 몸에 영향을 주기는 주는 모양이라는 사실을 깨닫게 된다.

"후……."

미르는 다시 한 번 깊은 한숨을 내뱉고는 그에게 혼자 있을 시간을 주는 것이 좋겠다는 생각이 들었다.

그래서 말없이 방에서 빠져나가기로 했다. 그냥 나가서 유하님께
드릴 식사를 준비하는 것이 가장 속편한 일이라는 생각을 하면서.

유하의 방 바로 옆에 있는 여러 개의 방 중 하나에 틀어박힌 채
복잡하게 마음의 대화를 하고 있는 바사기는 누가 방 안에 왔다
갔는지도 알지 못할 정도로 정신이 없었다.

정신없이 자신을 몰아붙이는 은선과 마음속의 충격이 아직 다
정리되지 않은 까닭이다.

겨우 그정도밖에 안돼요?

"하아……."
바사기는 한숨을 내뱉었다.

아직도 믿어지지 않는다. 자신이 지금까지 유하라고 생각해 왔
던 존재가 바로 자신의 몸을 공유하고 있는 이 인간 소녀와 같은
존재였다니.

뭔가가 무너져 내린 듯한 느낌이다.

그 정도에 놀라고 실망할 거였으면 왜 처음부터 따라나섰던 거예요? 말
해봐요.

화난 듯한 음성을 속으로 삼키며 바사기는 한숨만을 지을 뿐이다.

마음이 갈피를 잃은 갈대처럼 흔들린다.

겉모습만을 보고 그것이 전부라고 생각했나요? 그랬나요?

은선은 무척이나 흥분해 있는 것 같았다.
어쩌면 그것은 당연한 일일 것이다. 바사기의 마음 자체를 읽고 있으니까 특별히 뭐라 이야기하지 않아도 그 마음을 읽어내고 화를 내고 있는 것이리라.
더군다나 유하를 움직이고 있는 존재와 은선은 친구라고 하지 않는가.

그래요. 아주 친한 친구예요. 그게 뭐가 잘못됐어요?

캐묻는 듯이 은선은 언성을 높인다.
마음속의 음성이 이렇게나 크게 울릴 줄은 몰랐었다.
하지만 이제는 유하를 어떻게 대하면 좋을까. 아니, 당장 어떻게 바라봐야 할지도 알 수가 없다.
지금의 유하가 과거의 유하가 아니라면 자신은 지금까지 대체 무엇을 보며, 무엇을 위해 여기까지 온 건지. 하지만 역시 아직 믿어지지 않는다.
"유하님의 상처는 많이 호전되었나?"

그런 건 묻지 않아도 기억을 떠올려 보면 알 거 아니에요. 무슨 일이 있었는지 기억하고 있는 건 이 몸이니까.

바사기는 한숨을 내뱉었다.
"어떻게 하면 좋을지 몰라서 이러는 거야. 너무나도 혼란스러워서……."

　이거 하나만은 말해 둘게요. 유하는 지금 분명 당신이 처음 보았던 그때의 유하는 아니겠지만 유하라는 이름에 걸맞는 존재예요. 그 안에 있는 건 내 친구이기는 해도 완벽하게 그 아이인 건 아니까. 그리고 당신과 나처럼 마찬가지예요. 유하도 공존하고 있으니까.

　은선도 모든 것을 알지는 못하기 때문에 이 정도로밖에 말해주지 못하지만 분명 느끼고 있었다. 지금의 서희가 자신이 아는 서희와는 다르다는 것을.
　외모 때문만이 아니라 정신적인 면에서 모든 것들이.

　용기가 있다면 직접 만나러 가서 이야기를 하도록 하세요. 이야기를 해보면 알겠죠. 과연 바사기 당신이 목표로 삼아왔던 존재가 맞는 건지 아닌지.

　"지금은… 생각을 정리하고 싶어……."

　그래요.

　은선은 쌀쌀맞은 어투로 답했지만 바사기의 마음을 모르는 것도 아니었다.
　실제로 바사기가 깨어나지 않아서 계속 걱정하면서 몇 날 며칠을 보냈으니까. 적어도 자신이 바사기와 몸을 공유하고 있는 이상은 그에게서 혈연만큼이나 친밀한 감정을 느끼고 있기 때문이기도 했다.

유하라는 존재가 자신의 마음속에서 얼마나 큰 자리를 차지하고 있었는지 겨우 알게 된 순간이었다. 자신은 지금까지 목적없이 움직이던 마음을 다잡을 목적으로 유하라는 이름을 붙잡았던 것인지도 모르겠다. 그랬기 때문에 무작정 유하를 따라나섰고, 그 많은 희생을 감수하면서까지 여기까지 온 것이 아닌가.

그래서 노하와의 관계 역시 받아들일 수 있게 된 것이 아닌가.

어찌 되었든 간에 자신에게 이만큼의 변화를 준 것은 유하임이 분명하다. 속이 누구인가는 상관없이.

하지만 믿어지지 않는 것은 믿어지지 않는 것이다.

분명 은선이 자신의 안에 있다는 것을 깨닫지 못했다면 우연히 이 사실을 알게 되었다고 해도 믿지 않았을 것이다. 아니, 믿을 수가 없었을 것이다.

바보같이……

은선의 투덜거림이 들려온다.

생각이 정리될 때까지는 말도하지 말아요. 다 내가 알아서 할테니까.

바사기는 힘없이 웃었다.

시류는 환청을 들은 듯한 기분에 뒤를 돌아보았다.

익숙한 목소리가 간절함을 담아 자신의 이름을 부른 듯한 느낌. 그러나 뒤를 돌아보았을 때 눈에 보인 것은 단정한 표정의 리가 뿐이었다.

언제부터인가 너무나도 당연하게 자신의 뒤를 지키게 된.

여인이라는 존재를 특별하게 염두에 둔 적은 없었는데 이상하게도 리가만은 거부감없이 쉽게 받아들일 수가 있었다. 분명 기이한 인연이었음에도 불구하고.

리가는 먼지가 쌓인 건물 안을 대충 정돈해서 당장 시류가 쓸 방을 마련했다. 그리고 자신이 쓸 방 역시.

예전에 자신이 사용했던 방은 내용물 하나 바뀐 것 없이 그대로 보존되어 있었다. 금의 일족들이 무의미하게 모든 것을 없앴으리라고는 생각하지 않았지만, 또 이렇게 아무것도 손대지 않은 채로 내버려 두었다는 것 역시 의외였다.

"혼자 있고 싶다."

시류가 말하자 리가는 말없이 고개를 숙여 인사를 건네고는 조용히 문을 닫고 방을 빠져나갔다.

완벽한 고요.

바뀐 것은 없는데, 그저 안에 머물던 이들의 숫자만이 달라졌을 뿐인데도 예전에 자신이 머물던 거처라는 느낌이 나지 않는다.

바로 몇 달 전까지만 해도 자신은 이곳에 늘 있었는데 지금은 생소함이 떠도는 장소가 되어 있었다.

머리의 기억과 마음의 기억은 다른 것인지도 모른다.

시류는 천천히 침상을 향해 걸었다.

얼마간의 시간이 지났을 뿐인데, 자신이 다시 서게 된 이 장소는 빛 바랜 과거의 잔영처럼 느껴진다.

변한 것은 없는데.

자신의 마음 이외에는 변한 것이 없는데.

털썩, 하는 소리와 함께 시류의 몸은 무겁게 침상 위에 주저앉

왔다.

지금까지 느끼지 못했던 피곤이 지금 밀려오고 있는 것처럼 눈이 무겁다. 손을 들어 머리카락을 쓸어 넘기자 손끝에 잘려진 뿔의 단면이 느껴진다.

머리카락 속에 감추어진 치욕의 흔적.

힘은 되돌아왔어도 이 흔적이 남아 있는 한 그 기억을 잊지는 못할 것이다.

무력했던 자기 자신을, 아무것도 하지 못한 채 절망 속에 몸을 내맡긴 채 어둠에 잠겨 있어야 했던 자신을.

그때부터 마음은 굳어지기 시작했는지도 모른다.

스스로도 의식하지 못하는 사이에 조금씩.

시류는 눈을 감고 침상에 몸을 눕혔다.

차가운 비단의 감촉이 몸을 휘감는다.

그리고 얼마 지나지 않아 시류는 깊고 깊은 바닥으로 잠겨 들어갔다.

오래된 꿈을 꾸었다.

기억 저편에 남아 있는 유하의 모습이 가득한 꿈을.

순수한 기쁨이 담긴 유하의 얼굴이 점차로 차갑게 굳어져 가는 모습을 자신은 안타까운 눈으로, 마음으로 바라보고 있었다.

그러나 그것을 바라보면서도 어찌할 수 없는 자신의 몸은 마치 돌처럼 굳어져 버린 것 같았다.

다가가고 싶은데 무언가에 가로막혀 나아갈 수 없다.

마치 투명한 벽이 자신을 막아서고 있는 것처럼 유하를 멀리서 바라보기만 할 뿐 다가 설 수도, 말을 걸 수도, 손을 내밀 수도 없다.

천천히 모든 영상이 스쳐 지나간다.

첫 만남에서부터 유하와 함께했던 무수한 기억의 잔해들이.

유하를 볼 때마다 느꼈던 자신의 감정의 파편들이.

안타까움, 슬픔, 미안함, 그리움, 원망, 아련함…….

모든 감각들이, 감정들이 뒤섞여 하나가 되었다가 다시 부서져 내린다.

유하는 원망을 하고 있을까.

그렇지 않으면 이런 자신을 이해한 채 슬프게 미소 짓고 있을까.

유하라면 분명 그때의 마지막 미소처럼 어떤 상황에서도 웃음을 건넸을 것이다.

유하가 자신에게 원망의 마음을 가지고 있었으면서도 언제나 곁에 있었던 까닭을, 그 차가운 얼굴에 숨겨진 마음을 모른다면 그동안의 시간들은 가식에 불과할 것이다. 그것조차 알아차리지 못한다면 그 긴 시간은 하나도 소용이 없게 된다.

그러나 이제는 되돌아설 수 없는 갈림길에 들어선 것을 안다.

지금이라도 등을 돌리고 달려나간다면 다시 그 갈림길의 시작점으로 갈 수 있겠지만 이미 자신은 너무 많은 길을 와버렸다.

이제 와서 되돌아간다면 앞으로도, 그리고 뒤로도 다시 나아갈 수 없을 만큼.

'후회는 하지 않기로 맹세했으니까…….'

시류는 스스로에게 그렇게 말을 건네며 고개를 들어 올렸다.

자신은 은의 수 시류다.

유하가 되돌려 준 뿔의 힘으로, 지금은 단지 그것밖에는 없지만 모든 것을 다시 처음부터 일구어 나갈 것이다.

그것을 위해서라면, 자신의 뜻을 보여주기 위해서라면 뒤를 돌아보지 않을 것이다.

설령 그것이 뼈아픈 고통으로 뒤바뀌게 된다고 해도.

과거는 과거라는 이름만으로 남아야 한다.

그 이상도 그 이하도 될 수는 없고 되어서도 안 된다.

스스로의 의지를 결정하는 것은 마음이기 때문에. 흔들리지 않는 마음이기 때문에.

꿈속에서는 진심을 내보이고 솔직해질 수 있지만 다시 잠에서 깨어나면 마음은 단단한 껍질에 둘러싸일 것이다.

어느 누구에게도 내보이지 않도록.

평온하게 잠든 시류의 얼굴을 가만히 내려다보며 리가는 손을 뻗었다가 다시 내렸다.

고른 숨을 내쉬며 잠든 시류의 얼굴에는 낮에는 볼 수 없던 부드러움이 떠올라 있었다. 누구나 그렇듯이 가장 무방비한 것은 잠든 모습이다.

그 순간에 만큼은 마음속의 긴장을 풀어버린 채 순수한 자신으로 돌아가게 되니까.

'하지만 변해서는 안 되는 것이 있습니다, 시류님.'

속으로만 건네는 말이었지만 만약 시류가 정신을 차리고 리가와 시선을 마주 대했다면 분명 놀랐을 것이다.

그녀의 눈에는 낮에는 볼 수 없는 깊은 감정의 자락이 담겨 있었기 때문에.

어떻게 보면 위험해 보이기까지 한.

'시류님만이 그 축을 뒤바꿀 수 있습니다. 래운님이 보여준 미래의 축의 한쪽을 차지해야 하는 것은 바로 시류님입니다. 먼 과

거로부터 이어져 온 운명의 끈이 움직이는 대로.'

그 끈을 끊어버릴 수 있는 것도, 지속시키는 것도 바로 시류의 몫이다. 다른 한쪽은 유하가 잡고 있겠지만 평행을 유지시키는 것은 한쪽의 힘만은 아니다.

'지켜보고 있을 것입니다. 미래가 어떻게 바뀌는가를, 원하는 대로 바뀌는지를.'

리가는 얼굴에 떠올랐던 희미한 광기를 지웠다.

스스로의 표정을 조절할 수 있다는 것은 마음을 얼마만큼 다스릴 수 있는가를 의미한다. 그런 면에서 리가는 일찍부터 그것을 알아차린 것이 분명하다.

스스로의 의지가 아니면 누구에게도 진심을 보이지 않을 수 있었기 때문에.

정말이지 래운과 만난 것은 행운이었다.

래운이 아니었다면 만신창이가 된 몸과 마음을 치유하는 것도, 새로운 힘을 갖는 것도 불가능했을 테니까.

'지금은 시작입니다. 모든 것의 시작.'

리가는 그렇게 말하며 시류의 머리카락에 손을 가져갔다.

매끄러운 감촉이 손끝을 타고 전해져 온다.

밤하늘의 빛깔을 품은 머리색은 리가의 마음을 채운 색과도 닮아 있는 것 같았다.

〈 6권에 계속 〉